集英社文庫

ナイロビの蜂
上

ジョン・ル・カレ

加賀山卓朗・訳

ナイロビの蜂

上

存分に生き、そして死んだ、イヴェット・ピアパオリに

ああ、人の理想は手のおよぶ範囲を超えなければならない。
さもなくば、天は何のためにある？
『アンドレア・デル・サルト』ロバート・ブラウニング

第一章

その知らせは、月曜の朝九時半にナイロビの高等弁務官事務所を直撃した。サンディ・ウッドロウは、顎を引き、胸を突き出し、それを弾丸のように受け止めた。イギリス人の分裂した心をまともに撃ち抜かれた。彼は立っていた。そこまではあとで思い出した。立っていたところへ内線電話が鳴ったのだ。何かに手を伸ばしていて、呼び出し音が鳴ったのでそちらはあきらめ、机から受話器を取り上げて、「ウッドロウ」と言った。「ウッドロウです」だったかもしれない。少しぶっきらぼうな言い方だった。それははっきり憶えている。自分の声が別人のもののようにぎこちなく響いた。「ウッドロウです」と自分の正確な名前を言った。通称のサンディをつけて響きを和らげもせず、気に入らない名であるかのようにぴしゃりと言った。高等弁務官事務所のいつもの祈りの集会がきっかり三十分後に始まることになっていたからだ。事務所長であるウッドロウは、それぞれに言いたいことのある所内の気分屋《プリマドンナ》たちの調停役を務めなければならない。彼らは皆、高等弁務官の理性と感情をひとり占めしたがる。

つまりは、一月下旬のいつもの忌々しい月曜日だった。ナイロビでは一年でいちばん暑い季節――土埃と水不足、茶色の草、かさつく眼、街の舗装路から熱が剝がれて舞い上がり、ジャカランダの木が、ほかのあらゆるものと同じようにまとまった雨を待ちわびる季節だった。

なぜ立っていたのかは、どうしてもわからなかった。本来なら机について背を丸め、キーボードを叩きながら、ロンドンからの指示書や、近隣のアフリカにある公館からの情報を憂い顔で見ているはずだった。そうでなく、机のまえに立ち、何かきわめて重要なことをしていた――たとえば、妻のグロリアとふたりの小さな息子の写った写真をまっすぐにかけ直すとか。去年、家族で帰省休暇のときに撮った写真だ。沈下の止まらない丘の斜面に事務所が建っているので、休み明けには写真が自然に傾いている。

あるいは、ケニアの虫に殺虫剤を噴射していたか。虫に効く外交特権はない。数カ月前には〝ナイロビの眼〟という疫病が流行った。ハエを叩きつぶし、うっかり肌に擦りつけたりすると、炎症を起こして腫れ上がり、ひどい場合には失明することもある。スプレーを撒いていたときに電話が鳴るのが聞こえて、缶を机の上に置き、受話器をつかんだ。それもありうる。机の既決書類入れの上に置かれた殺虫剤の赤いブリキ缶が、カラースライドのように記憶に残っているからだ。いずれにせよ、「ウッドロウです」と言うと、電話の声が耳に飛び込んできた。

「サンディ。マイク・ミルドレンです。おはようございます。今おひとりですか？」

快活で、太りすぎで、二十四歳のミルドレン。高等弁務官の個人秘書。エセックス訛りがあり、海外勤務でイギリスを出たのはこれが初めてだ。案の定、若手職員からはミルドレッド（女子名）と呼ばれている。

ああ、ひとりだが、とウッドロウは答えた。どうした？

「事件が起きたのです、サンディ。今ちょっとそちらへうかがえないかと思いまして」

「会議が終わるまで待てないか？」

「いや、どうでしょう……やはり待てません」とミルドレンは答え、ますます確信を強めて言った。「テッサ・クエイルのことです、サンディ」

ウッドロウの別の心が現れた。首の毛が逆立ち、神経が張りつめる。テッサ。「彼女がどうした」と彼は言った。口調は努めて無関心を装うが、心は千々に乱れる。おお、テッサ。なんということだ。きみは今度はいったい何をした？

「ナイロビ警察は、彼女が殺されたと言っています」とミルドレンは言った。まるで毎日同じことを言っているかのように。

「そんなことあるわけない」とウッドロウは言い放ち、考える時間を稼いだ。「馬鹿なことを言わないでくれ。いったいどこで。いつ」

「トゥルカナ湖の東側の岸辺です。この週末に。彼らは巧みに言い逃れて、詳しいことは話しません。彼女の車の中だったそうです。不幸な事故だったと警察は言っています」ミルドレンは申し訳なさそうに付け加えた。「われわれの気持ちを思いやっているような印象を受けました」

「誰の車だって？」とウッドロウは語気を強めて訊いた――荒れ狂う思いを振り払うために心の中で闘っていた。誰が、どうやって、どこで。ほかのあらゆる考えや感覚は意識の底へと沈んでいき、秘められた彼女との思い出はすべて荒々しく記憶から消され、干上がった月の表面のようなトゥルカナ湖の情景が浮かび上がってくる。六カ月前に、国防武官のありがたすぎる随行を伴って現地調査に行ったのを思い出す。「そこにいてくれ。上がっていく。このことは誰にもしゃべるんじゃないぞ、いいな？」

ウッドロウは型どおりに動いた。受話器を置き、机をまわり、椅子の背から上着を取ってゆっくりと着る。ふだんは上の階に行くのに上着は着ない。月曜の朝のミーティングに上着は要らないし、丸ぽちゃのミルドレンの部屋へ行ってふたりで話すとなればなおさらだ。しかし、ウッドロウの専門家としての勘が、これからの旅は長いものになると告げていた。それでも階上《うえ》へ上がりながら意志の力を振り絞り、危機が地平線に現れたときにいつも適用する第一原則に立ち返って、ミルドレンに言ったとおり、まずこの情報は当てにならないと自分を納得させた。そしてそれを補強するために、十年前にアフリカの森林地帯で、若いイギリス人女性がばらばら死体で発見された衝撃的な事件を思い起こした。胸が悪くなるようないかさまだ。そうに決まってる。誰かが狂った想像力で十年前の事件を蒸し返しているのだ。砂漠の真ん中にいる向こう見ずなアフリカ人の警官が、マリファナで半ば朦朧《もうろう》として、六カ月間支払われていない惨めな給料をなんとか手に入れようとしているのだ。

今彼が階段を上っている新築の建物は、簡素にうまく設計されていた。ウッドロウはこの建築スタイルが好きだった。おそらく自分の考えが随所に反映されているからだろう。整然とした複合住宅、軽食堂、オフィス、燃料ポンプ室に、清潔で静かな廊下が自己充足的で質実な印象を与える。ウッドロウも、どこから見ても、同じように信頼の置ける資質の持ち主だった。四十歳で、グロリアと幸せな結婚生活を営んでいる——もし営んでいないにしても、気づいているのは彼だけだ。事務所長という地位にあり、手持ちのカードをうまく切れば、この慎ましい在外公館勤務を次の勤務に軟着陸させることができる。そしてそれほど慎ましくない在外公館をいくつか経て、いずれナイト爵を授かるだろう——もちろん彼自身はそれに重きを置いていないが、グロリアは喜ぶ。彼にはどこか兵士のような気質があったが、それも当然で、軍人の息子だった。十七年間の英国外務省勤務で、半ダースの英国在外公館に旗を掲げてきた。いずれにせよ、危険で、腐敗していて、略奪され、破産している旧英国領ケニアには、ほかのほとんどの勤務地より強く心を動かされた。そのどれほどがテッサによるものか、あえて自問しようとは思わなかったが。

「さあ、聞こうか」彼はまずドアを閉め、鍵をかけてから、挑みかかるようにミルドレンに言った。

ミルドレンはいつも口をとがらせている。机について坐っていると、もうポリッジ（水や牛乳でオートミールなどを煮た粥状のもの）は食べないぞと意地を張る太った腕白坊主に見える。

「彼女は〈オアシス〉に滞在していました」

「どのオアシスだ。できれば正確に言ってくれ」

ミルドレンは歳の割に容易に動揺しない。若いし地位も低いミルドレンは、事態に慌てているかと思ったが、そうでもなかった。速記のメモを持っていて、話すまえに見直している。最近は速記を教えられるのだろう、とウッドロウは蔑んだ。ほかにどこでミルドレンのようなエスチュアリ（中、下層階級が住むロンドンの一地区）出の新米が速記を学ぶ時間を見つけられる。

「トゥルカナ湖の東岸にロッジがあります。南の端です」とミルドレンはメモ用紙を見ながら言った。「そこが〈オアシス〉と呼ばれているのです。テッサはそこで一夜を過ごし、翌朝、ロッジのオーナーが提供した四輪駆動車で発ちました。二百マイル北にある文明の発祥地を見たいと言っていたそうです——リーキーの穴掘りの場所を」そこで言い直した。「リチャード・リーキーの発掘現場です。シビロイ国立公園の中にあります」

「ひとりで？」

「ウォルフガングは運転手をつけました。運転手の死体は、彼女と一緒に四輪駆動車の中にありました」

「ウォルフガング？」

「ロッジのオーナーです。もちろん姓はありますが。みんな彼のことをウォルフガングと呼びます。明らかにドイツ人です。個性的な人物です。運転手は惨殺されていたと警察は言っています」

「どんなふうに」

「頭部を斬り落とされて。まだ見つかっていません」

「誰が見つからないって？　彼女と一緒に車の中にいたんじゃないのか」

「頭部が見つかってないんです」

それぐらい推測できそうなものだ。ちがうか？

「テッサはどんなふうに死んだと言ってる？」

「事故です。そうとしか言いません」

「強盗か？」

「警察の話では、ちがうそうです」

盗みではなく、運転手も殺されていることがウッドロウの想像を駆り立てた。「知っていることをすべて教えてくれ」と彼は命じた。

ミルドレンはぼってりした頰を両方の手のひらで支えて、また速記を見た。「九時二十九分。ナイロビ警察本部の機動捜査隊から高等弁務官あてに電話がありました」と読み上げた。「私は、高等弁務官は省庁訪問で街に出ていて、遅くとも午前十時には帰ってくると説明しました。担当官は名を名乗り、有能そうな男でした。ロドワーから報告が入っているとのことでした」

「ロドワー？　トゥルカナから何マイルも離れてるじゃないか！」

「そこが最寄りの警察署なのです」とミルドレンは答えた。「トゥルカナの〈オアシス・ロッジ〉の所有する四輪駆動車が湖の東側で発見されました。リーキーの現場へ向かう途中、アリア入江の手前です。遺体は少なくとも死後三十六時間は経過していました。ひとりは白人女性、死因不明。もうひとりは頭部のないアフリカ人。こちらは運転手のノアであることがわかりました。既婚者で子供が四人。メフィストのサファリ・ブーツの片方、サイズは七。青いブッシュ・ジャケット一着、サイズはXL、血が付いて、車の床に落ちていました。女性は二十代半ばから後半、髪は黒く、左手の中指に金の指輪。車の床に金のネックレス」

きみのそのネックレスは？――ウッドロウはわざと挑発するような口調で自分がそう言うのを聞いた。ふたりで踊っているときだ。

母が結婚する日に祖母が贈ったものよ――と彼女は答えた。どんな服を着るときにもつけてるの、たとえ外から見えなくても。

ベッドの中でも？

場合によるわ。

「発見者は？」とウッドロウは訊いた。

「ウォルフガングです。無線で警察に連絡し、ここナイロビにある彼の事務所に知らせました、それも無線で。〈オアシス〉には電話がありません」

「死体に頭部がなかったのなら、どうして運転手だとわかった？」

「彼は怪我のせいで片腕が不自由でした。だから運転手をしていたのです。ウォルフガングは、テッサがノアと土曜の五時半に出発するのを見ていました。アーノルド・ブルームと一緒に。三人が生きているところを彼が見たのは、それが最後でした」

ミルドレンはまだメモを読み上げていた。でなければ、読むふりをしていた。頬も机の上に立てた手に載せたままだった。頬はそこになければならないと決めつけているようだ。両肩がひどく強張っているのでそれがわかる。

「もう一度言ってくれ」とウッドロウは一瞬の間ののちに命じた。

「テッサはアーノルド・ブルームと一緒でした。ふたりは〈オアシス・ロッジ〉に一緒にチェックインし、金曜の夜をそこで過ごして、ノアのジープで翌朝五時半に発ったのです」とミルドレンは辛抱強く繰り返した。「ブルームの遺体は、四輪駆動車の中にはありませんでした。彼がいたことを示すものは何もありません。少なくとも報告ではそうなっています。ロドワー警察と機動捜査隊はすでに現地にいますが、ナイロビ警察本部はわれわれがヘリコプターの代金を払うかどうかを知りたがっています」

「遺体は今どこにある」ウッドロウは軍人の父親の息子らしく、てきぱきと実務的だった。

「わかりません。警察は〈オアシス〉に引き取らせたかったようですが、ウォルフガングが拒否しました。客は去るものだし、従業員もそうだと言って」一瞬のためらいがあった。

「彼女はテッサ・アボットの名でチェックインしていました」

「アボット？」

「旧姓です。〃テッサ・アボット、ナイロビの私書箱気付〃ここの私書箱です。アボットという職員がいないので記録を調べたところ、〃クエイル、旧姓アボット、テッサ〃を見つけたんです。援助活動にはこの名を使っていたのではないでしょうか」彼はメモの最後のページを見ていた。「高等弁務官に電話でお知らせしようとしたのですが、省庁まわりに行かれたきりで、しかも今は回線が混み合っています」と彼は言った。つまり言いたいことはこうだ。ここはモイ大統領治下のナイロビで、市内通話は、〝申し訳ございません。ただいま全回線使用中です。のちほどおかけ直しください〟と飽きもせず繰り返す、悦に入った中年女性の声を半時間聞かなければ繋がらない。

ウッドロウはすでにドアロにいた。「誰にもしゃべってないな？」

「誰にも」

「警察はどうだろう」

「しゃべってないと言うでしょう。ロドワーについてはなんとも答えられないでしょうが、それを言えば、彼ら自身についても答えられるかどうか怪しいものです」

「きみが知るかぎり、ジャスティンはまだ何も知らされてないな？」

「はい」

「彼はどこだ」

「オフィスにいると思います」

「そこにいさせてくれ」

「彼は今日早めに来ました。テッサが現地調査に出かけているときにはいつもそうです。ミーティングはキャンセルしておきましょうか？」

「ちょっと待て」

予感がなかったわけではないが、今や悲劇というだけでなく、ハリケーン並みのスキャンダルを扱っていることをはっきりと認識し、ウッドロウは建物の裏手の〝許可された職員のみ〟と記された特別な階段を駆け上がり、薄暗い通路を抜けて、覗き穴と押しボタンのついた鋼鉄製のドアのまえに立った。ボタンを押しているあいだに、カメラが彼の姿を捉えた。すらりとした赤毛の女性がドアを開けた。ジーンズをはき、花柄の作業服を着ている。シーラ――スワヒリ語を話せる彼らのナンバー・ツー――だと瞬時に思った。

「ティムは？」とウッドロウは訊いた。

シーラはブザーを押して、箱型の装置に話しかけた。「サンディが急用よ」

「暗証番号を入れるから、ちょっと待ってくれ」よく通る男の声が叫んだ。

彼らは待った。

「よし、安全確認終了」と同じ声が言って、別のドアがブザーの音とともに開いた。

シーラがうしろに下がり、ウッドロウは彼女のまえを過ぎて部屋に入った。身長六フィート六インチの情報局長、ティム・ドナヒューが机のまえに聳え立っていた。その机を整理していたにちがいない。書類一枚置かれていなかった。ドナヒューは、いつにも増して具合が悪そうに見えた。ウッドロウの妻のグロリアは、彼は死にかかっていると言う。こけて血色の悪い頬。生気がなく、黄ばんだ眼の下のぼろぼろの肌。不揃いの口髭が爪で引っ掻いた跡のように伸び、滑稽なほどの絶望感を漂わせている。

「サンディ、おはよう。なんの用だね？」と彼は大声で言い、遠近両用眼鏡の奥から彼を覗き込んで、骸骨のように微笑んだ。

そういえばやたら馴れなれしい男だった、とウッドロウは思い出した。他人の領空を侵犯して、相手が信号を送るまえに通信に割り込んでくる。「テッサ・クエイルが、どこかトゥルカナ湖の近くで殺されたようなんだ」ウッドロウは相手を驚かせたい悪意の発作に駆られて言った。「〈オアシス・ロッジ〉と呼ばれる場所がある。無線でそこのオーナーと話さなければならない」

これが訓練の成果だ、と彼は思った。鉄則の一――何があっても感情を表に出してはならない。シーラのそばかすの顔が悲痛な拒絶反応で凍りついた。ティム・ドナヒューはまだ馬鹿げた笑いを浮かべていた。しかしこの男の笑いには最初から意味がない。

「どうされたって？　もう一度言ってくれ」

「殺されたのだ。殺害手段はわからない。あるいは警察が明かしていない。彼女のジープの運転手は頭部を斬り落とされていた。そういう話だ」

「強盗殺人か？」

「殺されただけだ」

「トゥルカナ湖の近くで」

「そう」

「そんなところでいったい何をしてたんだろう」

「わからない。リーキーの発掘現場を訪れていたということだが」

「ジャスティンは知ってるのか」

「まだだ」

「われわれの知り合いの誰かが関わっているのか」

「それを探ろうと思っている」

ドナヒューは、ウッドロウがそれまで見たことのなかった防音室へ彼を連れていった。暗号用のプラグを差し込む穴のついた、たくさんのカラー電話。ドラム缶のようなものの上に置かれたファックス機。細かい緑の水玉模様の金属箱から成る無線装置。その上に、局内で印刷された番号帳が載っている。ここが、われわれの建物の中でスパイたちが囁き合う場所なのか、とウッドロウは思った。雲の上で？　それとも地の底で？　それはわからない。ドナヒューは無線装置のまえに坐り、番号帳をまじまじと眺め、震える白い手でおぼつかなげに制御盤に触れて言った。「こちらZNB85、ZNB85ですが、TKA60どうぞ」まるで戦争映画の英雄のように。「TKA60、聞こえますか？　どうぞ。〈オアシス〉、聞こえますか、〈オアシス〉？　どうぞ」

突然大きな空電音が鳴り、挑みかかるような声が聞こえた。「こちら〈オアシス〉。よく聞こえます、ミスター。そちらは誰ですか？　どうぞ」粗野なドイツ訛り。

「〈オアシス〉、こちらはナイロビの高等弁務官事務所だ。これからサンディ・ウッドロウと話してもらう。どうぞ」

ウッドロウはドナヒューの机に両手を突き、マイクに口を寄せた。

「事務所《ヘッド・オヴ・》長《チャンセリー》のウッドロウだ。そちらはウォルフガングか？　どうぞ」

「尚書局《チャンセラリー》かね？　ヒトラーの頃のような？」

「いや、こちらは政務担当だ。どうぞ」

「なるほど、ミスター事務所長。私はウォルフガングだ。質問はなんだね？　どうぞ」

「ミス・テッサ・アボットの名でそちらのホテルにチェックインした女性を、見たとおりに説明してもらえないだろうか。それで正しいか？　彼女はテッサ・アボットと書いたんだな？　どうぞ」

「そう、テッサだ」

「どんな女性だった？　どうぞ」

「黒髪、化粧はなし、背が高くて、二十代後半。イギリス人じゃない。少なくとも私はそう思った。ドイツの南のほうの出か、オーストリア人、イタリア人といったところだ。私はホテルの経営者だからな。人を見てる。それに美人だった。私は男でもあるんでね。なんだか動き方が獣並みにセクシーだったよ。吹けば飛ぶような服を着てた。あんたの知ってるアボットか、ほかの誰かに似てるかね？　どうぞ」

ドナヒューの頭が、彼の頭の数インチ先にあった。シーラはその反対側に立っていた。三人はそろってマイクをじっと見つめていた。

「そう。ミス・アボットのようだ。教えてもらえるだろうか、彼女はいつそちらのホテルを予約した？　どんな手段で？　あなたはナイロビに事務所を持っていると聞いたが。どうぞ」

「彼女ではない」

「え？」

「ドクター・ブルームが予約したのだ。一泊、二名で、プール脇のロッジをふたつ。空いているロッジはひとつだけですと言ったら、わかった、それならそこを予約する、と答えた。大した男だぜ、まったく。ワオ。皆ふたりに眼をみはった。ほかの客も、ホテルの従業員も。白人の美女がひとりに、アフリカ人のハンサムな医者がひとりだ。ちょっとした見ものだろう。どうぞ」

「ロッジには何部屋ある？」ウッドロウは、自分を直視している醜聞をできれば避けたいと、弱々しく期待しながら訊いた。

「寝室がひとつ、シングルベッドが二台並んでる。硬すぎず、バネが効いてて気持ちいい。居室がひとつ。みんなが宿泊カードを書くのはここだ。お客には妙な偽名は使わないでくれと言ってる。いなくなったら、誰だかわからないと困るからな。つまりそれが彼女の本名だったのか？　アボットってのが？　どうぞ」

「旧姓だ。彼女が宿泊カードに書いた私書箱の番号は高等弁務官事務所のものだ。どうぞ」

「旦那はどこにいる？」

「ナイロビだ」

「なんとね」

「で、ブルームが予約したのはいつだ？　どうぞ」

「木曜。木曜の夜だ。ロキから無線で連絡してきた。金曜の夜明けにそこを発つと言ってた。ロキってのはロキチョギオだ、北の国境沿いの。南スーダンで働く援助組織の本拠地だな。どうぞ」

「ロキチョギオがどこかはわかる。そこでふたりが何をしてるか話してたか」

「支援活動さ。ブルームはそういう活動をしてたんだろう？　それ以外にロキに行くわけがない。ベルギーの医師団だかで働いてると言ってたよ。どうぞ」

「すると彼はロキから予約して、ふたりはロキを金曜の早朝に発ったわけだ。どうぞ」

「湖の西岸に午頃《ひる》着くって話だった。で、湖を〈オアシス〉まで渡るボートを手配してくれと。だから言ってやったんだ。〝いいかね、ロキチョギオからトゥルカナまではかなり危険な道のりだ。食糧護衛トラックと一緒に移動したほうがいい。山は盗賊だらけだし、互いに牛を盗み合ってる部族もいる。そんなのは常識だ。ただ昔彼らが持ってたのは槍だが、今はＡＫ47だ〟とね。彼は笑ったよ。大丈夫だと言った。実際大丈夫だった。無事到着したよ。どうぞ」

「そしてふたりはチェックインして、宿泊カードに名前を書いた。それから？　どうぞ」

「ブルームは、翌朝夜明けにリーキーの発掘現場に行くから、ジープと運転手を貸してくれと言った。どうして予約するときにそう言わなかったのかは訊かないでくれ。私も訊かなかったんだ。ふとそうしようと思ったのかもしれない。それとも無線で自分たちの計画を話したくなかったか。〝いいよ〟と私は言った。〝あんたは運がいい。ノアがいるよ〟ってね。ブルームは喜んだ。彼女も喜んだ。ふたりは庭に出ていって一緒に泳ぎ、一緒にバーに行って食事をし、みんなにおやすみと言って、ロッジに戻った。そして翌朝一緒に出発した。彼らが出ていくのをこの眼で見たよ。朝食に何を食べたか訊きたいかね？」

「あなたのほかに彼らが出ていくのを見た人間は？　どうぞ」

「起きてた連中は全員見たよ。昼飯と、ミネラルウォーター、予備のガソリン、非常食、医薬品を持っていった。三人ともまえの席に坐って、アボットが真ん中で、幸せな家族といった雰囲気で出ていった。ここはオアシスだからな、わかる？　客は二十人いたけど、ほとんどまだ寝てた。従業員は四十人で、こちらはほとんど起きてた。呼びもしないのにうちの駐車場で動物の皮やら、杖やら、ハンティングナイフを売ってるやつらが百人ばかりいるが、皆ブルームとアボットが出発するのを見てさよならの手を振った。私も振り、皮売りも振り、ノアが手を振り返して、ブルームとアボットも手を振った。彼らは笑ってなかったよ。真剣な表情だった。何か大変な仕事か、重大な決断が控えてるみたいに、よくわからないが。私に何をしてほしいね、ミスター事務所長？　目撃者を殺せってか？　言っておくが、私はガリレオだ。刑務所に入れてみな。誓って彼女は〈オアシス〉に来たことなどありませんって言うぜ。どうぞ」

一瞬、知覚が麻痺して、ウッドロウは次の質問を思い浮かべられなかった。それとも質問したいことが多すぎるのか。私はすでに牢獄に囚われている、と彼は思った。私の終身刑は五分前に始まった。彼は片手で眼をこすった。その手をどけると、ウッドロウが彼女の死を告げたときと同じ虚ろな表情で、ドナヒューとシーラが彼を見つめていた。

「何かおかしいと最初に気づいたのはいつだね？　どうぞ」と彼は力なく訊いた。「つまり、一年じゅうそこに住んでるんだろう？　あるいはそのすばらしいホテルを何年経営してる？　どうぞ」

「ジープには無線がついてる。客と出かけるときには、ノアは必ず連絡してきて、愉しくやってると伝えることになっている。ところがやつは連絡してこなかった。ああ、もちろん無線が繋がらなかったり、運転手が忘れることはある。いちいち連絡するのは面倒くさい。車を停めて外に出て、アンテナを伸ばさなきゃならないからな。聞こえてるか？　どうぞ」

「はっきり聞こえる。どうぞ」

「ただ、ノアは忘れないんだ。だから運転手で使ってた。だが彼は連絡してこなかった。午後になっても、夜になっても。まあいいか、と思った。おおかたどこかでキャンプして、しこたま飲まされるか何かしたんだろうとね。夜、最後に無線の電源を切るまえに、リーキーの現場近くにいる警備隊員を呼び出してみた。三人はいなかった。翌朝いちばんでロドワーに行って、失踪を届け出た。私のジープだからな、わかるだろ？　私の運転手もいるし。失踪は無線で届け出ることができない、出頭しないと。大変な距離だが、法律だから仕方ない。ロドワー警察は実に親身になって困った人間を助けてくれるよ。ジープがなくなった？　そりゃお気の毒。泊まり客ふたりと運転手ひとりが乗ってる？　だったら自分で探しにいけば？　日曜だから彼らはまったく働く気がない。教会にも行かなきゃならないし。〝あんたが金を払い、車を貸してくれるなら、助けてやれるかもしれないな〟だとさ。私は家へ帰った。そして捜索隊を集めた。どうぞ」

「誰が参加した？　どうぞ」ウッドロウはまた調子を取り戻してきた。

「ふたつのグループを作った。すべてうちの従業員だ。トラック二台、水、予備燃料、薬、食糧、それから消毒が必要になったときのためにスコッチ。どうぞ」そこでほかの交信が割り込んだ。ウォルフガングは、消えやがれと言った。驚くべきことに、それは本当に消えた。

「今ここは大変な暑さなんだ、ミスター事務所長。四十六度あるのに加えて、ネズミみたいにジャッカルとハイエナがうろついてる。どうぞ」

間ができた。明らかにウッドロウの発言を求めている。

「続けてくれ」とウッドロウは言った。

「ジープは横転してた。ひとつの窓が五センチほど開いてた。なぜだかは訊かないでくれ。ドアは閉まってた。これもなぜかは訊かないでくれ。誰かがドアを閉めてロックし、キーを持ち去っていた。ほんのわずかの隙間から、とても口では言えないような臭いが漂っていた。ハイエナが車体を引っ掻きまわしていて、中に入ろうとした個所は大きくへこんでいた。狂ったように歩きまわった跡があった。鼻のいいハイエナは、十キロメートル先からでも血の臭いを嗅ぎとるからな。もし死体に到達できてたら、ひと噛みで切り開いて、骨から骨髄を吸い出してただろうな。だが、そうはならなかった。誰かがドアをロックして、窓を少し開けただけだったから。ハイエナたちは正気を失ってた。こちらも同様だ。どうぞ」

ウッドロウは心中もがきながらことばを継ぎ合わせた。「警察の話では、ノアは頭部を斬り落とされていたという。それは本当か？　どうぞ」

「そうだ。彼は本当にいいやつだった。家族はものすごく心配してる。ありとあらゆるところに人をやって彼の頭を探してる。頭がないときちんとした葬式が挙げられず、彼の霊が家族に取り憑くことになるからだ。どうぞ」

「ミス・アボットはどうだった？　どうぞ——」頭部のないテッサの、胸の悪くなるような情景。

「誰かが言わなかったのか？」

「聞いてない。どうぞ」

「咽喉《のど》を切られてた。どうぞ」

第二の情景。今度は殺人者が彼女のネックレスを引きちぎり、ナイフの通り道を作っている。ウォルフガングは自分が次にしたことを説明していた。

「まず最初に、若いやつらにドアは閉めたままにしておけと言った。中の人たちはみんな死んでる。ドアを開けた人間は、誰だろうととんでもない目に遭うぞとね。私はひとつのグループに、火を焚いて見張るように言った。そしてもうひとつのグループを車に乗せて〈オアシス〉に連れて帰った。どうぞ」

「質問がある。どうぞ」ウッドロウは必死で平静を保とうとしていた。

「どんな質問だね、ミスター事務所長？　遠慮なく言ってくれ。どうぞ」

「誰がジープのドアを開けた？　どうぞ」

「警察だ。警察が到着すると、うちのやつらはいっせいに退いた。警察が好きなやつなんていない。誰も逮捕されたくない。ここではな。ロドワー警察がまず現れて、今は機動捜査隊もいる。モイ個人の秘密警察《ゲシュタポ》からも何人か来てる。うちのやつらは金庫に鍵をかけて、銀食器を隠してるよ。といっても、銀食器なんてないがね。どうぞ」

　ウッドロウが筋道の通ったことばを思いつくまでに、また間ができた。

「ブルームは、リーキーの現場に向けて出発したときに、サファリ・ジャケットを着ていたか？　どうぞ」

「ああ。着古したやつだ。どちらかと言うとチョッキに近い。青だった。どうぞ」

「殺人現場でナイフは見つかったか？　どうぞ」

「いや。ただすごいナイフだったことはまちがいない。ウィルキンソンの刃のついた大鉈《おおなた》みたいなやつだな。バターを切るみたいにノアに入ったろうよ。ひと振りでな。彼女も同じだ。シュッ。彼女は裸にされてた。体じゅうに傷がついてた。言ったっけ？　どうぞ」

　いや、言わなかった、とウッドロウは胸でつぶやいた。彼女が裸だったなんてひと言も。体の傷のことも。「そのロッジを出るときに、ジープにナイフを積んでたか？　どうぞ」

「探険に出るときにナイフを持っていかないアフリカ人は見たことがないよ、ミスター事務所長」

「遺体は今どこにある？」

「ノアー――というより彼の胴体か――は部族に返した。ミス・アボットには警察がモーターボートを用意した。ジープの屋根を切り取らなきゃならなかった。うちの切断道具を貸してやったよ。それから彼女をデッキに縛ってとめた。船の中に入らなかったんでね。どうぞ」

「どうして入らなかった？」しかし彼は訊かなければよかったと思った。

「想像力を働かせなさいよ、ミスター事務所長。この暑さで死体がどうなるかわかるだろう？　ナイロビまで彼女をヘリで運びたかったら、遺体を切らなきゃならない。容器に入らないからな」

ウッドロウは一瞬、完全に知覚を失った。ふと我に返ると、ウォルフガングが、そうだ、ブルームにはまえに一度会ったことがあると言っていた。どうやら質問をしたようだが、自分の耳には聞こえなかった。

「九カ月前だ。支援活動で、金持《ファット・キャッツ》ちの団体を率《ベアー・リード》いてたよ。世界の食糧、世界の健康、世界の必要経費ってか。あの阿呆どもは湯水のように金を使って、使った額の二倍の領収書をくれとせがんだ。失せやがれと言ってやったよ。それを見てブルームは喜んでた。どうぞ」

「今回はどんな様子だった？　どうぞ」

「どういう意味だ」

「どこかちがう感じだったか？　興奮しやすかったとか、行動が妙だったとか」

「なんの話をしてるんだね、ミスター事務所長」

「つまり……何かやってなかったか。何かでハイになっていたとか」ことばにもたついた。「いや、だから……わからないが……コカインとか、そういうものだ。どうぞ」

「あなたねえ」とウォルフガングは言った。そこで回線が切れた。

ウッドロウはまたドナヒューが探るような眼を向けているのに気がついた。シーラはいなくなっていた。何か緊急の用向きで出ていったような印象を受けた。だがなんだろう。なぜテッサの死がスパイたちに緊急の行動を起こさせるのだろう。寒気を感じ、カーディガンを着てくればよかったと思った。そのくせ全身汗だくだった。

「何かほかに手伝えることはあるかね、きみ《オールド・ボーイ》」とドナヒューが奇妙なほど気を遣って訊いた。眉毛の濃い、病人のような眼で相変わらず彼を見下ろしている。「何か飲みものでも？」

「ありがとう。今はいい」

やつらは知っていたのだ――ウッドロウは階下《した》へ降りながら、怒りに駆られて思った。彼女が死んだことを、私が知るよりまえに知っていたのだ。もっとも彼らは、われわれにそう信じてもらいたがっている――スパイはあらゆることについて、われわれより詳しく、早く知っていると。

「高等弁務官は戻ってきたか？」と彼はミルドレンのドアから首を突っ込んで訊いた。

「まもなく戻ってきます」

「ミーティングはキャンセルしてくれ」

ウッドロウはジャスティンの部屋に直接向かわなかった。ギタ・ピアスンのところへ立ち寄った。ギタは事務所のいちばん若い職員で、テッサの親友でもある。黒い眼にブロンドの髪をしたイギリス人とインド人のハーフの女性で、額にカーストの印をつけている。現地採用だが——とウッドロウはまた頭の中で繰り返した——外務省の仕事を生涯続けるつもりでいる。ウッドロウがうしろ手にドアを閉めると、彼女の額に訝《いぶか》しげな皺《しわ》が刻まれた。

「ギタ、ここだけの話にしてほしいんだ。いいね？」彼女はまっすぐに彼を見て待っていた。

「ブルーム。ドクター・アーノルド・ブルームのことなんだが。わかるかね？」

「彼がどうかしたの？」

「きみの友だちだ」返事がない。「つまり、彼と親しいだろう」

「連絡先のひとりよ」ギタの仕事は援助組織と日々連絡を取ることだった。

「そして言うまでもなくテッサの友だちだ」ギタの黒い眼は何も語らなかった。「ブルームの援助組織でほかに誰か知ってるかね？」

「ときどきシャーロットに電話するわ。彼の事務所にいるの。あとは現場で活動する人たちよ。でもどうして？」ハーフの女性は歌うような声音で訊いた。ウッドロウはその声をいつも魅力的だと思う。だがもう二度とあんなことをするわけにいかない。二度と、誰とも。

「ブルームは先週、同伴者とロキチョギオにいた」

三度目のうなずき。しかし今度はゆっくりうなずいて、視線を落とした。

「そこで彼が何をしてたか知りたいんだ。そのあとロキからトゥルカナまで車で行ってる。彼がナイロビに戻っているかどうかを知りたい。それともロキに戻ったのかもしれない。あちこちの卵を割らずにそれを確かめられるかい？」

「どうかしら」

「やってみてくれ」彼の頭に疑問が生じた。テッサと知り合って何カ月も経つのに、これまで一度も思いつかなかった。「ブルームは結婚してるのか？　知らないか？」

「してると思うわ。この街のどこかで。ふつう結婚するでしょう？」

〝ふつう〟とはアフリカ人のことか？　それとも恋人たち？　あらゆる恋人たち？

「しかしここに妻はいないだろう、ナイロビには。ブルームは結婚していないはずだ」

「でもどうして？」控えめに、しかし慌てた口調で。「テッサに何かあったの？」

「かもしれない。いずれわかる」

ジャスティンのドアのまえまで来ると、ウッドロウはノックをして、返事を待たずに中に入った。今度は鍵をかけなかったが、両手をポケットに突っこみ、ドアに広い肩をもたせかけた。その場を動かないかぎり、鍵をかけたに等しい。

ジャスティンは気品の漂う背中を彼のほうに向けて立っていた。きれいに調髪された頭を壁に向け、部屋に数枚貼られているグラフのひとつを仔細に眺めていた。グラフには上がったり、下がったりする色とりどりの階段状の線が描かれている。それぞれに黒字のイニシャルで表題がついている。ジャスティンが注目しているのは〝生活基盤比較　二〇〇五―二〇一〇〟と題されたグラフで、ウッドロウの立つ場所から見るかぎり、アフリカ諸国の将来の繁栄を予測するものだった。ジャスティンの左手の窓辺には、彼の栽培する鉢植え植物が一列に並んでいる。その中にジャスミンとバルサムがあるのをウッドロウは知っているが、それはジャスティンがいくらか摘んでグロリアに贈ってくれたからだ。

「やあ《ハィ》、サンディ」とジャスティンは〝やあ〟を引き延ばして言った。

「やあ《ハィ》」

「今朝のミーティングはないんだって？　工場で何か問題でもあったのかい？」

　名高い黄金の声、とウッドロウは思った。今初めて聞くかのように、細かい色合いにも気がつく。時の試練は受けているが、人を魅了してやまない声――ただし話の内容より響きを気にする人間にとってだが。これからきみの人生を変えてしまうというときに、なぜ私はきみを蔑んでいるのか。今このときからきみの生涯が終わるまで、この瞬間の〝まえ〟と〝あと〟ができる。きみにとって、それは異なる時代となる。私にとってもだ。そのいまいましい上着を脱いだらどうだ？　外務省でいまだに仕立屋にトロピカル・スーツを作らせてるのはきみだけだろう。そこでウッドロウは自分もまだ上着を着ていることを思い出した。

「ご家族は皆元気だろうね」とジャスティンは同じ慎重でゆったりとした口調で訊いた。「グロリアはこのとんでもない暑さでばててないかい？　お子さんはふたりとも丈夫に育ってる？」

「ああ、みんな元気だ」間ができた。ウッドロウの作った間だった。「テッサは内陸部に行ってるんだったな」と彼は思いついたように言った。事件はすべて恐ろしい勘ちがいだったことを証明する最後のチャンスをテッサに与える。

ジャスティンは急に愛想がよくなった。テッサの名を出すといつもそうなる。「ああ、そうなんだ。彼女の援助活動はこのところノンストップでね」彼は国際連合発行の厚さ三インチはある書物を抱えていた。背を屈めて、それをサイドテーブルの上に置く。「この調子だと、ここを出る頃にはアフリカじゅうを救ってるんじゃないかな」

「彼女は内陸部へ何をしに行ったんだい？」――まだ藁《わら》にすがっている――「ナイロビで働いてるんだと思ってた。キベラのスラム街で。ちがったかい？」

「いや、働いてるよ」とジャスティンは誇らしげに言った。「昼も夜も。可哀そうに。赤ん坊の尻を拭くことから、公民権運動をしてる弁護士補助員と知り合いになることまで。彼女の依頼人は、もちろんほとんどが女性だ。そこに彼女は惹かれるらしい。アフリカの男たちの関心はたいして惹かないようだけど」ジャスティンのもの悲しい笑みは、男たちが興味を持ってくれさえすればと言っていた。「財産権、離婚、暴行、夫の性暴力、女性の陰核切除、安全なセックス。毎日盛りだくさんのメニュー。彼女たちの夫がピリピリするのもわかるだろう？　私もそうなるね、もし性暴力をふるう夫だったら」

「で、彼女は内陸部で何をしてる？」とウッドロウはこだわった。

「神のみぞ知るだ。ドクター・アーノルドに訊いてくれ」とジャスティンはあまりにさり気ない口調で言った。「あそこではアーノルドが案内役と賢者を兼ねてる」

こういう言い方をする男だ、とウッドロウは思い出した。三人のそれぞれを正当化する作り話。アーノルド・ブルーム、医学博士、援助活動のジャングルにおける彼女の生活指導員、黒人の騎士、守護者——しかし断じて黙認された愛人ではない。「正確にはどこなんだ」

「ロキ。ロキチョギオだ」ジャスティンは机の端にもたれていた。ウッドロウがあからさまにドアにもたれているのを無意識のうちに真似しているのかもしれない。「世界食糧計画（国際連合の食糧援助機関）の連中が、性差別自覚セミナーというのを開いてるんだ。信じられるかい？ 南スーダンの自覚のない村の女たちを飛行機で呼び寄せて、ジョン・スチュアート・ミル（一八〇六—七三年。イギリスの哲学者、社会改革者。婦人参政権のための運動をした）の短期集中講座を開き、自覚させて村に帰してるんだ。アーノルドとテッサはそんな余興を見にいったのさ。幸運なやつらだ」

「彼女は今どこにいる？」

ジャスティンはこの質問が気に入らないようだった。ウッドロウがわざわざ話しにきたのには理由があると、ようやく理解したのかもしれない。それとも、ひょっとして——とウッドロウは思った——彼自身がテッサを繋ぎ止め《ピン・ダウン》ておけないときに、彼女の話題を強要され《ピン・ダウン》るのが嫌なのかもしれない。

「こちらに戻ってくる途中じゃないか。なぜ？」

「アーノルドと？」

「おそらく。彼女を残してきたりしないだろう」

「彼女は連絡してきたか」

「私に？ ロキから？ いったいどうやって。電話はないよ」

「援助組織の無線機を使ったかもしれないと思ってね。ほかの連中はそうするんじゃないか?」

「テッサはほかの連中とはちがう」とジャスティンは言い返した。眉間に皺が寄った。「しっかりした主義の持ち主だから。たとえば資金提供者の金は決して無駄遣いしない。どうしたんだい、サンディ」

　ジャスティンはしかめ面になっていた。机を押して離れると、両手をうしろで組んで、部屋の中央に立った。ウッドロウは、陽の光に照らされたその知的で端整な顔と、白髪の混じり始めた黒髪を見て、テッサの髪の毛を思い出した。ジャスティンとまったく同じ色だが、年齢も、慎みも感じさせない。ふたりを初めて見たときのことも思い出した。新婚ほやほやのテッサとジャスティン。魅力的なふたりが賓客として高等弁務官の〝ナイロビへようこそ〟パーティに現れたときのことを。そして進み出て挨拶したときに、ふたりが父親と娘のように見え、心の中で自分こそ彼女の手を取る求婚者にふさわしいと思ったことを。

「彼女から連絡がないのはいつからだ」と彼は訊いた。

「ふたりを空港へ連れていった火曜日以来だ。いったいなんなんだ、これは、サンディ。アーノルドがついていれば彼女は安全だよ。言われたとおりに行動する」

「彼らがトゥルカナ湖へ行った可能性はあると思うか。彼女とブルーム――アーノルドが」

「行く手段があって、そういう気分になったとしたら、なぜ行ってはいけない? テッサは野性を感じられる場所が好きだ。それにリチャード・リーキーを大いに尊敬してる。考古学者として、また洗練された白人のアフリカ人として。確かあそこにはリーキーの診療所があるだろう？　ひょっとするとアーノルドはそこに用事があって、彼女を連れていったのかもしれない。サンディ、いったいなんなんだ？」彼は憤然として繰り返した。

死の一撃を加えながら、ウッドロウはただ自分のことばがジャスティンの表情に及ぼす効果を見届けるしかなかった——帰らぬ若さの最後の名残がジャスティンから抜け出していくさまを。魅力的な顔が何か海中の生物のように閉じられ、強張《こわば》って、あとに珊瑚らしきものだけが残るさまを。

「白人女性とアフリカ人の運転手がトゥルカナ湖の東岸で見つかったという報告が入ってる。彼らは死んでいた」ウッドロウは〝殺された〟ということばを避けて、慎重に切り出した。「車と運転手は〈オアシス・ロッジ〉が貸し出したものだった。ロッジのオーナーは、その女性をテッサだと言っている。彼の話では、彼女とブルームは〈オアシス〉で一夜を過ごして、リチャード・リーキーの発掘現場に向かったそうだ。ブルームは行方がわからない。テッサのネックレスが見つかった。いつも身につけていたものだ」

どうして私にそれがわかる？　なぜわざわざこんなときを選んで、彼女のネックレスについて親《ちか》しい者だけが持つ知識をひけらかす？

ウッドロウはまだジャスティンを見ていた。彼の中の臆病者が眼をそらしたいと言っていたが、軍人の息子にとって、それは人に死刑を言い渡しておいて、絞首刑の現場に立ち会わないようなものだった。ウッドロウは、ジャスティンの眼が見開かれるのを見た。友人に背後から撃たれたかのように傷つき、落胆していた。その眼は見る間にしぼんでほとんど閉じられるまでになった。同じ友人が彼を殴って意識を失わせたかのように。ジャスティンの唇が肉体の苦痛にあえいで開かれ、何ものをも受け付けない決意で固く結ばれ、その強さに色を失った。

「教えてくれてありがとう、サンディ。きみもつらかっただろう。ポーターは知ってるのか」ポーターは、高等弁務官の似つかわしくないファーストネームだ。

「ミルドレンが捕まえようとしている。メフィストのブーツが片方落ちていたそうだ。サイズは七。心当たりがあるか？」

ジャスティンは反応するのに苦労した。まずウッドロウの発する音をことばとして理解するのに時間がかかった。そして今度は返答を急ぎすぎ、かろうじて文になったものを鋭く口にした。「ピカデリーのはずれに店がある。このまえの帰国休暇で彼女は三足買った。あれほど派手に金を使うのは初めて見た。ふだんは浪費家じゃない。これまで金のことは考えなくてもよかったから、彼女も気にしてなかった。着る服が必要になると、救世軍の店で買ってたよ」

「サファリ・ジャケットのようなものを着てたか？　色は青だ」

「いや、彼女は野蛮な服装は大嫌いだった」とジャスティンは反論した。話す力が奔流のごとく甦った。「もし自分が腿にポケットのついたカーキ色の妙な服を着てたりしたら、すぐに焼き捨てるか、ムスタファにやってくれと言ってたよ」

ムスタファは彼女の家の使用人だ――ウッドロウは思い出した。「警察は青だと言ってる」

「彼女は青が大嫌いだった」――今にも癇癪《かんしゃく》を起こしそうだ――「軍隊ふうのものには虫酸《むしず》が走ると言ってたよ」すでに過去形になっている、とウッドロウは気づいた。「確かに緑のブッシュ・ジャケットは持ってたことがある。スタンリー通りのファーベロウの店で買ったんだ。私が連れていった。なぜだかはわからない。たぶん無理やり連れていけと言われたんだろう。私は買物は嫌いだから。だが着たとたんに怒り出した。〝ちょっと見てよ〟と彼女は言った。〝女装したパットン将軍だわ〟いや、ちがう、と私は言った。きみはパットン将軍なんかじゃない。見るも無惨な緑のジャケットを着たとてもかわいい女性だとね」

ジャスティンは机の上を片づけ始めた。几帳面に出発の準備をした。抽出を開けたり閉めたりする。ファイルのトレイをスティール製の棚に入れて鍵をかける。動きの合間に、無意識に髪をうしろに撫でつける。ウッドロウがいつも苛つくしぐさだ。忌み嫌っているコンピューター端末の電源を慎重に切る。噛みつかれると思っているかのように、人差し指でスウィッチを突く。噂では、毎日ギタ・ピアスンに端末のスウィッチを入れさせているそうだ。ウッドロウは、ジャスティンが最後に部屋に虚ろな眼を向けるのを見た。任期終了。人生終了。次に来る人のために部屋はきれいにしておいてください。ドア口でジャスティンは振り返り、窓辺の植物に一瞥をくれた。一緒に持っていくべきか、あるいは少なくとも誰かに世話を頼むべきかと考えていたのかもしれない。が、結局何もしなかった。

ジャスティンと廊下を歩きながら、ウッドロウは彼の腕に触れようとした。が、触れるまえに嫌悪感のようなものを覚えて手を引いた。ただ彼が倒れたり、つまずいたりしたときに引き上げられるように、注意深く近くを歩いた。ジャスティンが、方向感覚を失った立派な身なりの夢遊病者のような雰囲気を漂わせていたからだ。ふたりはゆっくりと、あまり音を立てずに歩いた。しかしギタには足音が聞こえたにちがいない。部屋のまえを過ぎると、彼女はドアを開け、ウッドロウから数歩遅れて静かについて来た。彼にかからないように金色の髪を手で押さえながら、耳元で囁いた。

「彼はいなくなったわ。みんな、あちこち探してる」

しかしジャスティンの耳はふたりが思ったより鋭かった。あるいは感情が極端に昂っているために、知覚が異様に研ぎ澄まされているのかもしれない。

「アーノルドのことを心配してるんだね」と彼はギタに言った。見知らぬ人間が道を教えてやるときの親切な声音だった。

＊

高等弁務官は、永遠に何かの学生であるような、眼の落ちくぼんだ極度に知的な男だった。投資銀行家の息子と、重度の知的障害を負ったロージーという小さな娘、そしてイギリスにいるときには治安判事だった妻がいる。家族一人ひとりに等しく愛情を注ぎ、週末はロージーをストラップで腹に抱いて過ごす。しかしコールリッジ本人は、男らしさの瀬戸際でなんとか持ちこたえていた。ぶかぶかのオクスフォード・ズボンに若者ふうのサスペンダー。それに合った上着がドアのうしろのハンガーに掛けてある。上着には、〝P・コールリッジ、ベーリアル（オクスフォード大学ベーリアル・コレッジ）〟と縫い取りがある。大きなオフィスの真ん中に威厳を持って立ち、髪の乱れた頭を腹立たしげにウッドロウのほうに向けて話を聞いた。眼から涙が流れ、頬を伝った。

「くそっ《ファック》」まるでそのことばを胸から下ろすのを待っていたかのように、怒りを込めて言った。

「ええ」とウッドロウは言った。

「可哀そうに。何歳だった？　まだ若い娘だろう」

「二十五歳――」なぜ私が知っている？「かそこらです」と付け加えて曖昧にした。

「十八ぐらいに見えた。園芸家のジャスティンも可哀そうに」

「ええ」とウッドロウはまた言った。

「ギタは知ってるのか」

「断片的に」

「彼はこれからどうする？　まだ大した職歴も持ってないじゃないか。このツアーが終わったら、外務省は彼を追放するつもりだった。テッサが死産しなければ、次の人事異動で見捨てるところだったんだ」同じ場所に立っているのにうんざりして、コールリッジは部屋の別のところへ移った。「土曜日にロージーが二ポンドの鱒を釣り上げたんだ」誰かを咎めるように早口で言った。「どう思う？」

コールリッジには突然脇道にそれて時間を稼ぐ癖があった。

「すばらしい」とウッドロウは従順につぶやいた。ロージーはいつかきっとやると言ってたから。

「テッサが聞いたら大喜びしただろうにな。ロージーは彼女が大好きだった」

「そうでしょう」

「だが食べはしない。週末のあいだだけ生かしておいて、庭に埋めるんだ」肩がしゃんとして、仕事の話に戻ったことがわかった。「こいつには裏話があるんだ、サンディ。腐りきった裏話が」

「よくわかっています」

「あのくそペレグリンがすでに連絡してきて、損害を最小限にとどめろだのなんだのとメー鳴いてる」――バーナード・ペレグリン卿、アフリカ地域担当の外務省高級官僚で、コールリッジの仇敵――「損害そのものがまだわからないのに、どうやって最小限にとどめるというんだ？　どうやらやつのテニスの予定をおじゃんにしてしまったようだ」

「彼女は亡くなるまえに、四日間、昼も夜もブルームと行動をともにしていました」とウッドロウは言い、もう一度すべてのドアが閉まっていることを確認した。「それが〝損害〟ということであれば。ロキに行き、そのあとトゥルカナに行っています。ひとつの小屋に泊まり、あとは神のみぞ知るです。ふたりが一緒にいるところを大勢の人間が見ています」

「ありがとう。まったくありがたい。まさにそいつを聞きたかった」両手を大きなポケットに深々と突っ込み、コールリッジは部屋の中を歩きまわった。「ところで、ブルームはいったいどこにいやがる」

「あらゆる場所を探しているそうです。最後に目撃されたのは、ジープでテッサの横に坐って、リーキーの現場へ出発したところです」

コールリッジは大股で机に歩み寄ると、椅子にどすんと腰を下ろし、背にもたれて伸びをした。「つまり犯人は執事だ」と彼は宣言した。「ブルームは受けた教育を忘れて凶暴になり、ふたりの首を斬り、土産としてノアの頭を袋に入れ、ジープを横倒しにしてロックし、逃げ去ったというわけだ。誰でもやりそうなことじゃないかね。くそっ」

「あなたも私同様、彼を知っているでしょう」

「いや、知らない。避けてきたからな。慈善事業の映画スターは好きじゃない。やつはいったいどこへ行ったんだ。どこにいる？」

ウッドロウの頭の中に映像が流れた。ブルーム。欧米人受けのするアフリカ人。ナイロビのカクテルパーティに顔を出す口髭のアポロ。カリスマを持ち、ウィットに富んだ美丈夫。愛想を振りまく宿泊客のブルームとテッサ。その頃、中年婦人のお気に入りの老紳士ジャスティンは、満足げに微笑み、飲みものを差し出している。医学博士アーノルド・ブルーム。かつてのアルジェリア戦争の英雄。国連ホールの演壇に立ち、災害時の優先的な医療措置について講演する姿。パーティが終わりかけた頃、椅子に沈み込み、心ここにあらずといった様子のブルーム。彼について知る価値のあることはすべて五マイルさきに隠してある。

「彼らを本国には送り返せなかったんだ、サンディ」とコールリッジは、一度良心に問いかけ、自信を持って戻ってきた男の断固たる口調で言った。「妻がセックス好きだからといって、ひとりの男の経歴を台無しにするのが私の仕事ではない。今や新しい千年期《ミレニアム》だ。人生をめちゃくちゃにしようと思う人間には、そうする権利が与えられなければならない」

「もちろんです」

「彼女はスラム街ですばらしい仕事をしてた。〈ムサイガ・クラブ〉で人がなんと噂しようとな。モイ大統領の部下どもは苛ついたかもしれないが、心あるアフリカ人はだれもが彼女を愛していた」

「それはまちがいありません」とウッドロウは同意した。

「そう、確かにくだらない性差別云々にも入れあげてたがな。おそらくそうすべきだったんだろう。アフリカを女の手に渡せばうまくいったんだろう」

ミルドレンがノックをせずに入って来た。

「儀典局からの連絡です。テッサの遺体が病院の死体保管所に届いたので、すぐに身元を確認してほしいそうです。それと報道機関がコメントを求めて大騒ぎしています」

「どうやってこんなに早くナイロビまで運んできたんだ？」

「ヘリコプターです」とウッドロウは言った。彼女の遺体を切断して容器に収めるという、ウォルフガングの言った胸の悪くなるようなイメージが眼に浮かんだ。

「本人とわかるまではノーコメントだ」とコールリッジは撥ねつけた。

＊

ウッドロウとジャスティンは、スモークガラスの入った、事務所のフォルクスワーゲンのヴァンで一緒に出かけた。横長の座席に身を屈めて坐った。リヴィングストンが運転し、まえの座席にはジャクスンと、助っ人が必要になったときのために、彼の仲間のキクユ族の男が巨体を縮こまらせて坐っていた。エアコンを最強にしても、ヴァンの中は火炉のようだった。街の渋滞は最悪で、気がおかしくなるほどだった。マタツー・バス（ワゴン車などを改造した小型バス）が両側に次々と割り込んできて、クラクションを鳴らし、排気ガスをまき散らし、土埃と砂の粒を巻き上げていった。リヴィングストンはロータリーで器用に車をまわし、歌ったり体を揺らしたりしている男女のグループに取り囲まれた石造りの入口のまえに車を停めた。彼らをデモの参加者とまちがえたウッドロウは思わず怒りの声を上げたが、すぐに、遺体を引き取りにきた会葬者だということに気がついた。縁石沿いに、錆だらけの車やヴァンが、葬列の赤いリボンをつけて待ち受けていた。

「本当にここまでしてくれる必要はないんだよ、サンディ」とジャスティンは言った。

「必要はあるさ、もちろん」と軍人の息子は誇り高く言った。

警察と、染みのついた白衣を着た医者のように見える騒々しい一団が、入口につづく階段で彼らを待っていた。歓待するためだった。ムランバ警部が自己紹介し、嬉しそうに微笑みながら、英国高等弁務官事務所のふたりの著名な紳士と握手した。黒いスーツを着たアジア人が、外科医のバンダ・シンですと名乗り、今回の仕事を担当させていただくと言った。一行は頭上のパイプに沿って、泣き声のこだまする廊下を歩いていった。中身のあふれたゴミ箱が並んでいる。パイプは冷房装置なのだろうとウッドロウは思った。しかし冷房は利いていない。送電が止まっていて、死体保管所には自家発電機がないからだ。バンダ医師が先導したが、ウッドロウも自分で見つけられたかもしれなかった。左に曲がると臭いが消える。右に曲がると臭いが強くなる。彼の中の無感覚な部分がまた浮かび上がった。兵士の義務は、ここを訪れることであって、感じることではない。義務。どうして彼女はいつも彼に義務のことを思い出させるのだろう。野心に燃える姦通者が、欲した女の遺体を見つめたときに起こることについて、何か古来からの言い伝えがあっただろうか。バンダ医師は彼らを短い階段の下へと連れていった。一行はそこを上がり、換気装置のない待合室に出た。あたり一面、死の臭いが充満していた。

　錆の浮き始めた鉄のドアが眼のまえにあった。バンダは堂々たる態度でそれを叩いた。踵に体重を乗せ、暗号でも送るかのように計算された間隔を置いて、四、五回ノックした。ドアが軋んで半分ほど開き、ひどく痩せて不安げな面持ちをした三人の若者が見えた。が、医師の姿を見ると彼らはうしろに下がり、医師は三人のあいだを縫うように進んでいった。悪臭漂う待合室に残されたウッドロウは、ありがたくも、あらゆる年齢のエイズの死者を収容する、かつて自分のいた学生寮のような地獄さながらの光景を見せられた。痩せ衰えた死体がひとつのベッドに二体寝かされている。ベッドのあいだの床にはもっと多くの死体がある。

服を着たものも、裸のものも。仰向けのものも、横を向いたものも。虚しく我が身を守ろうと膝を抱え、抗議するように顎を反らしているものも。彼らの上には、揺らめく濁った霧のように、ハエが単調なうなりを上げて飛んでいた。

そして共同寝室を思わせるその部屋の、ベッドに挟まれた中央の通路に、寮母の使う車つきのアイロン台がぽつんと置かれていた。台の上にはシーツにくるまれた寒々しい塊があった。そこから不気味なまでに巨大な、半ば人間でなくなった足が二本突き出ている。それは、このまえのクリスマスにウッドロウとグロリアが息子のハリーに与えた、アヒルの足の形の寝室用スリッパを思い出させた。膨れ上がった片方の手がなぜかシーツからはみ出していた。指は黒い血で覆われている。血がいちばん厚くこびりついているのは関節部分だった。指の爪はアクアマリン・ブルー。想像力を働かせなさいよ、ミスター事務所長。この暑さで死体がどうなるかわかるだろう?

「ミスター・ジャスティン・クエイル。こちらへお願いします」とバンダ・シン医師が、招待客の名を読み上げる受付の不吉な声で呼びだした。

「一緒に行く」とウッドロウはつぶやき、ジャスティンと並んで勇ましくまえに出た。ときを置かずバンダ医師はシーツをめくり、テッサの頭部を見せた。できの悪い諷刺画のような顔。顎から頭蓋にかけて汚れた布が巻かれていた。かつてネックレスがかかっていた咽喉を覆っている。溺れかかり、最後に水面に浮かび上がった男のように、ウッドロウはあえて顔の残りの部分に視線を向けた。どこかの葬儀屋が櫛で頭に撫でつけた黒髪。風を吹き出す天使のように膨らんだ頬。眼は閉じられ、眉は上がり、口は信じられないと言わんばかりにだらりと開き、歯をすべていちどきに抜かれたかのように、黒い血が口腔に固まっている。あなた《ユー》が？　殺されながら、信じられないと不満をぶつけるように〝ウー〟の形に口先を尖らせている。あなた《ユー》が？　しかしそれを誰に言ったのか。薄く白いまぶたをとおして誰を睨みつけていたのか。

「この女性をご存じですか？」とムランバ警部はいたわるような口調でジャスティンに訊いた。

「ええ。知っています。ありがとう」とジャスティンは答えた。ことばをひとつひとつ慎重に選んで口にした。「私の妻のテッサです。葬式を出さなければならないな、サンディ。ここアフリカで、できるだけ早く弔ってもらいたいはずだ。彼女はひとりっ子だ。両親はいない。相談すべき相手は私だけだ。できるだけ早く執りおこなおう」

「ああ、ただ少しばかり警察の手続きに手間どるかもしれない」とウッドロウはぶっきらぼうに言い、そのままひびの入った洗面器に飛びついて、胃の中のものを激しく戻した。常に礼儀正しいジャスティンは、彼の横に立ち、体を支えてやりながら、妻の死を悼むことばをつぶやいた。

＊

絨毯のひかれた高等弁務官専用オフィスの聖域から、ミルドレンは回線の向こう側にいる単調な声の若者に、ゆっくりと大きな声で弔文を読み上げた。

高等弁務官事務所は、一等書記官ジャスティン・クエイルの妻、ミセス・テッサ・クエイルが殺害されたことを弔意をもってここに告知する。ミセス・クエイルは、トゥルカナ湖畔、アリア入江の岸辺で逝去した。運転手であるノア・カタンガ氏も殺害された。ミセス・クエイルは、その若さと美しさだけでなく、アフリカ女性の人権擁護に関する献身的な活動によって、人々の記憶に長くとどまるだろう。ミセス・クエイルの夫ジャスティンと彼女の数多くの友人に、心からお悔やみを申し上げる。追って知らせがあるまで、高等弁務官事務所は半旗を掲げる。弔問者名簿は高等弁務官事務所の受付ロビーに置かれる。

「いつ流す？」

「もう流したよ」と若者は言った。

第二章

ウッドロウ一家は、チューダー様式の鉛枠の窓のついた、四角い石造りの家に住んでいた。ムサイガ郊外の丘の上、広大なイギリス庭園に囲まれた高級住宅地のひとつだ。〈ムサイガ・クラブ〉や英国高等弁務官の公邸から眼と鼻のさきで、聞いたこともないような国々の大使の住まいからも近い。厳重に警備された通りを建物に近づいていくと、スワヒリ語の〝猛犬注意〟の警告とともに、彼らの表札が掲げられている。米国大使館の爆破事件を機に、外務省はウッドロウから上の職員全員に、衝撃に強い鉄の門を支給し、頑健なバルイア族と彼らの友人や親類たちに、日夜真面目に家の警備を務めさせていた。同じ配慮から、庭園の周囲には鉄条網の載った通電柵が張りめぐらされ、防犯用のライトが夜通し照らされている。ムサイガには、ほかの多くのことと同じように、警備にも序列がある。もっとも貧しい者は石の壁に割れた瓶を載せ、中流家庭は鉄条網をめぐらせる。しかし外交に携わる紳士階級にとっては、少なくとも鉄の門、通電柵、窓センサー、防犯用ライトがないと、身の安全は図れないのだった。

ウッドロウの家は三階建てだった。上二階は警備会社のいう〝安全地帯〟で、階段の最初の踊り場に折り畳み式のスティール製の網戸があって、下と仕切られている。鍵はウッドロウ夫妻しか持っていない。一階では――丘の斜面に建っているのでウッドロウ家では〝地下〟と呼ばれていた――庭側に網戸があり、ウッドロウ家を使用人たちから守ってくれる。地下にはふたつ部屋があるが、どちらも白壁の簡素なつくりで、窓に鉄格子があるため、さながら刑務所だ。しかし訪問客を迎えるために、グロリアは庭のバラとサンディの私室にある読書灯で部屋を飾り、使用人のテレビとラジオを借り出していた。たまにはそれらなしで過ごすのも彼らのためになる。それでも五つ星になるわけじゃないわ、と彼女は親友のエレナ――手のひらの柔らかいギリシャ人の国連職員を夫にもつイギリス人女性――に打ち明けた。でも少なくともあの気の毒な人はここでひとりになれる。身近な人を失ったときには、誰でもひとりで考える時間が必要よ、エル。わたしもまさにお母さんが亡くなったときにそうだった。もちろんテッサとジャスティンは、こう言ってよければ、型破りな結婚をしたわ。わたしとしては、ふたりのあいだに本物の愛があることを疑ったことは一度もないけれど――少なくともジャスティンのほうには。まあ、テッサについて言えば、エル、正直なところ、神のみぞ知るよ。わたしたちには永遠にわからない。

それに対し、何度も離婚していて、世故に長けたエレナは――グロリアはそのどちらでもない――こう答えた。「そうね、でもあなたの可愛いお尻に注意しておいたほうがいいわよ、ハニー。やもめになったばかりのプレイボーイは、ものすごく好色になることがあるから」

＊

グロリア・ウッドロウは、常にものごとのよい面を見ようとする、外交官の模範的な妻だった。どうしてもよい面が見当たらなければ、陽気に笑ってこう言う。「それでもわたしたちはみんなここにいるんだから！」それは、一致団結して、苦情ひとつ言わずに人生の不愉快を受け止めようとする人々の集合ラッパだった。彼女は卒業した私立校に忠誠を尽くし、身のまわりのことを会報にして同じ卒業生に定期的に送り、同年代の友人たちの情報をむさぼるように収集していた。創立祭があるたびに、気の利いた祝電を——最近では電子メールを——たいてい詩のかたちにして送った。詩作で校内の賞を獲ったことを誰にも忘れてほしくないからだ。率直な物言いが魅力的で、誰もが認めるおしゃべり好きだった——とくに何もしゃべることがないときに。そしてイギリス王族の婦人たちの影響を受けて、よろめくような、ひどく不自然な歩き方をした。

　しかしグロリア・ウッドロウは、生来頭の悪い女性ではなかった。十八年前、エディンバラ大学では、同期で一、二を争う秀才と言われた。もしウッドロウにあれほど夢中にならなければ、政治と哲学で見事二・一の成績（〝優〟の次にあたる）を取れたはずだと。しかし結婚し、母親になり、変化の激しい外交官の生活に揉まれるうちに、抱いていたかもしれない野心も捨て去っていた。ときに妻としての役割を果たすために、わざと持ちまえの知性を眠らせているように見えるのが、ウッドロウには残念だった。しかし一方で彼女の献身をありがたく思い、自分の考えを読まれない気安さと、それでも希望に合わせてしなやかに適応してくれることに感謝していた。「もし自分の人生を送りたくなったら、そう言うわ」ウッドロウが発作的に罪の意識に駆られたり、退屈を感じたりして、彼女にもっと上の学校に行けだとか、法律誌や医学誌や、少なくとも何か読めよと強要すると、彼女はそう言って夫を安心させた。「今のわたしが嫌いなら話は別だけど」そう答えて、彼の苦情を特定の事柄から手際よく一般論へと導く。「あら、言っておくけど、わたしはあなたが好きよ、本当に。わたしは今のままのあなたを愛してる」彼は言い返しながらも、熱意を込めて彼女を抱きしめる。そして多かれ少なかれ、今の自分を信じるようになるのだった。

　テッサの死が伝えられた暗黒の月曜日《ブラック・マンディ》の夜、ジャスティンは〝地下〟の秘密の囚人になった。大使たちの車寄せにつけられたリムジンが、エンジン音を響かせて鉄の門の奥で動き始め、神秘的に選ばれたその夜の社交場に向かう頃のことだ。今日はルムンバの日か？　メルデカの日か？　バスティーユの日か？　気にすることはない。どのみち国旗が庭ではためき、スプリンクラーが止められ、赤い絨毯が敷かれ、われわれすべてが敬虔な態度で否定した植民地時代のように、白い手袋をつけた黒人の召使いが歩きまわる。そして適度に愛国主義的な音楽が主催者の大テントから流れてくるのだ。

　ウッドロウは、ジャスティンと黒いフォルクスワーゲンのヴァンで移動した。病院の死体保管所からジャスティンを警察本部へ連れていき、彼が完璧な教養人のことばで、妻の遺体を確認したと陳述するのに立ち会った。ウッドロウは警察からグロリアに電話して、車が流れれば十五分で特別な客をつれて帰ると言った――〝ずっと下を向いてるだろうけど、ダーリン、そっとしておいてやってくれ〟――しかし彼のそんなことばも、グロリアがエレナに緊急電話をかけるのは止められなかった。彼女はエレナが出てくるまで何度もダイヤルし、夕食のメニューを相談した。ジャスティンは魚が好きだったか、嫌いだったか、思い出せないの。でも好き嫌いが多かったような気がするわ。それに、エル、もしサンディが砦を守れと言われて外出しちゃって、あの可哀そうな人と何時間もふたりきりで過ごすことになったら、わたしはいったい何を話せばいいの？　だって本当の話題はひとつも話せないんだから。

「何か思いつくわよ、心配しないで、ダーリン」とエレナはいくぶんぞんざいな口調で請け合った。

しかしグロリアはまだ電話を切らず、記者からまったくもって鬱陶しい電話がかかってくるとひとしきりこぼした。いくつかはワカンバ族の使用人のジュマに、ウッドロウご夫妻は今電話に出られませんと断らせた。ただ《テレグラフ》紙にものすごく話しぶりの上品な若い人がいて、彼とは話したくてたまらなかったんだけど、サンディがそんなことをしたら死刑にすると言ったのよ。

「きっと手紙をくれるわよ、ダーリン」とエレナは慰めた。

スモークガラスのフォルクスワーゲンのヴァンが、ウッドロウ家の車寄せに入って来た。まずウッドロウが飛び出し、記者連中がいないことを確認した。そのあとすぐに、グロリアはやもめのジャスティンの姿を見た。六カ月のうちに妻と小さな息子を亡くした男。もう欺かれることのない、欺かれた夫。いつもながら、特別仕立ての軽やかなスーツを着て、柔らかい眼差しを向けるジャスティン。彼女が地下にかくまう秘密の逃亡者。麦わら帽子を脱ぎながら、観客に背を向けてうしろのドアから出て、みんなに――運転手のリヴィングストン、護衛のジャクスン、毎度無意味にうろついているジュマに――感謝する。呆然とした様子で陽焼けした端整な顔を下げ、並んだ彼らのまえを優雅な足取りで玄関に向かってくる。彼女は彼の顔が最初暗い影に包まれ、そして束の間の黄昏の光に照らされるのを見た。彼は歩いてきて言った。「こんばんは、グロリア。迎え入れてくれて本当にありがとう」勇気を奮い起こしたような声だった。それを聞いて彼女は泣きだしそうになり、あとで本当に泣いた。

「いい、いい、どんなことでもあなたを助けられるなら、わたしたちも気持ちが楽になるの、ジャスティン、ダーリン」と彼女はつぶやき、慎重に、優しくキスをした。

「アーノルドから連絡はないね？　われわれが出かけているあいだに、誰も電話してこなかった？」

「残念だけど、何もなかったわ。でももちろん、今か今かと待ってるの」耐えられる人もいるんだわ、と彼女は思った。確かにいる。まるで英雄のように。

どこか遠くで、ウッドロウが体から遊離したような声で言うのが聞こえた――あと事務所で一時間ほど働かなきゃならないんだ。電話するよ――が、彼女はほとんど気にとめなかった。彼は誰かを亡くしたわけじゃない、と冷たく思った。車のドアが閉まり、黒いフォルクスワーゲンが去っていく音がしても注意を向けなかった。眼はジャスティンに、彼女の保護すべき人、悲劇の英雄に、釘付けになっていた。ジャスティンはテッサと同じくらいこの事件の被害者であることがわかった。テッサは死んでいるけれど、ジャスティンは悲しみを押しつけられ、墓場まで持っていかなければならない。すでにそれは彼の頰を灰色に変え、歩き方を、歩きながら見る世界を変えていた。グロリアが彼の指示に従って丹誠込めて植え込んだ多年草の花壇の縁取りにも、今は一瞥も与えられなかった。親切にも料金を払わせてくれなかった、大黄《だいおう》と二本のカイドウの木も。ジャスティンが植物や花や庭について膨大な知識を蓄えていることは、グロリアがいつも驚嘆する美点のひとつだ。彼女はその夜、エレナに長々と語った。あの知識はいったいどこから来たんだと思う、エル？　お母さんかしらね。お母さんにダドリー家の血が半分混じってるんじゃなかった？　ダドリー家の人たちは、大昔からみんなガーデニング狂ですものね。つまり、今話してるのは日曜日の新聞に載ってるような庭じゃなくて、由緒正しいイギリス庭園なのよ。

大切な客を家のまえの階段から玄関へ、廊下から使用人の階段を経て地下へと案内し、グロリアは、彼が刑期を務めることになる独房の中を説明した。曲がった合板の衣装棚。ここにスーツを掛けて、ジャスティン——どうしてエベディアに五十シリング余計に渡して、ここを塗り替えさせておかなかったのかしら。虫食いの跡のついた簞笥。シャツと靴下はここね——なぜ布のひとつも敷いておかなかったのかしら。

しかしいつもながら謝るのはジャスティンのほうだった。「すまないが、グロリア、そこに入れるほどの服は持ってないんだ。家が猟犬みたいな記者たちに取り囲まれてて。ムスタファも電話をフックからはずしているにちがいない。こっそり忍び込んで何か取ってこられるようになるまで、着るものを貸してくれるとサンディが親切に言ってくれた」

「まあ、ジャスティン、わたし、なんて馬鹿だったんでしょう」とグロリアは叫んで赤面した。

そこで彼のもとを離れたくなかった――あるいはその方法がわからなかった――ので、彼女は冷蔵庫の中を見せると言い張った。ひどく古い冷蔵庫には飲み水やソーダ水の瓶が詰込まれている――どうしてボロボロのゴムを取り替えておかなかったのかしら。氷はここよ、ジャスティン。取出口を通せば自然に砕かれるから。そして彼女の大嫌いなプラスティック製の電気やかん。イルフラクームで買ったマルハナバチのポットに〈テトリー〉のティーバッグ。ポットはちょっとひび割れてるけど。古びた〈ハントリー＆パーマー〉の缶に、砂糖をまぶしたビスケット。寝るまえにちょっとお腹が空いたらどうぞ。サンディはいつもそうなの。体重を減らすように言われてるんだけど。そして最後に――よかった、やっとまともなものがあった――豪華な花瓶に活けられた色とりどりのキンギョソウ。彼の指示に従って彼女が種から育てたものだ。

「じゃあ、わたしはこれで失礼するわ」と言ってドアに立ったところで、まだお悔やみのことばを言っていなかったことに気づき、恥じ入った。「ジャスティン、ダーリン――」と彼女は切り出した。

「ありがとう。グロリア。気にしないで、本当に」と彼は驚くほど決然とした態度で言った。

いたわりのことばをかける機会を奪われて、グロリアはどうにか事務的な口調を取り戻した。「そう、でも、階上《うえ》に来たくなったらいつでも来てね、いい？　夕食は八時よ、今のところ。もちろん何か飲みたくなったらそのまえでもかまわないわ。やりたいようにやってね。何もしなくてもいいけれど。サンディがいつ帰ってくるかは誰にもわからないわ」そのあと彼女はありがたく思いながら階上の寝室に上がり、シャワーを浴び、服を着替えて化粧をし、勉強中の子供たちの部屋を覗いてみた。身近な死の圧迫感で、ふたりは懸命に勉強していた。あるいはするふりをしていた。

「すごく悲しそうだった？」と弟のハリーが訊いた。

「明日、顔を見せるわ。礼儀正しく、真面目な態度で接するのよ。マティルダがハンバーガーを作ってくれるから、遊戯室でそれを食べて、キッチンには来ないでね。わかった？」考えるまえに、あとのことばが口をついて出た。「彼は勇敢で立派な人だから、心から敬意を払うのよ」

応接間に降りていくと、ジャスティンがさきにいて驚いた。彼はなみなみと注がれたウィスキーソーダを受け取った。彼女は自分には白ワインを注いで、グラスを手に肘掛け椅子に坐った。サンディの椅子だったが、サンディのことは頭に浮かばなかった。しばらく――実際にどのくらいだったかわからないが――ふたりとも黙っていた。しかし沈黙が長引くほど、グロリアは絆が強まるのを感じた。ジャスティンはちびちびとウィスキーを飲んでいた。サンディが最近身につけた、まったく苛立たしい癖がないので、心が安らいだ。サンディは、ウィスキーが試練を与えるために注がれたかのように、眼を閉じ、ふうっと口を尖らすのだ。

ジャスティンはグラスを持ったままフランス窓のほうへ行き、自家発電機に繋がれた百五十ワットの電球二十個がまばゆく照らし出す庭に見入った。電球の熱が彼の顔の片側を焼いた。

「たぶん皆そう思うんだろうな」と彼は突然、実際にはしていない会話を続けて言った。

「なんのこと？」とグロリアは訊いた。話しかけられているのかどうかわからなかったが、明らかに話し相手を求めているようだったので、とにかく訊いてみた。

「人は本来の自分じゃない姿で愛されているということだ。詐欺師のようなものだね。愛の盗人だ」

グロリアは、皆がそんなことを考えるだろうかと思ったが、考えてはいけないものとも思わなかった。「もちろんあなたは詐欺師じゃないわ、ジャスティン」と彼女は断言した。「わたしが知る中でいちばん心に偽りのない人のひとりよ。あなたはいつもそうだった。テッサはあなたを心から愛していたし、そうして然るべきだったわ。彼女は本当に、とても幸運な若い娘だった」愛の盗人について言えば、と彼女は思った。ふたりのうち、どちらが愛を盗んだか、推理したところで賞品がもらえるわけじゃない！

ジャスティンはこの安請け合いに反応しなかった——少なくとも彼女が見るかぎり。しばらく耳に聞こえるのは、犬が連鎖反応を起こして吠える声だけになった。それは一匹に始まり、ムサイガの豊かな一マイルに次々と広がっていった。

「あなたは彼女にいつも優しかったわ、ジャスティン。それは自分でもわかってるでしょう。

犯してもいない罪で自分を罰してはならないわ。人は誰かを亡くすとそうなるものよ。それは自分にとってフェアじゃない。いつ相手が死んでもおかしくないと思いながら人とつき合うことなんてできないわ。そんなことをしても意味がない。そうでしょ？　あなたは彼女に誠意を尽くしたわ、いつだって」と彼女は断言し、結果的に、同じことはテッサに言えないことを示した。それはまちがいなく伝わったはずだ。浅ましいアーノルド・ブルームについてジャスティンが今にも話すかと思ったところで、苛立たしいことに、夫がカタンとドアの鍵を開け、魔法が解けた。

「ジャスティン、気の毒な友よ、どうしてる？」とウッドロウは大声で言って、珍しく慎ましい量のワインを注ぎ、ソファにどさりと坐り込んだ。「ニュースはないよ、残念ながら。いいほうも悪いほうも。事件を解く鍵も、容疑者もまだ見つかってない。アーノルドは行方知れずだ。ベルギー人がヘリコプターを出してる。ロンドンも二機目を出す。金、金。恐ろしく金がかかる。それでも彼はベルギー人だからな、仕方ない。相変わらずきれいだね、きみ《スウィート》。夕食はなんだい？」

飲んでたんだわ、とグロリアはうんざりして思った。遅くまで働くふりをして、わたしが子供たちの宿題をみているあいだに、オフィスで飲んでたのね。窓のほうで何か動く音がしたので眼を向けると、ジャスティンが気持ちを奮い立たせて去ろうとしているところだった。彼女は狼狽《ろうばい》した――怖くなったんだわ、きっと。夫の象のような図太さ《フラット・フッテイッドネス》が。

「食べないのか？」とウッドロウはなじるように言った。「食べて力を出さなきゃだめだぞ、きみ《オールド・ボーイ》」

「親切は非常にありがたいんだが、食欲がないんだ。グロリア、どうもありがとう。サンデイ、おやすみ」

「ペレグリンがロンドンから強力に支援するというメッセージを送ってきてる。外務省全体が悲嘆に打ちひしがれているそうだ。個人的には立ち入りたくないようだな」

「バーナードはいつも抜け目ない」

彼女はドアが閉まるのを見た。彼の足音がコンクリートの階段を降りていった。フランス窓の脇の竹のテーブルに、空のグラスが置かれていた。一瞬、恐怖とともに、彼に会うことは二度とないのではないかと思った。

ウッドロウはぎこちなく食事をかき込んだ。いつもながら味わいもせず。ジャスティン同様、食欲のなかったグロリアは、夫をじっと見ていた。使用人のジュマも、そんな彼らのあいだを落ち着かなげに爪先立って歩きながら、彼を見ていた。

「調子はどうだ？」とウッドロウは悪事を企むような口調でもごもごと言った。声を下げ、床を指差して、彼女にも静かにしゃべれと合図した。

「大丈夫よ」と彼女は彼のゲームにつき合って言った。「いろいろ考えてるようよ」あなたは階下《した》で何をしてるの、と彼女は思った。ベッドに横になり、暗闇の中で自分を責めてるの？ それとも格子の向こうの庭を眺めて、彼女の幽霊に語りかけてるの？

「何か重大なことはあったか？」とウッドロウが訊いていた。〝重大な〟で少しつかえたが、ジュマがいるので、会話の内容を曖昧にしようと努めていた。

「たとえば?」

「われらが色男のこととか」と彼は言い、照れくさそうに横眼で見ながら親指で彼女のベゴニアを指し、声を出さずに〝花が咲く《ブルーム》〟と口を動かした。ジュマは慌てて水差しを取りに出ていった。

グロリアは、いびきをかく夫の横で何時間も眼を開けていた。階下で音がしたような気がしたので、忍び足で踊り場まで行き、窓の外を覗いた。停電は終わっていた。街のオレンジ色の光が星まで届いていた。しかし光に照らされた庭には、テッサも潜んでいなければ、ジャスティンもいなかった。ベッドに戻ると、ハリーが口に親指をくわえて斜めに寝転がり、父親の胸に片手を載せていた。

＊

家族はいつものように早起きだったが、ジャスティンはそれより早かった。皺になったスーツを着て、家の中をうろついていた。気持ちが昂っているようだ、と彼女は思った。いくぶんせわしない様子で、茶色の眼の下の頰は紅潮していた。子供たちは言われたとおり粛然と彼の手を握り、ジャスティンは丁寧すぎるほどの挨拶をした。

「やあ、サンディ、おはよう」と彼はウッドロウが姿を見せるなり言った。「少し話せないだろうか」

ふたりの男はサンルームに場所を移した。

「私の家のことなんだ」とジャスティンはふたりきりになるとすぐに言った。

「ここの家かい、それともロンドンの？」ウッドロウは陽気に振る舞おうと見え透いた努力をして訊いた。台所の通用口から一部始終を聞いていたグロリアは、夫を殴ってやろうかと思った。

「ここナイロビの家だ。彼女の日記や、弁護士の手紙。彼女の家族信託の書類。われわれ夫婦にとって貴重な文書がある。彼女の私信を放っておいて、ケニアの警察に好きに持っていかせるわけにはいかない」

「だったらどうする？」

「家に戻りたいんだ、今すぐ」

なんて毅然とした態度！　グロリアは胸の内で熱狂した。なんて力強いの、あんなことがあったのに！

「きみ、それは無理だよ。売文の輩どもに生きたまま食われるのが落ちだ」

「そうは思わない。彼らは記事にしようと写真を撮るだろう。私に向かって叫ぶだろう。だが私が答えなければ、それ以上はどうしようもない。彼らが髭を剃ってるあいだに書類を取ってくる」

グロリアは夫のいかさまを知り抜いていた。夫はすぐにロンドンのバーナード・ペレグリンに電話するだろう。ポーター・コールリッジを飛ばして聞きたい答を得ようとするときには、いつもそうなのだ。

「なあ、いいか、きみ。必要なものをリストに書き出してくれないか。なんとかそれをムスタファに渡して、ここに持ってきてもらうから」

いつもどおりの反応だわ、と彼女は怒りに駆られて思った。いつもうろたえ、ためらい、安易な解決法を探す。

「ムスタファはどれを選べばいいかわからないだろう」とジャスティンが変わらずきっぱりと答えるのが聞こえた。「リストを渡してもなんの役にも立たない。買物のリストも満足に読めないんだから。私は彼女に借りがあるんだ、サンディ。名誉の借りがあって、それを返さなければならない。きみが一緒に来ようと来るまいと」

　品位はおのずと現れる！　グロリアは心の中でタッチラインから喝采を送った。最高のプレーだ！　しかしいつも思わぬ方向へ心が向かう彼女にしても、夫が彼なりの理由でテッサの家を訪れたいと思っていることには気づかなかった。

*

　記者たちは髭を剃っていなかった。そのことについて、ジャスティンはまちがっていた。もし剃っていたにしても、ジャスティンの家の芝生が途切れるあたりでそうしていたのだろう。レンタカーを借りてそこでひと晩じゅう見張りながら、アジサイの茂みにゴミを捨てていた。紅白の縞模様《アンクル・サム》のズボンをはき、山高帽をかぶったアフリカ人の露天商人がふたり、紅茶の屋台を出していた。木炭でトウモロコシを焼いている者もいた。覇気のない警官たちがぽんこつの警察車のまわりをうろつき、あくびをしながら煙草を吸っていた。彼らの上司は恐ろしく太った男で、腰に磨き上げた茶色のベルト、腕に金色のロレックスの時計をはめ、眼を閉じて車の助手席にだらしなく寝そべっていた。朝七時半。低く垂れ込める雲が街を封じ込めている。大きな黒い鳥が頭上の電線で位置を変えながら、餌に飛びかかる機会をうかがっていた。

「そのまま行って止めてくれ」と軍人の息子のウッドロウはヴァンのうしろから命じた。

車に乗っているのは前日と同じ人間だった。リヴィングストンとジャクスンがまえに坐り、ウッドロウとジャスティンが後部座席で背を丸めている。黒いフォルクスワーゲンは外交官ナンバーをつけていたが、それを言えばムサイガでは一台おきにそうだ。事情通の眼なら、イギリスを示すプレートの最初の文字に気づいたかもしれないが、そんな眼はなく、リヴィングストンが悠然と門のまえを過ぎ、緩やかな坂を上っていっても誰も興味を示さなかった。

彼は静かに車を止め、ハンドブレーキを引いた。

「ジャクスン、ヴァンから出て、ミスター・クエイルの家の門までゆっくりと下りていってくれ。門番の名前はなんでしたっけ？」とこれはジャスティンに訊いた。

「オマリだ」

「オマリに、ヴァンが近づいてきたら最後の瞬間に門を開け、通り抜けたあとですぐに閉めるように言ってくれ。彼が言われたとおりやるように、一緒についていてくれ。さあ」

生まれたときからみずからの役割を心得ているジャクスンは、ヴァンから出て、背伸びをし、ベルトをいじった。そしてやっとジャスティンの家の防犯ゲートに向かってぶらぶらと丘を下りていき、警察と記者が眼を光らせている門のところでオマリの横に立った。

「よし、下りていけ」とウッドロウはリヴィングストンに命じた。「ゆっくりとだぞ。時間をかけて」

リヴィングストンはハンドブレーキをはずし、エンジンをかけたまま、ゆっくりと坂をうしろ向きに下りていった。車の後部が門の入口に差しかかった。引き返そうとしているように見えるだろう。しかしそれも長くない。次の瞬間に彼はアクセルを目いっぱい踏み込み、驚く記者たちを左右に蹴散らして後方に突進した。門がさっと開いた。片側はオマリのほうへ、もう片側はジャクスンのほうへ。ヴァンが通り抜けると、門はまたぴたりと閉じた。家の側にいたジャクスンがヴァンに飛び乗り、リヴィングストンはジャスティンの家のポーチまで車をそのまま進め、階段二段分を乗り上げて、玄関から数インチのところで止めた。使用人のムスタファが賞賛に値する先見の明でドアを内側から開けた。ウッドロウは急いでジャスティンを車の外に送り出し、彼に続いて玄関に走り込み、中に入りながらドアをばたんと閉めた。

*

家の中は暗かった。テッサの喪に服しているのか、ニュースを追う猟犬どもを避けるためか、使用人がカーテンを引いていた。ジャスティン、ウッドロウ、ムスタファの三人は玄関ホールに立った。ムスタファは静かに泣いていた。ウッドロウはそのしわくちゃになった顔と、苦悩で歪んだ口から覗く白い歯と、頬の上をほとんど耳の下まで広がって流れる涙を見た。ジャスティンはムスタファの肩を抱いて慰めた。ウッドロウはこの英国的でない愛情表現に驚き、不快を覚えた。ジャスティンは、歯を食いしばったムスタファの顎が肩に載るぐらい引き寄せていた。ウッドロウは当惑して顔を背けた。廊下のさきの使用人の部屋からほかの人影が現れた。ウガンダから不法入国してきた片腕の少年。ジャスティンが庭仕事を手伝わせている農民だが、ウッドロウはどうしてもその名を憶えられない。そして南スーダンからの難民で、常に男と問題を起こしているエスメラルダ。テッサは当地の移民雇用規則に従うより、お涙ちょうだい物語に逆らえないのだった。ときに彼女の家は、落伍者で体の不自由なアフリカ人を収容する簡易宿泊施設のようになった。ウッドロウはこの件に関して一度ならず苦言を呈したが、壁に語りかけるようなものだった。エスメラルダだけが泣いていなかった。その代わり、いつものぎこちない表情を浮かべていた。白人の眼には粗野か無関心に見えるが、そのどちらでもないことをウッドロウは知っている。それは、知り尽くしていることの現れだ。本当の人生はこうなのよと語っている。人生とは嘆きであり、憎しみであり、無惨に殺される人々なのよ。これこそわたしたちが生まれたときから知っていて、あなたがた白人《ワズング》が知らない日々の生活よ。

ムスタファをそっと遠ざけ、ジャスティンはエスメラルダの手を両手で握った。彼女はそこに髪を編み上げた頭の横を当てた。ウッドロウは夢にも思わなかった愛情の輪の中に迎えられていることを痛感した。グロリアが咽喉をかき切られたら、ジュマはこんなに泣くだろうか。泣きまくるだろうな。エベディアは？　グロリアの新しいメイドはどうだろう、名前は忘れたが。ジャスティンは戸外で働くウガンダの少年を抱きしめ、頰を撫でたあと、皆に背を向け、右手で階段の手すりをつかんだ。まもなくなるであろう老人そのままに、体を引き上げるようにして階段を上り始めた。ウッドロウは彼が踊り場の影を背負い、ウッドロウが入ったことのない寝室に――しかし何万回と、人には言えない想像をたくましくした部屋に――消えていくのを見た。

ひとりになったのに気づき、ウッドロウは脅されているような気分で家の中をさまよった。彼女の家に入るといつもそうだった。都会に出てきた田舎の少年のように。これがカクテルパーティなら、なぜ自分はこの人たちを知らないのだろう。今夜は誰の運動を支持するように言われたんだっけ。彼女はどの部屋で待ってる？　ブルームはどこだ。きっと彼女の横にいる。それとも台所で、使用人たちに我慢できない笑いの発作を起こさせているのか。ここに来た目的を思い出し、ウッドロウは薄明かりの廊下に向きを変えて、応接間のドアのまえに立った。鍵はかかっていなかった。朝の陽の光がカーテンの隙間から射し込み、楯や、仮面や、体の不自由な人たちが作った、縁のすり切れた小さな敷物を照らし出していた。テッサは政府支給の味気ない家具にそれらでうまく生彩を加えていた。こんながらくたでどうやって何もかも美しく見せられるのか。うちと同じ煉瓦の暖炉。うちと同じ鉄を埋め込んだ梁。

愉しき《メリー》イングランドのオークの梁を模している。すべてうちと同じで、ひとまわり小さい。クエイル家には子供がおらず、階級もひとつ下だからだ。なのになぜテッサの家はいつも本物の家のような感じがし、我が家はその想像力に欠ける醜い姉のように見えるのだろう。

彼は部屋の中央まで行き、立ち止まった。記憶の力に絡めとられた。ここに立って彼女に、伯爵夫人の娘に、説教を聞かせたのだ。彼女の母親が愛したというこの美しい象眼細工のテーブルの脇から。このセンダンの椅子の薄い背を握りしめて、ヴィクトリア朝時代の父親のように尊大に諭した。テッサはあの窓のまえに立っていた。陽光が木綿のドレスにまっすぐに射し込んでいた。彼女は私が裸のシルエットに話しかけていたのに気づいただろうか。見ているだけで、彼女に抱く私の夢が叶うことを知っていただろうか——浜辺に横たわる恋人、汽車の中の見知らぬ人。

「立ち寄るのがいちばんだと思ったのだ」と彼はしかつめらしく切り出す。

「どうしてそう思ったの、サンディ?」と彼女は訊く。

朝の十一時。事務所の打ち合わせは終わり、ジャスティンは援助の有効性を論じるくだらない三日間の会議に参加するためにカンパラへ送られていて、安全だ。ここへは仕事で来たのだが、同僚の美しい若妻を訪ねる罪深い愛人のように、車は脇道に停めてある。それにしても、彼女はなんと美しいことだ。そして若い。高くつんと上を向いた胸がぴくりとも動かないほど若い。どうしてジャスティンは彼女を眼の届かないところに置いておけるのか。怒りで見開いたグレーの眼も若く、若い割にあまりにも賢《さか》しい笑みを浮かべる。その笑みは逆光で見えない。しかし彼女の声は聞こえる。からかうような、惑わすような、﨟長《ろうた》けた声。彼はそれをいつでも記憶の中から引き出すことができる。裸のシルエットの腰や腿のライン、癪に触るほどなめらかな歩き方を引き出せるように。彼女とジャスティンが互いに惹かれ合ったのも無理はない。ふたりは同じサラブレッドの厩舎《きゅうしゃ》から出てきたのだ。二十年離れて。

「テス、正直言って、このままじゃだめだ」

「わたしをテスと呼ばないで」

「なぜ？」

「それは取ってあるの」

誰のために？　彼は思う。ブルーム、それともほかの愛人の誰か？　クエイルは彼女をテスと呼んだことがない。ウッドロウの知るかぎり、ギタも。

「とにかくこう開けっぴろげに、意見を何もかも口にしちゃだめだ」

そこで周到に用意していた台詞を言う。現役外交官の妻としての義務を、責任を持って果たすべきだと。しかし彼は言い終えることができない。〝義務〟ということばが彼女を刺激して口を開かせる。

「サンディ、わたしの義務はアフリカに尽くすことよ。あなたは？」

答えなければならなくなることに驚く。「自分の国に尽くすことだ、大げさな言い方をすれば。ジャスティンと同じように。外務省のために、高等弁務官のために尽くすこと。これで答になってるかね？」

「なってないことはわかってるでしょう。近くもないわ。何マイルも離れてる」

「どうして私にそんなことがわかる？」

「あなたにあげた胸躍る文書のことで来たのかと思った」

「いや、テッサ、ちがう。ナイロビにいるあらゆるトムとディックとハリーのまえでモイ政府の悪事をことさらに言い立てるのはやめてほしいと頼みにきたんだ。たまにはチームの一員になってくれ。きみはいつも……ああ、あとは自分で考えてくれ」と彼は突き放すように言う。

彼女が妊娠していると知っていたら、あんなふうに言っただろうか。おそらくあれほど乱暴な言い方はしなかったはずだ。しかし話はしただろう。彼女の裸のシルエットに気づくまいとしながら、妊娠しているかもしれないなどと思っただろうか。いや。狂おしいほど彼女が欲しかっただけだ。声の調子が変わり、動きがぎこちなくなったので、彼女もそれと察したにちがいない。

「じゃあまだ読んでないのね」と彼女は言う。断固として文書の話題から離れようとしない。

「時間がなかったって言うんでしょうね」

「もちろん読んださ」

「読んでどう思った、サンディ？」

「知らないことは何も書いてなかった。私にどうにかできることも」

「サンディ、ずいぶん消極的ね。もっとひどい。意気地なしだわ。どうして何もできないの？」

ウッドロウは、自分のことばがどう聞こえるかがわかって嫌気がさす。「われわれは外交官であって、警察ではないからだ、テッサ。モイ政府は末期的に腐敗しているときみは言う。私もそれを疑ったことはない。この国はエイズで死にかかり、破産している。観光、野生動物、教育、輸送、福祉、通信のどれをとっても、不正と無能無策のせいで危機に瀕していないものはない。それは誰の眼にも明らかだ。大臣や役人どもは、本来飢えた難民にまわされるはずの援助食糧や医薬品をトラックごと横領している。ときに援助組織も見て見ぬふりをしている、ときみは言う。もちろんそのとおりだ。国の医療保障はひとり頭、年五ドルで、そこから役所の上から下までが自分の取り分を抜き取る。そういったことを公にして人々の関心を惹く無分別な人間がいると、警察は誰だろうと捕まえて日常的に虐待する。これも本当だ。きみは虐待手段を調べた。彼らは水責めを使う。人々を水に浸けたうえで打ち据える。それで眼に見える傷が減るからだ。きみは正しい。彼らはそうしている。手当たり次第に。だがわれわれは抗議しない。警官たちは親しい殺人集団に武器を貸し出している。翌朝までに返却しなければ預託金を返さない。高等弁務官事務所はきみの反感を支持する。だが抗議はしない。なぜか。なぜなら、われわれがここにいるのは、ありがたいことに、彼らの国ではなく、われわれの国を代表するためだからだ。ケニアにはこの地で生まれた三万五千人のイギリス人がいる。彼らの危うい生活はモイ大統領の気紛れひとつに左右される。高等弁務官事務所の仕事は、すでに厳しい彼らの生活をさらに厳しくすることではない」

「それにあなたはイギリス企業の利益も代弁しなければならない」と彼女はふざけて指摘する。

「それは罪ではないよ、テッサ」と彼は言い返す。ふんわりした服に浮かび上がる彼女の胸の形から視線の下半分を引きはがそうと努力しながら。「商行為は罪ではない。新興国との貿易も罪ではない。実際、貿易は彼らの興隆を促す。改革も可能にする。われわれ皆が望む改革をあと押しする。彼らを現代世界に迎え入れる。それでこそわれわれも彼らを助けられるのだ。われわれ自身が豊かでなかったら、どうやって貧しい国を助けられる？」

「たわごと《ブルシット》だわ」

「何だって？」

「もっともらしくて、尊大で、混じりけなしの外務省のたわごとよ——もしフルネームが聞きたければ。計り知れない男、ペレグリンの名に恥じないわね。まわりを見てご覧なさい。貿易は貧しい人を豊かにしたりなどしない。利益は改革をもたらさない。腐敗した政府の役人とスイス銀行の新規口座を作り出すだけよ」

「大いに議論の余地があるね。私は——」

彼女は待たない。「ファイルしてさようならってことね？　当面行動の必要なし、署名サンディ。すばらしいわ。民主主義の母はまたしても嘘つきの偽善者だってことを露呈するのね。自由と万人のための権利を説くけれど、金儲けしたいときには別」

「そんな言い方はフェアじゃない！　わかった。モイ政府の連中は皆ペテン師で、あの老人にはまだ数年任期が残ってる。だが、いい徴候も見えなくはない。ここだけの話だが、援助国がいっせいに資金を引き上げたことが――〝静かな外交〟だ――奏功し始めてる。それから腐敗に歯止めをかけ、援助国がモイの悪党どもを潤さずに資金提供できるようにするために、リチャード・リーキーが入閣する予定だ」指令電報のような口調になってきた。自分でもそれがわかる。さらに悪いことに、彼女にもわかっていて、その証拠に大きなあくびをしている。「ケニアには現在はないかもしれないが、未来はある」と彼は勇ましく締めくくる。そしてふたりがどうにか取り繕った休戦に向かっていることを示す、彼女の反応を待つ。

しかしここに至って、テッサが容易に懐柔できる相手ではないことを思い出す。彼女の親友のギタもそうだ。ふたりともまだ若く、単純な真実なるものがあると信じている。「あなたに渡した書類には、名前と日付と銀行の口座番号が入ってるわ」と彼女は容赦なく主張する。「個々の大臣を名指しして、罪名を挙げてある。それも〝ここだけの話〟なの？　それともほかに誰も聞いてくれる人がいないの？」

「テッサ」

彼がこの場所へこう近づいていくと、彼女は身をかわす。

「サンディ」

「言いたいことはわかる。全部聞いてるよ。だが、どうしても――正気を失ったと言われたくないなら――ケニア政府の大臣を名指しして、バーナード・ペレグリン、すなわちイギリス政府に魔女狩りをしろなどと言うわけにはいかないよ。つまり、くそっ、それじゃまるでわれわれイギリス人も汚職に関与してるみたいじゃないか。今しもロンドンのケニア高等弁務官事務所が、われわれに汚職は慎めと言ってくるのか?」

「腐りきったまったくのたわごとだわ。あなたにもそれがわかってる」とテッサはぴしゃりと言う。眼が燃えている。

ムスタファがいるのに気がつかなかった。彼はドアロから静かに入って来る。まず測ったような正確さで、ふたりのあいだの絨毯に小さなテーブルを置き、そこに銀のコーヒーポットと、彼女の亡き母親が遺した銀の菓子入れの載ったトレイを置く。菓子入れにはバタークッキーがいっぱい詰まっている。割り込まれたことで、テッサに絶えずつきまとう芝居がかった感覚が明らかに呼び覚まされる。彼女は小さなテーブルのまえにひざまずき、背筋をぴんと伸ばし、両の乳房のあいだのドレスが伸びるほど胸を張り、滑稽なほど刺々しい口調で、ことばを切りながら彼の好みを訊く。

「ブラック? それともほんの少しクリーム、だったかしら? 忘れたわ」ことさらに上流を気取る。これがわたしたちの送る偽善者の生活なのね――彼女はそう言っている――ひとつの大陸が眼のまえで死にかかっているのに、わたしたちは立ったり、ひざまずいたりして銀のトレイからコーヒーを飲んでいる。そこの道をちょっと行けば、子供たちが飢え、病人が死に、卑劣な政治家たちが、騙されて彼らを選んでしまった国を破産させているというのに。「魔女狩り――あなたがそう言ったからわたしも使うけれど――は、出だしとしてはすばらしいかもしれない。名を挙げて、恥をかかせ、首を斬って、街の門に晒すの。問題はそれじゃうまくいかないってことよ。毎年同じ恥さらしのリストがナイロビの新聞に載り、毎回同じケニアの政治家が取り上げられるけれど、誰も馘《くび》にならないし、法廷に引きずり出されることもない」彼女は立てた膝でくるりとまわって、彼にカップを手渡す。「でもあなたは気にしないわよね。あなたは現状維持の人だから。そう決めたんでしょう。そうしろと命じられたんじゃなくて、あなたが選んだの——あなたが、サンディ。ある日、鏡を見ながら考えたんでしょう。〝やあ、サンディ。これから世界をあるがままに受け容れる。イギリスにとって最善の取引をする。そしてそれを己の義務と心得る。それが地上でもっとも汚れた政府を長らえさせる仕事でもかまわない。とにかくやる〟ってね」彼女は砂糖を渡そうとする。彼は黙ってそれを拒む。「結局、わたしたちは折り合えないんでしょう？　わたしは言うべきことを言いたい。あなたは自分が頭を埋めているところにわたしの頭も突っ込みたい。ひとりの女の仕事は、ひとりの男のへまになる。相変わらずの役立たずのカードを切る。「ジャスティンは？」とウッドロウは訊き、最後の役立たずのカードを切る。「ジャスティンはこれにどう関わるんだ」

彼女は罠を感じて身を強張《こわば》らせる。「ジャスティンはジャスティンよ」と用心深く答える。「彼には彼の道がある、わたしにあるように」

「そしてブルームはブルームなんだな」とウッドロウは鼻で笑う。決して口にすまいと誓った名前を、嫉妬と怒りから、つい口に出してしまう。そして彼女は明らかに、聞くまいと決意している。苛烈な自制心で唇をきつく結び、彼がさらに愚かなことを口走るのを待っている。彼はそれに唯々諾々として、見事なまでに従う。「たとえば、ジャスティンのキャリアを台無しにしていると思ったことはないかね？」と尊大な調子で尋ねる。

「だからわたしに会いにきたの？」

「基本的に、そうだ」

「わたしをわたしから救ってくれるために来たのかと思ってた。ジャスティンをわたしから救うためだったのね。なんとも立派な男の友情ね」

「ジャスティンの利益ときみの利益は一致しているのかと思った」

張りつめた、ユーモアのかけらもない笑い。彼女に怒りが戻ってくる。けれど、ウッドロウとちがって、彼女は自制心を失わない。「なんてこと、サンディ。そんなこと思うのは、ナイロビできっとあなたひとりよ」彼女は立ち上がる。ゲーム・オーヴァー。「もう帰ったほうがいいわ。わたしたちのことが噂になるから。もうあなたに文書は渡さない、聞いてほっとしたでしょうけど。事務所のシュレッダーをぼろぼろにしても始まらないでしょう？　あなたの評定に響くといけないし」

こんなことがあってから十二カ月のあいだ、何度もそうしてきたように、また場面を追体験し、またしても屈辱と、苛立ちと、立ち去り際に背中を焦がした彼女の射るような侮蔑の眼差しを感じながら、ウッドロウはこっそりと、彼女の母親の愛した象眼細工のテーブルの浅い抽出を開け、中で手をさっとまわして、触れるものすべてをかき集めた。酔っていた、魔がさしたのだ、と自分に言い聞かせて情状酌量した。何か軽はずみなことをしたい衝動に駆られたのだ。頭上の屋根を突き崩して、晴れた空を見たいと思ったのだ。

たった一枚の紙切れ――彼が狂ったように抽出や棚をかきまわして見つけたかったのは、それだけだった。ありふれたイギリス政府の青い公用箋。その片面に、自身の手書きで、ことばでは言い尽くせないことが書かれている。このときばかりは迂遠でない。一方でこれこれですが、他方私のほうでお力添えできることはございません、といった書き方ではない。署名はSでもSWでもなく、はっきりと読める文字で〝サンディ〟、そしてすぐあとにブロック体の大文字で〝ウッドロウ〟。オフィスに戻った同じ日の夜、狂おしい五分間のうちに、彼女の裸のシルエットを記憶の中にまだ漂わせ、備えつけのウィスキーを注いだ大きなグラスを脇に置いて、臆病な愛人の手で書き上げたのだった。サンディ・ウッドロウという男――ナイロビ英国高等弁務官事務所長――が、他に類のない、入念に計算された狂気を演じ、人生を已が心情に近づけたいという呪われた努力のために、キャリアと妻と子供を危険に晒したことを、全世界に、そしてテッサ・クエイルに知らせたのだ。

そして書き上げると、その手紙をイギリス政府の封筒に入れ、その封筒をウィスキーの臭いのする舌で舐めて閉じた。慎重に住所を書き、一時間待て、いや一日、いや次の人生まで待て、もう一杯スコッチを飲め、帰省休暇を申請しろ、少なくともひと晩温めて明日の朝投函しろと賢明な心の声が主張するのにもいっさい耳を貸さず、足早に封筒を事務所の郵便室に持っていった。現地採用のキクユ族で、建国の父ジョモ・ケニヤッタ大統領にちなんで名づけられたジョモという名の事務員は、なぜ事務所長が、同僚であり部下である男の若く美しい妻の裸のシルエットに直接届けられる〝私信〟と書かれた手紙をわざわざ持ってきたのか、あえて訊こうともしなかった。そして封筒を〝市内・非機密〟と記された袋に放り込み、立ち去る彼の背中に向かって、卑屈な口調で「おやすみなさいませ、ウッドロウ様」と歌うように言ったのだった。

＊

古いクリスマスカード。テッサの手で〝欠席〟に印がつけられた古い招待状。ほかの招待状には、強調された〝絶対欠席〟の文字。インドの鳥を写した、ギタ・ピアスンからの古い見舞い葉書。ねじれたリボン、ワインのコルク、ブルドッグのクリップで止められた外交官用の電話カードの束。

しかし小さなたった一枚のイギリス政府の青い便箋は見当たらない――勝利を叫ぶ殴り書きで〝きみを愛している。愛して、愛し抜いている。サンディ〟と結ばれた手紙は。

ウッドロウは最後の棚を素早く横に動きながら、手当たり次第に本をめくり、小物入れを開け、敗北を感じた。しっかりしろ、と自分に言い聞かせる。悪いニュースをなんとかいいニュースに読み替えようとした。わかった。手紙はない。そもそもどうして手紙が残っていなければならない、テッサ？　十二カ月も経っているのに？　おそらく届いたその日にゴミ箱に放り込んだのだろう。あれほどの女だ。浮気せずにはいられない性質《たち》で、夫もあのとおり弱腰だから、月に二回は言い寄られていたにちがいない。いや三回。毎週！　毎日！　彼は汗をかいていた。アフリカでは、汗がべたつくシャワーのように吹き出て、すぐに乾く。彼は顔をまえに向け、汗をたらたらと流しながら耳を澄ました。

いったいあの男は階上《うえ》で何をしてるんだ。静かに動きまわっている。個人的な書類、と彼は言った。弁護士の手紙だと。一階に置いておけないどんな個人的な書類を階上に保管していたのだろう。応接間の電話が鳴っていた。彼らが家に入ってからずっと鳴りっぱなしだったが、ウッドロウは今それに気づいた。記者たちか？　それとも愛人たち？　なんとでも。勝手に鳴るままにしておいた。自分の家の二階の間取りを思い出し、この家に当てはめた。ジャスティンは彼の真上にいた。階段を上がって左だ。更衣室と浴室と主寝室がある。ウッドロウは、テッサが更衣室を仕事部屋に改造したと言っていたのを思い出した。書斎を持ってるのは男だけじゃないのよ、サンディ。わたしたち女性も持ってるの、と彼女は挑発するように言った。まるで体の部位のことを説明するように。足音のリズムが変わった。部屋じゅうから何か集めているんだな。それは何だ？　われわれ夫婦にとって貴重な文書だ。たぶん私にとっても貴重だろう、とウッドロウは思い、吐き気がするほど愚かな自分の行為を振り返った。

裏庭を見渡す窓辺に立っていたことに気づき、彼はカーテンを脇によけて、ずらりと並んだ背の低い花々を見た。若手職員を家に呼ぶ〝一般公開日〟のジャスティンの誇りだ。彼はイチゴとクリームと冷えた白ワインを振る舞って、みんなに自分の極楽《イリジューム》を見せてまわった。

「ケニアで一年間ガーデニングをすれば、イギリスの十年分に相当するよ」と言い、事務所の中を滑稽な巡礼者のようにまわりながら、若い職員たちに自分で育てた花を渡す。思えば、ウッドロウの知るかぎり、彼が自慢するのはそのことだけだ。ウッドロウは横目で丘の上を見た。クエイル家は彼自身の家からそう離れていない。夜、丘に眼をやると、互いの家の光が見える。彼の眼は、自分が何度となく立ってこの家の方向を見つめたその窓に吸い寄せられた。突然、泣き出しそうになった。彼女の髪が顔にかかった。彼女の眼の中で泳ぎ、彼女の香水を嗅いだ。クリスマスに〈ムサイガ・クラブ〉で彼女と踊り、たまたま鼻が彼女の髪をかすめたときの匂いを嗅いだ。カーテンだ、と彼は浮かびかけた涙が引くのを待ちながら思った。カーテンに彼女の匂いが残っていて、その脇に立っていたのだ。衝動的にカーテンを両手でつかみ、顔を埋めようとした。

「ありがとう、サンディ。待たせて申し訳なかった」

彼はさっと振り返り、カーテンを突き放した。ジャスティンがドア口に突然立っていた。ウッドロウと同じように慌てた様子で、オレンジ色の長いソーセージの形をした革のグラッドストン・バッグを持っていた。使い込まれていて、中にいっぱいものが詰まっている。真《しん》鍮《ちゅう》のネジと、真鍮のコーナーピースと、両端に真鍮のロックがついていた。

「すべて完了かい、きみ《オールド・ボーイ》？ 名誉の借りは返せた？」とウッドロウは訊いた。不意を突かれたが、優秀な外交官らしく、すぐに魅力を取り戻した。「すばらしい。来てよかったな。

回収すべきものはすべて回収した？」

「したと思う。ああ。ある程度」

「自信がなさそうだ」

「そうかな？　そういうつもりじゃなかったんだが。彼女の父親のものだ」と彼はバッグを示して説明した。

「堕胎医のように見える」とウッドロウは親しみを込めて言った。

助けようと手を差し伸べたが、ジャスティンは戦利品をひとりで運びたいようだった。ウッドロウはヴァンに乗り込み、ジャスティンがあとに続いた。坐って、古びた革の持ち手を握りしめていた。記者たちの嘲るような声が薄い壁越しに聞こえてきた。

「クエイルさん、彼女の首を斬ったのはブルームだと思いますか？」

「おい、ジャスティン、うちの経営者が莫大な出演料を払うと言ってるんだがね」

家のほうから、電話の呼び出し音に混じって、赤ん坊の泣き声が聞こえたとウッドロウは思った。そしてそれはムスタファだったことに気がついた。

第三章

テッサの殺害に関する報道は、当初、ウッドロウや高等弁務官が怖れた内容の半分も過激ではなかった。無から何かを生み出すことを生業とする不徳の輩どもは、今回にかぎってはそろって何も生み出せないでいる、とコールリッジは注意深く観察した。少なくとも出だしはそんな調子だった。最初の記事は、〝草原の殺人者、英国外交官の妻を殺害〟といった内容で、一般紙からタブロイド紙まで、この揺るぎない論調が目利きの大衆の興味を満足させた。世界じゅうの援助活動家を取り巻く危険の増加が長々と論じられ、職員を守ることのできない国際連合の失態と、勇敢に立ち上がって活動に加わる人道支援関係者の犠牲の急増が辛辣に批判された。むさぼり食う人間を探している無法の部族民や、殺人の儀式や、呪術や、身の毛のよだつ人の皮の交易が盛んに語られた。スーダン、ソマリア、エチオピアからの不法移民が悪党集団と化してうろついていることにも多くのことばが費やされた。が、彼女の死の前夜、テッサとブルームが、ホテルの従業員や宿泊客に目撃されながら、公然とひとつのロッジに泊まったことに触れたものはなかった。ブルームは〝ベルギー人の援助隊員〟

――正しい――〝国際連合の医療コンサルタント〟――誤り――〝熱帯病の専門家〟――誤り――で、殺人者たちが殺害か身代金目的で誘拐したおそれがあるとされていた。

経験豊富なアーノルド・ブルーム医師と彼の若く美しい弟子との関係は、契約にもとづく人道主義的なもの。それで終わりだった。ノアは新聞の第一版に名前が出ただけですぐに消えて、二度目の死を与えられた。黒人の血は、フリート街（ロンドン中央の新聞社街）の駆け出しでも知っているとおり、ニュースにはならないが、頭部を切断されたことには触れる価値がある。サーチライトは容赦なくテッサに――一流大学を出て弁護士になった社交界の令嬢、アフリカの貧者にとってのダイアナ王妃、ナイロビのスラム街のマザー・テレサ、思いやりのある外務省の天使に向けられた。《ガーディアン》紙の社説は、〝ミレニアムの新しい女性外交官（原文ママ）〟がリーキーの人類発祥の地で死を迎えなければならなかったことを重視した。そしてこのことから、人種に対する偏見がなくなっても、万人の心の闇にある残酷さの井戸は計り知れないほど深い、と不穏な教訓を導き出していた。その記事は、アフリカ大陸に詳しくない原稿整理編集者が、テッサの殺害現場をトゥルカナ湖ではなく、タンガニカ湖としたために、いくらか説得力を失っていた。

ありとあらゆるテッサの写真が掲載された。判事だった父親の腕に抱かれてにこやかに笑う赤ん坊のテッサ。判事がまださえない法廷弁護士で、年五十万ポンドで奮闘していた頃の写真だ。おさげの髪に乗馬ズボン姿の十歳のテッサ。裕福な少女のかよう私立校で、背景にはおとなしそうな子馬がいる（母親はイタリアの伯爵夫人だったが、賢明にも両親はイギリスの教育を求めて定住した、と記事には満足げに書かれていた）。十代後半の人気者のテッサ。斬られていない咽喉が、写真編集者のエアブラシで巧みに強調されている。大学のガウンにミニスカートで、誇らしげに角帽をかぶったテッサ。父の跡を継いで、法廷弁護士の馬鹿げた恰好をしたテッサ。結婚式のテッサ。イートン校卒業《オールド》生のジャスティンは、すでに年老い《オールダー》たイートン校出身者の笑みを浮かべている。

　ジャスティンに対しては、報道機関は異常なほど控えめな態度を取っていた。ひとつには、突如現れた彼らのヒロインの輝かしいイメージを、多少なりとも損ねたくなかったから、もうひとつには、言うべきことがほとんどなかったからだ。ジャスティンは〝外務省の忠実な中堅職員のひとり〟――すなわち〝事務員〟――で、〝外交の伝統を受け継ぐ家系に生まれ〟長らく独身を通していた。結婚するまえには、アデン（イエメンの首都）やベイルートといった、世界でもっとも人気のない危険地域で英国の旗を掲げていた。同僚は危機の際の彼の冷静沈着ぶりを評価する。ナイロビでは援助活動における〝ハイテク国際フォーラム〟の議長を務めていた。誰も〝僻地〟ということばは使わなかった。結婚式の前後は、滑稽なくらい彼の写真が少ない。〝家族写真〟なるものには、浮かない表情の内向的な青年が写っていて、今から見れば、すでにそのときに、早々に妻に先立たれる不幸を背負っているように見えなくもない。イートン校のラグビーチームの集合写真から拾ったものだ、とジャスティンは女主人に問いつめられて答えた。

「ラガーマンだったとは知らなかったわ、ジャスティン！　なんて勇ましい」とグロリアは叫んだ。彼女は毎朝、朝食のあとで、高等弁務官事務所から転送されてきたお悔やみの手紙と新聞の切り抜きを彼に手渡すことを、自分の職務と心得ていた。

「勇ましくなんかないさ」と彼は、グロリアが大いに喜ぶ束の間の元気のよさを見せて反論した。「こてんぱんに蹴りつけられなきゃ男じゃないと思ってる舎監の凶暴な子分に、無理やり引きずり込まれたんだ。学校に写真を公表する権利はなかったのに」そして落ち着いて言った。「でもありがとう、グロリア」

なんにでも感謝するのよ、と彼女はエレナに報告した。飲みものにも、食事にも、独房にも。一緒に庭仕事をしていても、植物の敷きつめ方についてちょっと相談しても――彼はグロリアが苦労してキワタの木の下に植え込ませた白と紫のニワナズナをとりわけ誉めた。それから、間近に迫った葬儀の細かい手配を彼女が手伝うことにも感謝した。ジャクスンと一緒に墓地と葬儀屋の下見に行くといったことだ。というのも、ジャスティンは、世間の騒ぎがおさまるまで家にこもっているようロンドンに命じられたからだった。そういう趣旨で、〝人事部長アリスン・ランズベリー〟から事務所気付ジャスティンあてにファックスされてきた手紙は、グロリアにほとんど暴力的な効果を及ぼした。彼女はあとで振り返って、これほど自制心を失いそうになったことはなかったと思った。

「ジャスティン、あなた、とんでもない仕打ちを受けてるわ。〝権限ある者によって適切な措置がなされるまで、家の鍵を提出するように〟くそくらえだわ！　権限ある者《おまわり》って誰よ？　ケニア当局？　それともまだあなたを訪ねてきもしないロンドン警視庁の扁平足ども？」

「でもグロリア、私はもう自分の家に行って、きたんだ」とジャスティンは彼女をなだめようとした。「なぜすでに勝っている闘いをまた蒸し返さなきゃならない？　ところで、われわれは墓地へ行けるんだろうか」

「二時半よ。二時に〈リー葬儀社〉。死亡広告は明日の新聞に出るわ」

「そして彼女はガースの隣りに眠る」ガースは彼の息子だった。テッサの父親の判事にちなんで名づけた。

「できるだけ近くにね。同じジャカランダの木の下で、小さなアフリカの少年と一緒に」

「本当に親切にしてくれてありがとう」と彼はもう何度目かわからない台詞を言い、それ以上何も言わずに、階下のグラッドストン・バッグのある部屋へと降りていった。

バッグは彼の慰めだった。グロリアは庭から窓の格子越しに、彼が微動だにせずベッドに坐り、両手で頭を抱え、足元に置いたバッグを見下ろしているところを二度目撃していた。中に入っているのはブルームのラヴレターの束だと、彼女はひとり密かに――エレナには言ったけれど――確信していた。詮索好きの眼からそれを救い出したものの――でもサンディのおかげじゃないわ――読むか、焼いてしまうか決める勇気が湧くのを待ってるのよ。エレナは同意したが、手紙を取っておくなんてテッサも愚かなあばずれだと思っていた。「読んだら捨てろがわたしのモットーよ、ダーリン」ジャスティンがバッグを置いたまま部屋を離れたがらないのに気づいたので、グロリアはそれをワイン倉庫に入れたらどうかと持ちかけた。ドアの代わりに鉄格子がついているので、地下の中でもいっそう刑務所のような厳しさを備えた場所だ。

「そこの鍵を渡すわ、ジャスティン」ともったいぶって鍵を彼に預けた。「はい。サンディがボトルを開けたくなったら、あなたのところへ来て鍵をもらわなきゃならなくなる。これであの人も飲む量が減っていいわ」

*

新聞の締切がひとつ過ぎるたびに、ウッドロウとコールリッジは、ダムの決壊を防いだと信じ込みそうになった。ウォルフガングが従業員と宿泊客に口止めしたか、報道機関が犯行現場にばかり気を取られていたせいで、誰も〈オアシス〉を調べてみようとは思わなかったのだ、とふたりは語り合った。コールリッジは〈ムサイガ・クラブ〉に集まる年長者たちに、ケニア在住イギリス人の結束をもって、ゴシップが流れるのを阻止してほしいと一人ひとり頼んでまわった。ウッドロウは高等弁務官事務所の職員に同様の訓戒を垂れた。胸の中でどう思おうと、火に風を送るようなことをしてはならない、と彼は緊迫した調子で言った。その賢明なことばは、彼の熱心さと相俟って効力を発揮した。

しかしそのすべては幻影だった、ウッドロウが最初から理性的な心の内で悟っていたように。報道機関の蒸気も切れてきたかと思われる頃、《ベルジャン・デイリー》紙が第一面でテッサとブルームの〝情熱的な関係〟を告発し、〈オアシス〉の宿泊者名簿の該当部分のコピーをつけて、テッサ殺害の前夜、仲睦まじく食事をとる恋人たちを目撃した人々の談話を取り上げた。イギリスの日曜新聞は大活況を呈した。一夜にしてブルームは、フリート街が望みどおりこぞって撃ち落とす、唾棄すべき人間になった。これまで医学博士アーノルド・ブルーム、鉱山で働く裕福なベルギー人夫妻の養子となったコンゴ人、キンシャサ、ブリュッセル、ソルボンヌ大学で学んだ医学界の修道士、戦場の住人、アルジェの私心のない治療者だった彼は、これからは、女たらしのブルーム、姦通者ブルーム、狂人ブルームと呼ばれることになった。三面記事は古来からの殺人医師を特集し、ブルームとO・J・シンプソンのよく似た写真が載せられ、〝この双子のうち、どちらが医者でしょう？〟という気をそそる見出しがつけられた。そういう眼で見る新聞読者にとって、ブルームは典型的な黒人の殺人者だった。白人の妻を誘惑し、咽喉をかき切り、運転手の頭部を斬り落とし、新しい獲物を探すか、とにかく上流階級の黒人が本性を現したときにすることをしに、藪の中に逃げ込むのだ。顔の類似をさらに際立たせるために、彼らはエアブラシでブルームの髭を消していた。

グロリアは一日じゅう、最悪の報道をジャスティンの眼に触れさせまいとした。ひどく動揺するのではないかと怖れたからだ。が、ジャスティンはすべてそのまま見せてくれと言って聞かなかった。そこで夕方、ウッドロウが帰るまえに、ウィスキーと、毒々しい記事の束をしぶしぶ彼に渡すことにしたのだった。独房へ入り、息子のハリーがぐらつく松材のテーブルで彼と向かい合っているのを見つけて、彼女は愕然とした。ふたりは真剣にチェスをしていた。彼女は嫉妬の波にとらわれた。

「ハリー、あなた、なんて考えのないことをしてるの。気の毒なミスター・クエイルにチェ、い、い、

ス の相手をさせるなんて――」

しかしジャスティンは彼女が言い終えるまえに割り込んだ。

「息子さんは侮れないほど賢いよ、グロリア」と彼は請け合った。「サンディは気をつけなきゃ、本当に」彼女から記事の束を受け取り、物憂げにベッドの端に腰掛けて、ぱらぱらとめくった。「アーノルドはわれわれの偏見を知り尽くしている」そっけない調子で続ける。「もし生きてて、これを眼にしても驚かないだろうな。生きていなければ、どっちみち関係ない。だろう？」

しかし報道機関は、格納庫にはるかに致命的な弾丸を隠していた。もっとも悲観的になったグロリアでさえ、それを予知することはできなかった。

＊

高等弁務官事務所が購読している十あまりの反体制ニューズレター――地元のカラー一枚刷りで、匿名で書かれ、干渉を受けずに発行されている――の中に、優れて生存能力の高い一紙があった。体裁を飾らず《アフリカの腐敗》と呼ばれていて、その編集方針――彼らを駆り立てる荒れ狂う衝動をそう呼んでよければ――は、人種、肌の色、真実、あるいは結果にかまわず、泥をかき出すことだった。モイ政府の大臣や官僚たちが犯した窃盗行為を断罪することもあれば、同じくらい、援助活動に関わる官僚たちの〝汚職、腐敗、安逸を貪る生活〟を暴くこともあった。

しかし、以後〝第六十四号〟として知られることになる問題の号は、その手のことをいっさい取り上げなかった。一ヤード四方のショッキングピンクの紙の両面に内容が刷られていた。小さくたためば上着のポケットに楽々と入る。太い黒枠に囲まれているので、匿名の編集者たちが喪に服していることがわかった。見出しは三インチの黒い文字で〝テッサ〟とひと言。ウッドロウの配布分は、土曜の午後、病弱で、毛深く、眼鏡に口髭、身長六フィート六インチのティム・ドナヒューその人によって届けられた。ウッドロウが子供たちと庭でチップ・エンド・ラン・クリケットをしていたときに、玄関のベルが鳴った。ふだんは疲れ知らずのウィケットキーパー（クリケットの捕手）のグロリアは、二階で頭痛と闘っていた。ジャスティンははるか彼方、独房のカーテンを閉じて引きこもっていた。ウッドロウは家の中を通り、おおかた記者の策略だろうと思いながら魚眼レンズを覗いた。するとドアロに立っていたのは、ドナヒューだった。哀れな面長の顔におどおどした笑みを浮かべ、ピンク色のテーブルナプキンのように見えるものをひらひらと振っていた。

「お邪魔して、まことに申し訳ない、きみ。神聖なる土曜日だというのに。くそのかけらが名高い扇風機の羽根に当たったようなんだ」

嫌悪感を隠そうともせず、ウッドロウは彼を応接間に案内した。このいまいましい男は今頃いったい何をしてるんだ？　思えばこの男はこれまで何をしてたんだ。ウッドロウは〝友人たち〟を常に毛嫌いしていた。スパイは情がないことで外務省に知られている。ドナヒューは話下手だし、語学の才能がある様子もないし、魅力もない。外見を見るかぎり、あらゆる意味で賞味期限を過ぎている。日中は〈ムサイガ・クラブ〉のゴルフコースで、ナイロビの財界の肥え太った会員たちと過ごし、夜はブリッジをしているだけだ。なのに暮らしは贅沢で、四人の使用人を雇い、モードという、かつて美人で今は彼同様病人のように見える女と連れ添っている。ナイロビは彼にとって楽で儲かる仕事なのだろうか。一流のキャリアの果てにお払い箱になった職場なのだろうか。〝友人たち〟はそういうことをする、と聞いたことがある。ウッドロウの見たところ、ドナヒューは、ただでさえ寄生虫のような時代遅れの職業における、余った砂利石だった。

「うちの職員のひとりが、たまたま市場をうろついてたんだ」とドナヒューは説明した。「ふたりの男があたりを憚りながらこいつを無料で配っていたらしい。そこで彼も一枚もらっておこうと思ったんだそうだ」

表《おもて》の面は三つに分かれていて、三人のアフリカの女友だちがテッサに追悼の辞を述べていた。文体はアフリカ系イギリス人に独特のもの――説教壇が少し、街頭演説が少しに、無邪気な感情の発露――だった。それぞれの書き手が、ちがった書き方で、テッサは型破りだったと言っていた。彼女の富と家柄、教育と外見をもってすれば、ケニアでも最悪の白人至上主義者たちと踊り、食事を愉しんでいてもいいはずなのに、彼女は彼らが支持するものに真っ向から反対した。テッサは階級に、人種に、そして彼女を縛りつけようとするあらゆるものに抵抗した。それが肌の色だろうと、社会的同胞の偏見だろうと、伝統的な外務省らしい結婚の絆だろうと。

「ジャスティンはどうしてる？」とドナヒューは記事を読んでいるウッドロウに訊いた。

「ありがとう。もの思いに耽ってるよ」

「先日、自分の家に帰ったそうだな」

「私にこれを読ませたいのか、読ませたくないのか？」

「見事なフットワークだったらしいな、きみ。ヘビどもを門でかわして。きみはわれわれの局に加わるべきだ。彼はいるかね？」

「ああ、だが訪問は受け付けない」

アフリカがテッサ・クエイルの選んだ国だとすれば――とウッドロウは読んでいった――アフリカの女性が、彼女の選んだ宗教だった。

テッサは戦場がどこだろうと、どんなタブーがあろうと、われわれのために戦った。優雅なカクテルパーティで、優雅なディナーパーティで、あるいはとんだ見当ちがいで彼女を招待したあらゆる優雅なパーティで、われわれのために戦った。アフリカ女性の解放だけが、男たちの過ちと腐敗からわれわれを救うことができる。妊娠していることがわかると、テッサは彼女のアフリカの子を、愛するわれわれアフリカ女性に囲まれて出産すると言って譲らなかった。

「なんてこった」とウッドロウは低い声で嘆いた。

「私もそう思った」とドナヒューは同意した。

最後の段落はすべて大文字で書かれていた。ウッドロウは機械的に読んでいった。

さようなら、ママ・テッサ。わたしたちはあなたの勇気の子だ。あなたの人生をありがとう。ありがとう、ママ・テッサ。アーノルド・ブルームは生きているかもしれないが、あなたが亡くなったことは否定のしようがない。もしイギリス女王が死者に勲章を与えられるなら、イギリスの自己満足のために尽くしたポーター・コールリッジ氏に爵位を授けるより、あなたにヴィクトリア十字勲章を授けることを祈ろう、ママ・テッサ、我らが友。植民地時代後の偏見に敢然と立ち向かった最高の勇気を讃える。

「いちばんすごいのは裏だ」とドナヒューが言った。

ウッドロウは紙面を裏返した。

✝ **ママ・テッサのアフリカの子**

テッサ・クエイルは、自分の体と人生を、みずから正しいと確信するほうへ向けるべきだと信じていた。そしてほかの人間にも同じことを求めた。ナイロビのウフル病院に閉じ込められていたときには、親友のアーノルド・ブルーム医師が彼女のもとを毎日

——さる情報筋によると、ほとんど毎晩——訪れた。病室の彼女の隣りで寝られるように、折り畳み式のベッドを持ち込んでいたという。

ウッドロウは新聞をたたんでポケットに入れた。「これをポーターのところへ持っていこうと思う、もしそちらがよければだが。これは私が持っていていいのかな？」

「もちろんだよ、きみ。すべて局持ちだ」

ウッドロウはドアに向かったが、ドナヒューにはついて来る気配がなかった。

「来ないのか？」とウッドロウは訊いた。

「残ろうかと思ってね、もしきみがよければ。気の毒な老ジャスティンにひと言挨拶していこうと思う。彼はどこだね？　二階かな？」

「彼とは会わない約束だったと思ったが」

「そうだっけ？　だったらかまわない。またにするよ。きみの家、きみの客だ。まさかブルームもかくまってないだろうね？」

「馬鹿なことを言わないでくれ」

止める間もなく、ドナヒューはウッドロウの横に大股で寄ってきて、これ見よがしに膝を曲げて話しかけた。「角を曲がるところまで乗っていくかね？　車を出さなくてすむだろう。歩くには暑すぎるしな」

ドナヒューがしつこくジャスティンに会おうとするのではないかと半ば怖れていたので、

ウッドロウは乗せてもらい、そのあとで彼の車が無事丘を越えていくのを見送った。ポーターとヴェロニカ・コールリッジは庭で日光浴をしていた。彼らのうしろにはサリー州（イングランド南東部の州で富裕層が住む）ふうの高等弁務官公邸があり、まえには、裕福な株式仲買人が所有するような完璧に手入れされた芝生と、雑草ひとつない花壇があった。コールリッジは安楽椅子に坐り、公文書送達ケースから取り出した書類を読んでいた。ブロンドの妻のヴェロニカは、紫がかった青色のスカートをはき、ひさしの垂れた麦わら帽子をかぶって、敷物付きのベビーサークルの横の芝生に横たわっていた。サークルの中では、彼らの娘のロージーが仰向けになって右へ左へ体を揺らしながら、手の指のあいだから見えるオークの葉叢に眼をみはっている。ヴェロニカはそんな娘に鼻唄を聞かせていた。ウッドロウはコールリッジに新聞を手渡し、卑語が飛び出すのを待った。が、何もなかった。

「このくだらん代物を読むのは誰だ？」

「街にいる記者は全員読むでしょうね」とウッドロウは抑揚のない声で言った。

「やつらの次のステップは？」

「病院です」と彼は心が沈むのを感じながら言った。

ウッドロウは、コールリッジの書斎のコーデュロイ張りの肘掛け椅子に沈み込み、高等弁務官が机に鍵をかけてしまっているデジタル電話で、大嫌いなロンドンの上司と慎重に話すのを片方の耳で聞きながら、死ぬまで振り払うことのできない、繰り返し訪れる白日夢を見た――白人の自分の体が、混み合った広大なウフル病院の廊下を、植民地の支配者のように足早に歩いていく。誰か制服を着た人に正しい階段、正しい階数、正しい病棟、正しい患者を尋ねるときにだけ立ち止まる。

「くそペレグリンは、すべて絨毯の下に掃き込めだとさ」とポーター・コールリッジは受話器を架台に叩きつけて言った。「素早く、できるだけ奥へ。見つけられるいちばんでかいくそ絨毯の下に。いかにもあの男らしい」

書斎の窓から、ヴェロニカがベビーサークルからロージーを取り上げて、家のほうに運んでくるのが見えた。「もうすでにやってると思ってました」とウッドロウはまだ夢に浸りながら反論した。

「テッサが空いた時間にやってたことは、彼女だけの世界のことだ。ブルームとの浮気も、あらゆるご立派な奉仕活動も含めてな。すべて非公式だが、もし訊かれれば、われわれは彼女の改革運動を尊重していたが、詳細は知らされておらず、いずれにせよ常軌を逸していると思っていたと言うことにする。低俗な新聞の無責任な質問にはいっさいコメントしない」

彼が自己嫌悪と闘うあいだ、ことばが途切れた。「そして彼女は狂っていたということにする」

「なぜそこまでしなければならないのですか」——突然、ウッドロウは眼覚めた。

「われわれのほうで理由を考える必要はない。彼女は赤ん坊が死んで蝶番《ちょうつがい》がはずれてしまったが、実はそのまえから不安定だった。ロンドンでは精神科にかよっていた。その情報が役に立つ。まったく嫌なやり方だが。葬式はいつだ？」

「早くても来週半ばです」

「もっと早くできないか」

「できません」

「なぜ」

「検死を待っているのです。葬儀はあらかじめ予約しなければなりません」

「シェリー酒は？」

「いえ、けっこうです。家に戻ろうと思っているので」

「外務省は辛抱強さを求める。彼女はわれわれにとって受難だったが、われわれは立派に耐え忍んだ。きみは辛抱強くなれるかね？」

「無理だと思います」

「私もだ。まったくもって気分がくそ悪くなる」

そのことばは、破壊的な意図と確信を込めてあまりになめらかに出てきたので、最初ウッドロウは聞いたことさえよくわからなかった。

「くそペレグリンは、こいつは緊急要請だと言ってる」とコールリッジは軽蔑を込めた鋭い口調で続けた。「疑う者も、離反する者もいてはならない。きみは受け容れられるか？」

「おそらく」

「大したもんだ、つまり、きみのことだが。私にはできるかどうかわからない。要するに、帽子の中にどんなハチを隠していたにしろ、彼女が――あるいは彼女とブルームが、一緒に、または別々に――外のどこかで、私やきみも含めて誰かに言ったことは――それが動物や、野菜や、政治や、たとえ薬学に関わることでも――」耐えがたいほどの長い間ができた。「われわれの関知するところではない。われわれは、完全に、何ひとつ、くそほども知らない。言ってることがわかるか？　それとも秘密のインクで壁に書いておいたほうがいいか？」

「わかりました」

「ペレグリン自身がはっきりそう指示したからだ。彼に不明瞭な点はなかった」

「そうですね。いつもありません」

「彼女がきみに渡さなかったもののコピーが何か残っているか？　われわれが見たことも、触れたことも、ユリのように白い良心を傷つけることもなかったもののコピーが」

「彼女から渡されたものはすべてペレグリンに送りました」

「賢明だったな。で、きみは元気かね、サンディ？　このつらい時期、彼女の夫を客室に迎えて、闘志満々といったところか？」

「そんなところです。あなたはどうですか？」とウッドロウは訊いた。このところグロリアの助言もあって、コールリッジとロンドンのあいだの不和を好機ととらえ、それをどう利用するかと考えていた。

「元気と言えるかどうかはわからんな」コールリッジはこれまでウッドロウに見せなかった率直さで答えた。「まったくわからない。よくよく考えてみれば、あんな指示に同意できるかどうか、まったくわからない。いや、同意できないな。拒否する。排水管バーナードくそペレグリンと彼の仕事すべてを。実際、くそくらえだ。それにやつはテニスが恐ろしく下手だ。今度面と向かって言ってやる」

ほかの日なら、ウッドロウはこの明らかな分裂を歓迎し、さりげなくそれを助長しようとしただろうが、病院の記憶が逃れようのない鮮明さで彼に襲いかかっていた。意に反して彼を捕らえている世界への憎しみで、心は満たされていた。高等弁務官の住まいから自宅に歩いて帰るのには十分もかからなかった。道々、犬には吠えられ、「五シリング、五シリング」と叫びながら駆けてくる物乞いの子供たちの標的にされた。気のいい運転手たちは車のスピードを落とし、乗せてやると言ってきた。が、自分の家の敷地に入るまでに、彼はこれまでの人生でもっとも非難されるべき時を追体験していた。

*

ウフル病院のその病室には六台のベッドがある。両側の壁に三台ずつ、そのどれにもシーツは敷かれておらず、枕もない。床はコンクリート。明かり取りがあるが、すべて閉じられている。外は冬で、室内の空気はよどみ、排泄物と消毒薬の臭いがあまりに激しいので、ウッドロウはそれを嗅ぐと同時に摂取しているような気になる。テッサは左側の壁寄りの中央のベッドで横になり、赤ん坊に母乳を与えている。彼はわざと最後に彼女を見る。両側のベッドは空で、マットレスにボタンで止めたぼろぼろのゴムの敷物があるだけだ。病室の彼女の向かいには若い女がひとり、横を向いて身を縮こめている。頭をマットレスの上にぴたりとつけ、裸の片腕をベッドから垂らしている。十代の少年がそばの床にうずくまり、段ボールの切れ端で顔をあおぎながら、懇願するように見開かれた眼をまっすぐに彼女の顔に向けている。彼らの横には堂々たる白髪の老女が厳粛な面持ちで立ち、角縁の眼鏡越しに使節団の聖書を読んでいる。身にまとっているのはカンガ綿布。上にはおる服として観光客に売られるものだ。その向こうにはイヤフォンをつけた女がいて、聞こえてくるものがなんであれ、それに顔をしかめている。苦悩と深い敬虔の念が顔にくっきりと現れている。このすべてをウッドロウはスパイのように頭に取り込みながら、眼の端ではテッサを捕らえ、彼女は自分に気づいただろうかと思う。

しかしブルームは気づいていた。ウッドロウがぎこちなく病室に足を踏み入れるなり、ブルームは顔を上げた。テッサのベッドの脇に立ち上がり、屈んで彼女の耳元に何か囁いたあと、静かに彼のほうに歩いてきて、握手しながら「ようこそ」とつぶやく。男対男。どこへようこそだろう。愛人の許可の下りたテッサのところへようこそ？　しかしウッドロウはただ敬意を払って「会えて嬉しいよ、アーノルド」と答える。ブルームは気を利かせて廊下に消えていく。悪臭芬々《ふんぷん》たる地獄へようこそ？　赤ん坊に授乳するイギリス女性は、ウッドロウの限られた経験からすると、上品に抑制を利かせる。たとえばグロリアはそうしていた。男のように胸をはだけるが、巧みに中のものを覆い隠す。しかし息苦しいほどのアフリカの大気の中にいるテッサには節度の必要がない。

腰まで裸になって、老女の布とよく似たカンガ布をまとい、左の胸に子供を抱いている。右の胸は開けっぴろげで、吸われるのを待っている。彼女の上半身はすらりとしていて、透き通るようだ。両の胸は、彼が何度も想像したように、出産したあとでさえ軽く、なめらかだ。子供は黒人だ。彼女の肌の大理石のような白に映える暗い藍色。小さな黒い手が母乳を出す乳房を探りあて、不気味な自信とともに動いている。テッサはそれを見ていたが、ゆっくりと大きなグレーの眼を上げ、ウッドロウの眼を覗き込む。彼はことばを探そうとするが、何も見つからない。彼女のほうに身を屈め、左手をベッドの頭部に当てて、子供の上から彼女の額にキスをする。そうしながら、ブルームが坐っていたベッドの脇にノートがあるのを見て驚く。それは小さな机の上に、古そうな水の入ったコップとボールペン二本とともに、危ういバランスで載っている。ページが開いていて、彼女が薄く細い文字で何か書き込んでいたことがわかる。どことなく見憶えのある、個人教授で学んだ彼女のイタリック書法。彼はベッドに半分腰掛けて、何を言おうかと考える。が、最初に口を開くのはテッサだ。弱々しく、薬で朦朧として、苦痛を受けたあとの押し殺したような声だが、それでも不自然なほど冷静で、彼女が彼と話すときにいつも交える嘲《あざけ》るような調子をどうにか含んでいる。

「この子の名前はバラカよ」と彼女は言う。「祝福という意味なの。でもあなたにはわかるわよね」

「いい名前だ」

「わたしの子じゃないの」ウッドロウは何も言わない。「母親が母乳をやれないから」と彼女は説明する。その声はゆったりとしていて、夢見るようだ。

「だったらきみがいてよかった」とウッドロウは鷹揚に言う。「調子はどうだね、テッサ。想像できないだろうが、きみのことをすごく心配してたんだ。本当に残念だ。誰がきみの看病をしてる？　ジャスティンのほかに。ギタと、あとは？」

「アーノルド」

「アーノルドは別だ、もちろん」

「昔、あなたはわたしが偶然の出会いを求めてると言ったわよね」と彼女は彼の質問を無視して言う。「みずから前線に立って、何か起こるのを待っていると」

「いつも感心してる」

「今も？」

「もちろん」

「彼女、死にかかってるの」とテッサは彼から病室の向こう側に眼を移して言う。「この子の母親よ。ワンザ」彼女は腕を垂らした女と、その脇にうずくまっている物言わぬ少年を見ている。「どうしたの、サンディ。それがどうしたって訊くんじゃないの？」

「それがどうした？」と彼はおとなしく従う。

「人生よ。仏教徒が死の第一の原因とわたしたちに説くもの。人口過密、栄養不足。劣悪な生活環境」彼女は子供に話しかけている。「そして物欲。この場合は欲深い男たちね。彼らがあなたも殺してないのは奇跡だわ。あなたは大丈夫よね？　最初の数日間、彼らは日に二回、彼女を訪れたわ。怯えてた」

「誰が？」

「偶然現れた男たちよ。欲深いやつら。上等の白い上着を着た。彼女を見て、少し励まし、彼女の数値を見て、看護婦に話しかけてたわ。そしてもう来なくなった」子供が彼女を痛がらせた。彼女はそっと位置を変えて、また授乳を始めた。「キリストだったらよかったのに。キリストが死にゆく人々の枕元に坐って魔法のことばをつぶやくと、彼らは生き返って、みんなが拍手する。偶然現れた男たちにはそれができない。だから行ってしまったの。彼女を殺しておいて、言うべきことばもないのよ」

「哀れなやつらだ」とウッドロウは調子を合わせて言う。

「いいえ」彼女は痛みにたじろぎながら首をまわし、病室の向こうにうなずく。「あの人たちこそ哀れよ。ワンザ、それから床に坐ってる彼、キオコ、彼女の弟よ。村から八十キロの道を歩いて、あなたのためにハエを追い払いに来たのよね。そうでしょ？　あなたの叔父さんは」と彼女は赤ん坊に言い、膝の上に乗せて、げっぷが出るまで背中を優しく叩く。そしてもう片方の乳房を吸わせるために手のひらを添える。

「テッサ、聞いてくれ」ウッドロウは彼女の眼が彼を推しはかるのを見る。彼女は彼の声を知っている。あらゆる声色を。彼女の顔に疑念の影がかかり、動かなくなる。使い道があると思って私を呼んだが、今、どんな人間であるかを思い出したのだ。「テッサ、頼むから聞いてくれ。誰も死んでなんかいない。誰も人を殺したりしていない。きみは熱があって、そのせいで想像が膨らんでるんだ。きみは恐ろしく疲れている。休んでくれ。体を休ませてくれ。お願いだ」

彼女は赤ん坊に注意を戻し、指先でその小さな頬をさする。「あなたはわたしがこれまでの人生で触れた中でいちばん美しいものよ」と彼女は囁きかける。「それを忘れないでね」

「忘れないさ」とウッドロウは心を込めて言う。その声で彼女は彼がいることを思い出す。

「温室はどう？」と彼女は訊く。高等弁務官事務所のことを彼女はそう呼ぶ。

「皆よく育ってる」

「あなたは荷造りして明日帰ってもいいわ。いても変わらないから」と彼女はぼんやりした表情で言う。

「きみはいつもそう言うね」

「アフリカはここよ。あなたはあちら側にいる」

「元気になったらそのことについて話そうじゃないか」とウッドロウは最大限相手をなだめる口調で言う。

「本当に？」

「もちろん」

「話を聞いてくれるの？」

「鷹のように耳を澄まして」

「それならわたしたち、白い上着を着た欲深い男たちのことを話すわ。そしてあなたはわたしたちを信じる。そういうことでいい？」

「わたしたち？」

「アーノルド」

ブルームの名がウッドロウを地上に引き戻す。「与えられた状況でできることはなんでもするよ。どんなことであっても。道理に適ってさえいれば。約束する。さあ、ゆっくり休んでくれ。頼む」

彼女はそのことについて考える。「この人、与えられた状況でできることはなんでもするって」と赤ん坊に説明する。「道理に適っていれば、だって。男らしいわね。グロリアはどうしてる？」

「すごく心配してる。きみに愛を贈ると言っていた」

テッサは疲労のにじむため息をゆっくりとつき、胸に子供を抱いたまま、積み上げた枕に倒れ込み、眼を閉じる。「だったら彼女のところへ帰ってあげて。それからわたしにもう手紙は書かないで」と彼女は言う。「ギタにもかまわないで。彼女もあなたには協力しないわ」

彼は立ち上がり、振り返る。なぜかドアのところにブルームがいるような気がする。ドアの枠にさりげなくもたれかかり、芸術品まがいのベルトにカウボーイふうに両手を突っ込み、気取った黒い口髭の中から白い歯を覗かせてにやにや笑う、いちばん虫酸の走るポーズで。しかしドアには誰もいない。廊下は窓がなく暗い。防空壕のように、電力不足の電灯が一列灯っているだけだ。壊れかけた台車のまえをいくつも過ぎる。上には死体が横たわり、血と排泄物と汗の入り混じった臭いを漂わせている。アフリカの馬の臭い。この不潔さが彼女の魅力を増しているのだろうか、とウッドロウは思う。これまでの人生を現実から逃れて生きてきたが、彼女のせいで今はそれに溺れている。

混み合った中央ホールに入ると、ブルームともうひとりの男が激しく言い争っている。まずブルームの声が聞こえる。そこで相手が言い返す。ことばまではわからない。甲高い、非難するような声が鉄の梁に響く。ウッドロウにとって彼はそんなひとりだ。一度眼にすると、見た者の記憶に生涯生き続ける人間がいる。がっしりした体に太鼓腹、白々とした肉厚の顔に惨めな絶望の表情が浮かんでいる。赤みがかったブロンドの髪が、上気した頭頂を覆う。萎びたバラのつぼみのような唇が抗弁し、否定する。傷心に見開かれた眼は、ブルームにも共通する恐怖に取り憑かれている。斑紋のある手は見るからに力強く、カーキ色のシャツの襟のあたりには、汗の染みが路線図のようについている。彼の残りは医者の白衣に隠されている。

それならわたしたち、白い上着を着た欲深い男たちのことを話すわ。

ウッドロウは忍び足でまえに進んでいく。彼らに触れるまでに近づくが、どちらの頭も議論に熱中しすぎて振り向かない。彼はふたりに気づかれずに通り過ぎる。彼らの高まる声が喧噪の中に消えていく。

＊

ドナヒューの車が車寄せに戻っていた。それを見て、ウッドロウは胸が悪くなるほどの怒りを覚えた。二階に駆け上がり、シャワーを浴び、洗い立てのシャツを着ても怒りは収まらなかった。家の中は土曜にしては異常なほど静まり返っていた。バスルームの窓から外を見て、その理由がわかった。ドナヒュー、ジャスティン、グロリアと息子たちが庭のテーブルについて坐り、モノポリーをしている。ウッドロウはあらゆるボードゲームが嫌いだったが、モノポリーについては、〝友人たち〟と、その他膨れ上がった英国情報部のコミュニティのあらゆる人間に感じる憎しみにも似た、曰く言いがたい嫌悪感を抱いていた。近づくなと言った数分後にぬけぬけと引き返してくるとは、いったいどういう了見だ。そして妻が斬りつけられ、殺されたわずか数日後にモノポリーに興じているとは、いったいどれほど変わった夫だ。ウッドロウとグロリアはかつて中国のことわざを引いて納得し合ったことがある——家に招いた客は魚のようなもので、三日目には臭い始める。しかし、ジャスティンは、日を追うごとにグロリアにとって香しい存在になっていた。

ウッドロウは階下に降りて台所に立ち、窓から外をうかがった。土曜の午後には、もちろん使用人もいない。われわれだけで過ごすのは実に愉しいな、ダーリン。ただ、われわれではなく、おまえたちだが。私といるどんなときより、ご機嫌取りのふたりの中年男と一緒にいて、おまえはくそ幸せそうだ。

テーブルでは、ジャスティンが誰かの土地に駒を進め、多額の賃貸料を支払っていた。グロリアと少年たちは顔を輝かせて歓声を上げ、ドナヒューは、いつかこうなると思ってたんだと不満を漏らした。ジャスティンは妙ちきりんな麦わら帽子をかぶっているが、彼の着るものすべてがそうであるように、これも完璧なまでに似合っていた。ウッドロウはやかんに水を入れ、火にかけた。彼らにお茶を持っていって、帰ってきたことを知らせてやる――ゲームに熱中しすぎて気づかないかもしれないが。気が変わり、そのまま庭に出ていって、テーブルに近づいた。

「ジャスティン、邪魔して申し訳ない。ちょっと話せないだろうか」残りの連中――我が家族。私がメイドを強姦したとでもいうような眼つきをしている――にも言う。「やめさせるわけじゃないんだ。ほんの数分だからね。誰が勝ってる?」

「誰も」とグロリアが棘のある口調で言った。ドナヒューは脇でむさ苦しくにやついていた。

ふたりはジャスティンの独房に立った。庭が使われていなければ、庭で話すところだ。しかし実際には、くすんだ色合いの寝室で向かい合って立っていた。テッサのグラッドストン・バッグ――テッサの父親のグラッドストン・バッグ――は格子の向こう側に置かれている。私のワイン貯蔵庫。彼の手元にあるいまいましい鍵。彼女の高名な父親のバッグ。しかし、話し始めるなり、まわりの様子が一変し、彼は息を呑んだ。鉄製のベッドの枠の代わりに、彼女の母親の愛した象眼細工の机。そのうしろには煉瓦の暖炉、その上に招待状の束。部屋の奥、偽の梁がひとところに集まるように見えるフランス窓のまえに、テッサの裸のシルエット。彼は意志の力を振り絞って現実に戻った。幻影は消えた。

「ジャスティン」

「なんだい、サンディ」

しかし彼は思い描いていた対決をまた避けた。この数分間で二度目だった。「地元の新聞のひとつがテッサの友人による寄稿《リーベル・アミコルム》みたいなものを取り上げてね」

「親切なことだ」

「その中に、ブルームに関する露骨な表現が何度も出てくる。彼が個人的に彼女の出産を助けたといったようなことだ。赤ん坊が彼の子だとまであからさまに匂わしている。残念ながら」

「ガースのことだね」

「そうだ」

ジャスティンの声には緊張がみなぎっていて、ウッドロウの耳には、自分の声と同様、危険なくらい張りつめているように思われた。「そう、ここ数カ月、そんな噂がまかり通っているようだ、サンディ。今の状況じゃ、これからもっと出てくるだろうな」

ジャスティンはその噂はまちがっていると言わなかった——ウッドロウがその余地を残しておいたにもかかわらず。だから彼はさらに追及するしかなかった。罪深い内なる力が彼を駆り立てていた。

「彼らはブルームが病棟に折り畳み式のベッドまで持ち込んで、彼女のそばで寝ていたと示唆している」

「一緒に使ってたんだ」

「なんだって？」

「アーノルドが使うときもあれば、私が使うときもあった。順番に、そのときどきの仕事の具合に応じて」

「気にならないのか」

「何が」

「ブルームがこれほど献身的に彼女に尽くしていた――きみの同意のもとに、ということだ、もちろん――とやつらに言わせておくことだよ。一方で、彼女はここナイロビでは、きみの妻を演じてたと言われてる」

「演じてた？　彼女は私の妻だったんだぞ。なんてことを！」

ウッドロウはジャスティンの怒りを、コールリッジの怒りほども期待していなかった。それより自分自身の怒りを抑えるのに懸命で、声を落とし、台所ではどうにか緊張をやり過ごしていた。しかし、ジャスティンの怒りの爆発は青天の霹靂《へきれき》で、彼を心底驚かした。悔恨と、正直に言えば屈辱の弁を期待していたが、よもや武力抵抗に遭うとは思わなかった。

「私に何を訊きたいんだ」とジャスティンは尋ねた。「よくわからない」

「知る必要があるんだ、ジャスティン。それだけだよ」

「何を？　私が妻を掌握していたかどうかか？」

ウッドロウは弁解しながら撤退していた。「なあ、ジャスティン……つまり、私の立場で考えてみてくれ……ほんのしばらくでいいから。いいね？　これから世界じゅうの報道機関がこの事件を取り上げるだろう。だから私には知る権利がある」

「だから何を」

「テッサとブルームは、明日、あるいはこれから六週間のうちに新聞の見出しを飾るようなどんなことをほかにしていたのか」と彼は自己憐憫を漂わせて言い終えた。

「たとえば？」

「ブルームは彼女の教師だった。ちがうのか？　ほかに何だったかは別にして」

「つまり？」

「つまり、ふたりは動機を一にしていた。やつらは権利の濫用を嗅ぎ取ったんだ。いわゆる人権問題というやつだ。ブルームはある種、番犬的な役割を担っていた、そうだろう？　あるいは彼の部下が。だからテッサは――」話の行き先がわからなくなってきた。ジャスティンはそれをじっと見守っていた。「彼女は彼に協力した――「彼女は彼に協力した。しごく当然だ。ああいった状況だから。弁護士の頭を使ったというわけだ」

「結局、話はどこへ行き着く。教えてもらえないか」

「彼女の書類だよ。それだけだ。彼女の所有物。きみが――いや、われわれが一緒に回収した」

「それが？」

ウッドロウは気を静めようとした。私はおまえの上司だぞ、くそっ、請願者などではなく。役柄をはっきりさせようじゃないか、え？

「要するに、請け合ってもらいたいのだ。彼女が――きみの妻という立場で――外交官の身分を利用して――イギリス政府の名を借りて――自分の運動のために集めた書類は、すべて外務省に提出すると。そう理解すればこそ、このまえの火曜日、きみを家へ連れていったのだ。でなければ行かなかった」

ジャスティンは微動だにしなかった。ウッドロウが不誠実な後知恵を披露するあいだ、指ひとつ動かさず、まばたきすらしなかった。背面から光を受けて、テッサの裸のシルエットのように静かに立っていた。

「もうひとつ請け合ってもらいたいのは、言わずもがなだ」とウッドロウは続けた。

「なんだい？」

「きみ自身の慎重な態度だ。彼女の活動――煽動――制御不能になった彼女のいわゆる援助活動について、きみがなんであれ知っていることについて」

「制御不能って、いったい誰が制御するんだ？」

「単に言いたいのは、彼女がどんな公の海に乗り出していったにしろ、きみには残りのわれわれ同様に守秘義務があるということだ。すまないが、これも天からの命令でね」冗談めかした口調で言ったが、ふたりとも笑わなかった。「ペレグリンの命令だ」

で、きみは元気かね、サンディ？　このつらい時期、彼女の夫を客室に迎えて、闘志満々といったところか？

ジャスティンがついに口を開いた。「ありがとう、サンディ。私のためにいろいろしてくれて感謝するよ。さて、私はピカデリーの賃貸料を取り立てにいかなきゃならない。そこに高価なホテルを一軒所有しているようでね」

ウッドロウが驚いたことに、彼はそう言って庭へ戻り、ドナヒューの隣りにまた坐って、中断していたモノポリーに取りかかった。

第四章

イギリスの警察はまったく羊みたいにおとなしいわ。グロリアはそう言った。ウッドロウは、同意しないにしても、口には出さなかった。彼らとのつき合いをめったに口にしないポーター・コールリッジでさえ、〝くそみたいなやつらの割には驚くほど洗練されている〟と評した。それにあの人たちのいちばんいいところは——とグロリアは、ジャスティンが来て二日目の朝に、彼らを居間に案内したあとで、寝室からエレナに報告した。とにかくいちばんいいところは、エル、助けにきたって感じがするところよ。可哀そうなジャスティンの肩に、これ以上苦痛や困惑を載せにきたわけじゃなくて。ロブって男の子《ボーイ》がセクシーなのよ——そう、男の子っていうより、男だわね、エル。まちがいなく二十五歳だと思うけど。ちょっと地味めの俳優みたいで、一緒にいたっていうナイロビ警察《ブルー・ボーイズ》の真似をしたら、それが恐ろしくうまいの。それからレズリーって人がいて、これが女性なのよ、ダーリン、みんな驚くそうよ。わたしたちが最近のイギリスの実態をいかに知らないかってことよね。服はちょっと去年の流行なんだけど、それを別にすれば、正直言って彼女がわたしたちみたいな教育を受けてるのはまちがいないわ。もちろん声ではわからないわよ、今どき育ちのわかるようなしゃべり方をする人なんていないんだから。あえてしないのよね。でも、応接間でもすっかりくつろいだ感じで、とても自信があって落ち着いてて、それに親しみやすいの。素敵な温かい笑みを浮かべるし、若白髪がちょっと混じってるんだけど、あれ、意図するところがあってわざと残してるんだと思うわ。品があってもの静かだってサンディは言ってたわ。とにかく、たとえば気の毒なジャスティンを少し休ませてあげるために休憩してるときにも、何を話せばいいか気にしなくていいの——グロリアにとって唯一の問題は、彼らのあいだでどんなやり取りがなされているのか、まったくわからないことだった。一日じゅう台所に立って、食器の渡し口で耳をそばだてているわけにもいかないからだ——ほら、とりわけ使用人がじろじろ見ているところでは無理でしょう、エル、ちがう？

グロリアは、ジャスティンとふたりの警官のやり取りもわからなかったが、彼らが夫と何を話したかはもっとわからなかった。彼らと話したこと自体、ウッドロウが黙っていたからだ。

*

ウッドロウとふたりの警官の最初の会話はきわめて儀礼的なものだった。警官たちは、この仕事に繊細な気配りが必要なことは理解している、ナイロビの白人社会の醜聞を掘り返すつもりはない、というようなことを言った。ウッドロウはお返しに、事務所の職員に協力させ、必要に応じてあらゆる便宜を図ると誓った——アーメン。警官たちは、警視庁《ヤード》の指示に反しない範囲で、捜査の進捗を逐一ウッドロウに知らせることを約束した。ウッドロウは、われわれは皆同じ女王に仕えているのだから、とにこやかに指摘した。もし女王閣下にファーストネームが使えるなら、われわれも使っていいはずだと。

「さて、高等弁務官事務所でのジャスティンの職務内容はなんですか、ミスター・ウッドロウ」ロブ青年《ザ・ボーイ》が、親しく呼び合おうというウッドロウの提案を無視して、礼儀正しく訊いた。

ロブはロンドンでマラソン選手だった。熱心な耳と膝と肘と、真の度胸の持ち主。彼の利口な姉のようにも見えるレズリーはカバンを持ち歩いていた。ウッドロウは、ロブが陸上競技で使うものがいろいろ入っている——ヨウ素、ナトリウムのタブレット、ランニングシューズの予備の紐——のではないかと想像してひとり愉快に思ったが、実際には、彼の見るかぎり、テープレコーダーと、カセットと、色とりどりの速記用のメモとノートがたくさん納まっているだけだった。

ウッドロウは考えるふりをした。専門家らしく見えるように、額に思慮深い皺を刻んだ。

「ふむ、まず第一に、彼は事務所内のイートン校卒業生だった」と彼は言った。このジョークに皆笑った。「基本的に、ロブ、彼は、東アフリカ援助有効性《イフェクティヴネス》委員会——EADECと略される——のイギリス代表だ」と彼は続けた。ロブの限られた知性でも把握できるように明確にしゃべった。「二番目のEは、最初、実効性《エフィカシー》だったんだが、ここの人々に馴染みのあることばじゃなかったんで、もう少しわかりやすい《ユーザー・フレンドリー》ことばに変えた」

「何をするんでしょう、この委員会というのは」

「EADECは、ここナイロビにある比較的新しい諮問機関だ、ロブ。さまざまなかたちで東アフリカを援助し、困窮から救い出そうとする、すべての援助国の代表から成る。メンバーはそれぞれの国の大使館や高等弁務官事務所から選ばれ、毎週会議を開いて、隔週で報告書を提出する」

「どちらへ？」とロブはメモを取りながら訊いた。

「すべての参加国へ。当然ながら」

「何についてですか？」

「委員会の名が示すとおりだよ」とウッドロウは青年の礼儀正しさを斟酌して、辛抱強く答えた。「この委員会は援助の分野における実効性ないし有効性を高めるのだ。援助活動において、有効性はもっとも重要な尺度だ――同情心は当然として」われわれは皆、同情心あふれる人間だと語る人懐っこい笑みを浮かべた。「EADECは、それぞれの援助国の資金が一ドル単位で実際にどこまで目標に届いているか、同じ場所で複数の機関の資金がいかに無駄に重なり合い、不毛に競い合っているか、という厄介な問題を扱っている。悲しいかな、われわれ同様、援助の世界の三つのR――重複《リデュープリケーション》、競争《ライヴァルリー》、合理化《ラショナライゼーション》――に取り組んでいるのだ。経費と生産性のバランスを取りながら」――知恵を授ける者の笑み――「半端な〝暫定〟提案をする。なぜなら、きみたちとちがって、委員会は執行権と強制権を持たないからだ」優雅な首の傾きが微かに自信をうかがわせる。「地上最大の発明かどうかはわからないが、実のところ、これは愛すべき我が国の外務大臣の発案なんだ。透明性の確保、倫理的な外交政策といった、昨今の怪しい特効薬への要望を満たすものだったので、役に立つかどうかはわからないが、とにかく設けることにした。国連に任すべきだと言う人もいる。国連がすでにやっていると言う人も。一方、国連が病いの一部だと言う人もいる。好きなのを選んでくれ」非難がましく肩をすくめ、彼らにも同じことを求めた。

「なんの病いですか？」とロブが尋ねた。

「ＥＡＤＥＣは現地レヴェルでの調査権限を持たない。だが、達成されたことに対してどれだけの費用が使われたかを算定し始めた途端に大きな費用項目になるのが、汚職なんだ。自然損耗や無能と混同してはならないが、似たようなものだ」ウッドロウは一般人のたとえを持ち出した。「愛すべきイギリスの水道網を考えてみよう。一八九〇年前後に建設されたものだ。水は貯水池から流れてくる。そのうちのいくらかは、もし運がよければ、蛇口から出てくる。しかし、途中には水漏れの激しいパイプがいくらもある。水が一般大衆の善意にもとづいて供給されているときに、どこか勝手な場所へ漏らしておくわけにはいかないだろう？　きみの仕事が気紛れな投票者にかかっているとなればなおさらだ」

「委員会の仕事で彼は誰にコンタクトしますか？」

「ここナイロビの国際社会から選ばれた上級外交官だ。ほとんどは参事官かそれ以上。残りは一等書記官だが、そう多くない」さらに説明が必要と考えたようだった。「私の考えでは、

EADECは高尚な組織にする必要があった。頭を雲の上に出しているような。現場レヴェルに引き下ろされてしまうと、大掛かりな民間公益団体——非政府組織《NGO》だな——のようなものになってしまい、自分の刷毛で自分を汚してしまうことになる。私はその点を強く主張した。わかった、EADECはナイロビになければならない。地元意識を高めるために。それは明らかだ。だが、それでもEADECはシンクタンクだ。冷静な視点を保たなければならないとね。自分のことばを引用させてもらえば、感情不在地帯であり続けることが絶対に必要なのだ。ジャスティンはその委員会の幹事だ。彼が手を挙げたわけではなく、順番がまわってきただけだが。議事録をとり、研究論文の落丁を調べ、隔週報告の下書きを書く」

「テッサは感情不在地帯ではありませんでした」とロブはしばらく考えたあとで反論した。

「テッサは感情の塊でした、われわれが聞いたところでは」

「新聞を読みすぎたようだね、ロブ」

「いいえ、読んでいません。私は彼女の現地調査報告書を読んだのです。彼女は袖をまくり上げて現場で働いていました。肘までくそに浸かって、昼も夜も」

「そしてそれは必要不可欠なことだった、まちがいなく。まったくもって賞賛に値する。しかし、国際諮問機関としての委員会に第一に求められる客観性にはほど遠かった」とウッドロウは愛想よく言った。下層階級のことば遣いに引き込まれたことはあえて気にしなかった。レヴェルはまったく異なるが、事務所で気にしないのと同じように。

「ふたりは異なる道を歩んだわけですね」とロブは椅子の背にもたれ、鉛筆を歯に当てて鳴らしながら結論を言った。「彼は客観性を、彼女は感情を追求した。彼は安全な中央で愉しみ、彼女は危険な辺境で働いた。わかりました。まあ、最初からわかっていたような気がします。そこにブルームはどう当てはまるのですか？」

「どういう意味だ？」

「ブルームです。アーノルド・ブルーム。医学博士の。テッサの人生と、あなたの人生に関わるさまざまなことの図式に彼はどう当てはまるのですか？」

ウッドロウは小さく微笑んで、この突飛な決めつけを赦した。私の人生だと？ どうして彼女の人生が私の人生と関わらなければならない？ 「ここには多種多様な援助組織がある、よく知っていると思うが。すべて異なる国が支援し、あらゆる種類の慈善団体《アン・ブロック》なり、ほかの組織が資金を提供している。威勢のいい我らがモイ大統領は、彼らをまとめて忌み嫌っているがね」

「なぜですか？」

「彼の政府がまともに働いていればする仕事を、彼らがしてしまうからだ。大統領の腐敗した組織をバイパスすることもある。ブルームの組織は穏健で、ベルギー系で、個人資金による医療組織だ。残念ながら、私がきみたちに話せるのはこのくらいだな」この手のことに対する無知を分かち合おうという率直さで言い添えた。

しかし相手は易々と引き下がらなかった。

「彼の組織は番犬役でした」とロブはすぐに応じた。「組織に所属する医師たちがほかのN

GOをまわり、病院を訪問し、診断をチェックして、改善させる。〝先生、これはたぶんマラリアじゃありません。肝臓ガンではないでしょうか〟といった具合に。そして治療法をチェックします。彼らは疫学も扱っています。リーキーはどうですか？」

「彼がどうした？」

「ブルームとテッサは彼の発掘現場へ向かっていました——ですよね？」

「聞いたところによれば」

「彼はどんな人なんです？　リーキーという人は。専門はなんですか？」

「アフリカ白人の伝説的人物と言われている。人類学者で考古学者、トゥルカナ湖の東岸で両親と一緒に人類の起源を探ってきた。両親が亡くなると、仕事を引き継いだ。ナイロビの国立博物館の館長を務め、のちに野生生物と自然保護区の事業も引き継いだ」

「しかし辞任した」

「あるいは追い出された。こみ入った話だ」

「そして彼は、モイの尻に刺さった棘だ。そうですね？」

「モイに政治的に対抗して、骨折りの酬いとしてしたたかに打ち据えられた。しかし今はケニアの腐敗に対するムチとして復活しつつあるようだ。国際通貨基金と世界銀行が彼を入閣させるように正式に要請している」ロブが椅子の背にもたれ、レズリーが話し始めると、ロブがクエイル夫妻に認めたちがいが、警官ふたりの異なる態度にも当てはまることがわかった。ロブはときに激しく体を動かしてしゃべる。懸命に感情を抑えようとする人間の荒々しさがある。一方、レズリーは冷静の見本だった。

「ジャスティンはどんな人ですか」と彼女はもの思いに耽るように言った。ジャスティンを遠い歴史上の人物として見ている。「職場と委員会を離れると。興味、熱意、日々の生活。彼はいったいどんな人でしょう」

「なんと。それを言うなら、われわれ一人ひとりは、いったいどんな人だね?」とウッドロウは大げさな口調で言った。少し芝居がかりすぎたのだろう。ロブがまた鉛筆を歯に当てて鳴らし、レズリーは我慢強く笑みを浮かべた。ウッドロウは不承不承、しかし魅力的に、ジャスティンの数少ない特性を挙げていった。熱心な園芸家――しかし考えてみれば、テッサが死産してからはそれほどでもない――土曜の午後、花壇で精出して働くことを何よりも愛している――紳士、それが意味するものがなんであれ――正統派のイートン校出身者――もちろん現地雇用の職員にも、度が過ぎると思うほど礼儀正しい――高等弁務官事務所の毎年恒例のパーティで、壁の花の相手をして踊ることでは信頼できる類いの男――すぐには思いつかない理由で長らく独身を通していた男――ウッドロウの知るかぎり、ゴルフもテニスもせず、狩猟も、釣りもしない。園芸を除いてアウトドアとは縁のない男だ。もちろん基礎のしっかりした一流のプロの外交官。現場経験が豊富で、二、三カ国語を話し、危ない橋は渡らず、ロンドンの指示に百パーセント従う。そして――ここがいささか残酷なところだ、ロブ――当人の非ではまったくないのだが、昇進が滞った集団に属している。

「悪い仲間とのつき合いはありませんか」とレズリーがノートを見ながら訊いた。「テッサが現地調査に出かけているときに、いかがわしいナイトクラブで騒いでいるところを見たとか」すでに質問自体がジョークになっていた。「彼はそういうタイプではありませんね？」

「ナイトクラブ？　ジャスティンが？　なんとすばらしい考えだ！　たとえば二十五年前の〈アナベルズ〉？　どこからそんなことを思いついたんだね」ウッドロウは数日ぶりに腹の底から笑った。

　ロブは彼を啓蒙したのが嬉しかったようだ。「うちの警視のミスター・グリッドリーが言ったのです。彼はナイロビの連絡事務所に勤めたことがありまして。誰かを殺したいときには、ナイトクラブで殺し屋を雇うんだそうですね。ニュー・スタンリーの一ブロックさきのリヴァー・ロードに一軒あって、あのあたりに滞在しているなら便利だとか。五百ドルで誰でも消してくれるそうですよ。半額前払い、残りは仕事が終わったあとで。彼の話では、ほかのクラブはその半分ですむが、質が悪いそうです」

「ジャスティンはテッサを愛していましたか？」ウッドロウの顔にまだ微笑みが浮かんでいるうちに、レズリーが訊いた。

　三人のあいだに醸されつつあった和やかな雰囲気を受け、ウッドロウは両腕を広げて、押し殺した叫びを天に捧げた。「おお、神よ。この世で人は誰を愛し、なぜ愛するのでしょう？」しかしレズリーがすぐに質問をあきらめなかったので、言った。「彼女は美人だった。ウィットに富み、まだ若くもあった。彼のほうは、彼女に会ったときには四十いくつ。更年期で、ロスタイムに入りかけ、孤独で、夢中になり、身を固めたかった。それが愛？　そう言ったのはあなただ。私ではない」

それがレズリーの意見を求める誘いだったとしても、彼女は無視した。そばに控えるロブと同様、どちらかと言えば、ウッドロウの表情の微妙な移り変わりに興味があるようだった――頬の上が引きつってできる線、首にうっすらと現れる斑紋、下顎の小さな意図せざる皺に。

「ジャスティンは彼女に腹を立てていなかったのですか――たとえば援助活動に対して」

「なぜ腹を立てなければならない？」

「彼女のしつこいおしゃべりが癇《かん》に障ったりはしなかったのでしょうか。つまり、イギリスを含めた西欧諸国が明らかにアフリカの人々から搾取している――技術支援に法外な料金を課したり、アフリカ人を新薬を試すモルモットのように使ったりといった話ですが」

「ジャスティンが彼女の援助活動を誇りに思っていたことはまちがいないと思う。ここにいる職員の妻たちは家でのんびりしていることが多い。テッサの活動はそれを補って余りあった」

「では腹を立てていなかったのですね？」とロブは食い下がった。

「ジャスティンは怒りからほど遠い人間なのだ。ふつうの人間のように怒ったりしない。仮に何か感じていたとしても、困惑した程度だろう」

「あなたは困惑しましたか？　つまり、高等弁務官事務所の立場から見て」

「いったい何に困惑する？」

「彼女の援助活動です。彼女の特別な関心事は、なんらかのかたちで事務所の利益に反するものではありませんでしたか？」

ウッドロウはもっとも無邪気で途方に暮れたしかめ面を作った。「イギリス政府はこれまで人道的な行為に困惑したことはないよ、ロブ。それは理解して然るべきだ」

「学びつつあります、ミスター・ウッドロウ」とレズリーが静かに割り込んだ。「まだ担当して間もないもので」そして心地よい笑みを絶やすことなく彼をしばらく観察したあと、ノートとテープレコーダーをカバンに詰め込むと、街で別の用事があると断り、翌日同じ時間に話し合いを再開したいと言った。

「テッサには誰か心情を打ち明ける人間がいたか、ご存じですか？」三人でドアに向かって歩きながら、ふと思い出したようにレズリーが訊いた。

「ブルームのほかに、ということかね？」

「女友だちのことを言っているつもりでした」

ウッドロウは記憶をたぐるふりをした。「いや。いなかったと思う。とくに誰も思いつかないな。しかし私が知っている話でもないんじゃないかね？」

「職員の誰かであればご存じかもしれないと思いまして。たとえばギタ・ピアスンとか、別の誰かとか」

「ギタ？　ああ、そうだな、確かに。ギタか。ところで、いろいろ面倒はみてもらってるんだろうね？　行き帰りの手配とか、何もかも。よろしい」

一日と一晩が過ぎた。そして彼らはまた戻ってきた。

＊

今度は尋問を始めたのはロブではなく、レズリーだった。ウッドロウと最後に会ってから心強い展開があったことを匂わせる、溌剌とした態度で話し始めた。「テッサは死の直前に性交渉を持っていました」すがすがしい一日の始まりといった声でそう言うと、法廷で証拠物件を提示するように持ち物を取り出した――鉛筆、ノート、テープレコーダー、消しゴム。「強姦された疑いがあります。公表はしませんが、いずれにしろ明日の新聞で読むことになるでしょう。現段階では膣から標本を採って顕微鏡で覗き、精子が生きているか死んでいるかを確認しただけです。精子は死んでいましたが、ふたり以上の精子ではないかと考えられます。かなり混ざり合ったものかもしれません。ここではそれ以上わからないだろうというのがわれわれの推測です」

ウッドロウは両手で頭を抱えた。

「断定するには本国の鑑識の確認を待たなければなりません」とレズリーは彼を見ながら言った。

ロブは、前日のように無頓着な様子で鉛筆を自分の大きな歯にこつこつと当てていた。

「それからブルームの上着についていた血はテッサのものでした」レズリーは、隠し立てのない同じ口調で続けた。「これも暫定的な所見ですが。ここではごく基本的な調査しかしません。残りはすべて本国でおこなう必要があります」

ウッドロウは立ち上がった。事務所の非公式の打ち合わせで、皆をくつろがせるためによくやることだった。物憂げに窓辺に歩いていき、部屋の反対側の隅から無様な街のスカイラインを眺めるふりをした。アフリカの魔法の雨に先立つ、薄気味の悪い雷鳴と、言い知れぬ緊張をはらんだ大気の匂いがした。それと対照的に、彼の態度は安らぎそのものだった。脇の下から肋骨へ、太った虫のように這い下りていった二、三滴の汗は、誰も見ることができなかった。

「誰かそれをクエイルに伝えたのかな？」と彼は訊いた。そして、強姦された妻を失った夫が、なぜいきなりジャスティンでなく、クエイルになったのだろうと思った。警官たちも思ったにちがいない。

「ご友人からお伝えいただいたほうがいいのではないかと思いまして」とレズリーが答えた。

「あなたです」とロブが言った。

「もちろんだ」

「それから、レズが言ったように、彼女とアーノルドが道中、最後に一度したこともあります。もし彼に伝えたければですが。そこはお任せします」

私の最後の藁はなんだろう、とウッドロウは思った。あと何が起きれば、この窓を開けて飛び降りることになるのだろう。ひょっとすると、私が彼女にしてほしかったことはこれだったのかもしれない――自分を許容の限界を越えたところまで連れていってくれること。

「われわれは本当にブルームが好きです」とレズリーは唐突に言った。ウッドロウもブルームを好きになれと言わんばかりに、友人同士の憤慨を露わにして。「確かに、われわれはもうひとりのブルームを——人の皮をかぶった獣を探しています。犯罪の現場では、もっとも平和を好む人たちが、無理強いされれば、もっとも恐ろしいことをしてしまいます。でも誰が彼に無理強いしたのか——仮に無理強いされたとしてですが。誰もいません、彼女本人がしたのでないかぎり」

レズリーはここでことばを切って、ウッドロウのコメントを待ったが、彼はこのとき黙秘権を行使していた。

「ブルームは限りなく善人に近い人間です」まるで善人が、ホモ・サピエンスのように限定的な意味を持つことばであるかのように言った。「彼は善意に満ちたおこないを数知れずしてきました。見せびらかすためではなく、心からそうしたかったから。人の命を助け、みずからの命を危険に晒し、身の毛のよだつ場所で無償で働き、屋根裏に人々をかくまってきました。ちがいますか、サー？」

彼女は彼を怒らせようとしているのか。それとも単にテッサとブルームの関係について、眼の肥えた観察者の意見を求めているのか。

「さぞや立派な経歴の持ち主だろうね」とウッドロウは認めた。

ロブはもう我慢できないというふうに鼻を鳴らし、ウッドロウが面食らうほど上体をよじらせた。「いいですか、経歴は忘れてください。あなたは個人的に彼が好きなのですか、嫌いなのですか。そういう単純な質問なんです」そして腰を跳ね上げて、椅子の新しい場所へ落ち着けた。

「なんたることだ」とウッドロウは肩越しに言った。今度はあまり芝居がからないように注意しつつ、それでも声に憤激をにじませた。「昨日は〝愛〟の定義、今日は〝好き〟の定義かね。最近〝クール・ブリタニア〟（ブレア首相も使った、新しいイギリスを謳う九〇年代のキャッチフレーズ）じゃ、何かと非の打ちどころのない定義を求めるんだな」

「われわれはあなたの意見を訊いているのです、サー」とロブは言った。

おそらくサーが効果を発揮しているのだろう。最初に会ったときにはミスター・ウッドロウ、少し強気になったときにはサンディだった。それが今や、サーだ。それは、このふたりの若い警官がウッドロウの同僚でも、友人でもなく、下層階級の部外者であることを告げている。この十七年間、ウッドロウに地位と庇護を与えてきた排他的なクラブに鼻を突っ込んでいる赤の他人であることを。ウッドロウは背中のうしろで手を組んで、両肩をぐっと張り、振り返って取調官と向かい合った。

「アーノルド・ブルームは見る者を惹きつける男だ」と彼は部屋を横切りながら、ふたりに講義する口調で断じた。「顔もいいし、ある程度の魅力もある。あの手のユーモアが好きなら、機知に富んでいるようにも見える。オーラのようなものを放っている。おそらくは、あのこざっぱりした口髭のせいだ。影響を受けやすい人にとって、彼はアフリカの人民の英雄だろう」そこでふたりから眼をそらした。彼らが持ち物をカバンに入れて帰るのを待っているかのように。

「影響を受けにくい人にとっては？」とレズリーが訊いた。彼女は、ウッドロウがまた振り返って、偵察するように彼女の眼を覗き込んだところを捕らえた。彼の両手は背中のうしろで無関心を装って互いに慰め合っていた。体重ののっていない片膝が自己防衛で軽く浮いた。

「ああ、われわれは少数派だ。それはまちがいない」とウッドロウは柔らかい口調で答えた。

「ただご心配でしょうね。苛立たしくもあるでしょう。高等弁務官事務所長という責任ある立場からすると、眼と鼻のさきでこんなことが起きていて、何もできないのがわかっているというのは。ジャスティンのところへ行って、〝あの髭を生やした黒人を見ろよ。きみの奥さんとつき合ってるぜ〟とは言えないでしょう。言えます？」

「もしスキャンダルが国の名を貶めるおそれがあるなら、私は立ち入る資格がある。というより、立ち入らなければならない」

「そうされたのですか？」とレズリー。

「ごく大ざっぱにね、そう」

「ジャスティンと一緒に？　それともテッサだけに直接？」

「問題は、彼女とブルームの関係にはいわば口実があったことだ」ウッドロウは質問を避けるように答えた。「ブルームは一流の医者だ。援助活動の世界では尊敬をほしいままにしている。テッサは彼の献身的な奉仕活動家だ。外見上、やましいところは何ひとつない。証拠もないのに、いきなり捕まえて不倫行為を責めるわけにもいかないだろう。せいぜい言えるのは、いいかね、こういう行為は誤解されるおそれがある、だから慎重に行動してもらえないだろうか、といったところだ」

「それを誰に言ったのですか？」とレズリーはノートに書き留めながら訊いた。

「そんな単純な話ではないのだ。たったひとつの出来事、たったひとつの会話ですむことじゃない」

レズリーは身を乗り出し、テープがまわっているのを確かめた。「あなたとテッサのあいだで？」

「テッサは見事に設計されたエンジンだ――歯車の半分が抜けているが。男の子を亡くすまでは、少し向こう見ずといった程度だった。そこまではよかった」完璧なテッサ像を裏切ろうとするそのとき、ウッドロウは、書斎に坐って怒り狂いながらペレグリンの指示を繰り返したポーター・コールリッジの姿を思い出した。「だがそのあとは――本当に残念なことだが――かなり常軌を逸していたという印象を、われわれ数名は受けた」

「彼女は色情狂《ニンフォ》だったのですか？」とロブが訊いた。

「申し訳ないが、その質問は少々私の給与等級を越えている」とウッドロウは冷たく答えた。

「ではこう言いましょう。彼女は派手に誘いをかけていましたか？」とレズリーが言った。

「あらゆる人に」

「もしそう言いたいなら」――誰よりも突き放した言い方で――「しかしなんとも言えないだろう？　若く美しい娘、舞踏会の花、年配の夫――彼女は誘っていたのか。それともただ彼女らしく振る舞って、愉しいときを過ごしていたのか。胸元のあいたひらひらのドレスを着ていると、やり手だと言われる。そういうドレスを着ないと、退屈だと言われる。これがナイロビの白人社会だよ。どこでも同じかもしれないが。私もとてもこの道の専門家とは言えないのでね」

「彼女はあなたを誘いましたか？」とロブが訊いた。腹立たしくも、また鉛筆を歯に当ててコツンと鳴らした。

「言っただろう。彼女が誘っていたのか、それとも単に陽気に振る舞っていたのか、見分けることなどできなかった」とウッドロウは新たなレヴェルの品のよさに達して言った。

「で、あなたはひょっとして誘い返しましたか？」とロブは訊いた。「そんな眼で見ないでください、ミスター・ウッドロウ。あなたは四十いくつで、更年期で、ロスタイムに入りかけている。ジャスティンと同じように。彼女にのぼせ上がって何が悪いでしょう。私だってそうなると思います」

ウッドロウの回復は本人が気づかないほど早かった。「まったくな。ほかのことは何も考えられなかったよ。テッサ、テッサ、昼も夜も。私は彼女に夢中だった。誰にでも訊いてくれ」

「訊きました」とロブは言った。

＊

翌朝、つきまとわれる身となったウッドロウには、取調官がみっともないほど慌てて彼のところへ来たように思えた。ロブは机にテープレコーダーを置き、レズリーは大きな赤いノートのゴム紐で止めた個所を開いて質問を始めた。

「テッサが赤ん坊を亡くした直後、あなたがナイロビの病院に彼女を訪ねたという、かなり信頼できる情報があります。サー、これは本当でしょうか？」

ウッドロウの世界が揺らいだ。あのことをいったい誰が話したのだ。ジャスティンか？　そんなはずはない。知るかぎり、こいつらはまだジャスティンに会っていないはずだ。

「ちょっと待て」と彼は鋭く命令した。

レズリーの顔が上がった。ロブは体を起こし、手のひらで顔を平たくするかのように、大きな手を立てて鼻の上につけ、伸ばした指の先からウッドロウを観察した。

「それが今朝の話題なのかね」とウッドロウは訊いた。

「そのうちのひとつです」とレズリーは認めた。

「では教えてもらえないだろうか、頼むよ。われわれは三人とも時間があまりないんだから。テッサの見舞いに行ったことが、彼女を殺した犯人を追うこととどう関係があるんだね。ここへ来た目的はそれだろう？」

「動機を探しているのです」とレズリーは言った。

「きみたちはあると言ったじゃないか。強姦だ」

「強姦はもう動機とは目されません。強姦は副次的な結果です。あるいは計画的な殺しではなく、無差別殺人と思わせるための目くらましかもしれません」

「計画的な犯行」とロブが説明した。大きな茶色の眼がウッドロウを寂しげに見据えていた。

「組織立《コーポレイト》った犯行というやつですね」

それを聞き、短いが恐ろしい一瞬のあいだ、ウッドロウはまったく何も考えられなくなった。そして〝組織立った〟ということばについて考えた。なぜ彼は〝組織立った〟などと言うのか。

企業《コーポレイション》の犯行だと言っているのか。ひどすぎる。あまりにも突飛で、名高い外交官が考慮する価値などない。

そのあと、彼の心は真っ白なスクリーンになった。もっとも平凡で意味のないことばさえ、出てきて彼を救ってくれなかった。強いてたとえれば、自分がある種のコンピューターになった気がした。非常線を張られた脳の一区画から、複雑に暗号化された一連の通信文を引き出し、組み立て、拒否しているような。

組織立っているわけがない。無差別殺人だ。計画性のない。アフリカ流の血の祭礼だ。

「なぜ病院に行かれたのですか」とレズリーの声が聞こえた。彼女の話していることに意識がようやく追いついた。「テッサが子供を亡くしたあとで、どうして彼女に会いにいったのですか」

「彼女に頼まれたからだ――彼女の夫を通して。ジャスティンの上司として行ったのだ」

「一緒に誘われた人はいますか」

「私の知るかぎり、いなかった」

「ギタはどうでしょう」

「ギタ・ピアスンかね？」

「ほかにいますか？」

「ギタ・ピアスンはいなかった」

「つまりあなたとテッサだけだったのですね」とレズリーがノートに書き留めながら、声に出して言った。「彼の上司であることが訪問にどう関わっていたのですか？」

「彼女はジャスティンが元気かどうか心配で、無事を確かめて安心したかったのだ」ウッドロウは、レズリーのたたみかけるようなリズムに乗らず、あえて時間をかけて答えた。「休暇を取るようジャスティンを説得しようとしたのだが、彼は仕事を続けたがった。各国大臣の集まるＥＡＤＥＣの年次総会が近かったので、どうしても準備をしなければならないと言って。私は彼女にそう説明して、彼の様子には眼を光らせておくと言った」

「彼女はラップトップを持っていましたか？」とロブが割り込んだ。

「なんだって？」

「そんなにむずかしい質問ですか？　彼女はラップトップを持っていましたか？　体の横とか、机の上、ベッドの下、ベッドの中。ラップトップ・コンピューターですよ。テッサはラップトップが大好きでした。それでみんなにメールを送っていました。ブルームにも。ギタにも。援助しているイタリアの病気の子供にも、ロンドンにいる昔の男友だちにも。いつも世界じゅうの半分にメールを出していました。さあ、彼女はラップトップを持っていましたか？」

「明解に説明してくれて感謝するよ。いや、ラップトップは見なかった」

「ノートはどうです？」

記憶をたどり、嘘をひねり出すあいだのためらい。「見たかぎり、それもなかったな」

「見なかったものは？」

ウッドロウはそれに答えるほど親切ではなかった。ロブは椅子の背にもたれ、わざとらしくのんびりとしたしぐさで天井を見つめた。

「で、彼女の具合はどうでした？」

「死産したあとで最高の状態の人間などいない」

「で、彼女はどうでした？」

「弱っていた。何かつぶやいていた。絶望していた」

「話したのはジャスティンのこと——彼女の愛する夫のこと——だけだったのですか？」

「憶えているかぎり、そうだ」

「彼女とどのくらいいましたか？」

「私のほうにもあまり時間がなかった。だが二十分かそこらだったと思う。当然だが、彼女を疲れさせたくなかったのでね」

「つまりジャスティンのことを二十分話したのですね。ちゃんとポリッジを食べているかといったことを」

「会話は途切れがちだった」とウッドロウは色をなして答えた。「発熱し、疲労困憊していて、子供まで失ったときに、ぺらぺらしゃべるのは容易ではない」

「ほかにいた人は？」

「もう答えただろう。私はひとりで行った」

「そのことを訊いたのではありません。病院に誰かほかの人がいたかどうかです」

「たとえば？」

「誰であれ、そこにいた人です。看護婦、医者。ほかの訪問者、彼女の友人。女友だち。男友だち。アフリカの友だち。たとえば、ドクター・アーノルド・ブルーム。どうして私があなたから引き出してあげなきゃならないんです、サー」

不快を覚えている証拠に、ロブは槍投げ選手のように体を開き、まず片手を空中に投げ出し、次いで窮屈そうに長い脚の位置を変えた。その間、ウッドロウはまたいかにも記憶を探る外見を繕った。眉根を寄せて、面白がるような、悲しげなしかめ面を作った。

「ああ、よく言ってくれたよ、ロブ、そのとおりだ。なんと鋭い。到着したときにブルームがいたよ。互いに挨拶したあとで、彼は出ていった。一緒にいたのはせいぜい二十秒ほどだ。きみが言うなら、二十五秒でもいいが」

しかし軽々しい態度を取るのはたやすくなかった。ブルームが彼女のベッドの脇にいたなどと、いったい誰が言ったのか。不安は募った。それは彼のもうひとつの心のもっとも暗い裂け目にまではいり込んだ。そして彼が認めることを拒み、ポーター・コールリッジが激怒して忘れてしまえと命じた一連の出来事にまた触れた。

「そこでブルームは何をしていたと思いますか、サー」

「本人は説明しなかった。彼女もな。彼は医者だろう？　ほかのどんな人間であるかは別にして」

「テッサは何をしていましたか」

「ベッドに横たわっていたよ。何をすると思ってるんだね？」一瞬冷静さを失って言い返した。「ティドリーウィンク（小さなプラスティック製円盤を大きな円盤ではじいて飛ばし、カップの中に入れるゲーム）をしてたとでも？」

ロブは長い脚を体のまえに伸ばし、日光浴をする人間のように、そのさきにある巨大な足に見とれた。「私にはわかりません」と彼は言った。「何をしてたと思うべきなんだろうな、レズ？」と同僚に訊いた。「ティドリーウィンクじゃないことは確かだ。彼女はベッドに横たわっていた——何をしながら？　われわれの胸に訊いてみよう」

「黒人の子供に母乳を与えてたんだと思うわ」とレズリーが言った。「その子の母親が死にかかっているときに」

しばらくのあいだ、部屋で聞こえる音は、廊下を行きすぎる人の足音と、争うように街中《まちなか》を疾走し、谷を越えていく車の喧噪だけになった。ロブはひょろ長い腕を伸ばしてテープレコーダーのスウィッチを切った。

「おっしゃられたように、サー、われわれには時間がありません」と彼は礼儀正しく言った。「ですのでどうか、質問をはぐらかし、われわれをくそのように扱って、時間を無駄にしくさるのはやめてもらえませんか」そしてまたテープレコーダーのスウィッチを入れた。「病室で死にかかっていた女性と彼女の小さな男の子について、あなたなりに説明していただけないでしょうか、ミスター・ウッドロウ、サー」と彼は言った。「お願いします。そして彼女がどんな病気で死んだのか、誰がどうやってそれを治療していたのか、その他この件に関してたまたま気づかれたことがあれば、なんでも」

追いつめられ、ひとりでいることに腹が立ち、ウッドロウは本能的に高等弁務官の助けを求めようとしたが、コールリッジがわざと捕まらないように逃げまわっていることを思い出しただけだった。昨晩、ウッドロウが折り入って話そうと思ったときには、高等弁務官はアメリカ大使と内々の話をしているので、緊急時にしか連絡できないとミルドレンに言われた。今朝は、コールリッジは〝公邸のほうから仕事の指示をする〟ことになっていた。

第五章

ウッドロウは容易なことではくじけない。外交官として働いてきて、数えきれないほど屈辱的な状況をくぐり抜けてきた。経験上もっとも安全な方法は、何かがまちがっていると決して言わないことだ。彼は今この教訓を生かし、病棟の様子をミニマリストの表現で素っ気なく描写した。そう、と彼は同意した――テッサの監禁生活のそこまで些末なことに、彼らが興味を示すのにいくぶん驚きながら――テッサと同じ部屋にいた患者が眠っていたか、昏睡していたのはぼんやりと憶えている。彼女が母乳をやれないので、テッサが乳母の代わりを務めていた。テッサの損失は、その子の利益だった。

「病気の女性に名前はありましたか」とレズリーが訊いた。

「憶えていない」

「病気の女性に連れ添っている人はいましたか。親戚とか、友人とか」

「弟がいた。彼女の村から来たという十代の少年だ。テッサはそう言った。だが彼女自身の状態を考えると、とても信頼できる証言とは言えないと思う」

「弟の名前はわかりますか」

「わからない」

「あるいは村の名前は？」

「わからない」

「テッサは女性のどこが悪いのか言いましたか？」

「彼女が言ったことはほとんど筋が通っていなかった」

「では筋が通っていたこともあったのですね」とロブが指摘した。気味の悪い自制心を働かせていた。長い手足は今や落ち着くさきを見つけていた。彼は突然一日をつぶす話題を見つけたのだ。「筋が通っていたとき、彼女は病室の向かいの女性患者についてどんなことを言いましたか、ミスター・ウッドロウ」

「彼女は死にかかっていると言った。病名は言わなかったが、彼女が暮らす社会状況からもたらされた病だと」

「エイズですか？」

「そうは言わなかった」

「アフリカらしくありませんね」

「まったくだ」

「彼女のその無名の病気を誰かが治療していましたか？」

「おそらく。そうでなければ、なぜ病院にいる？」

「ロービアーですか？」

「誰だって？」

「ロービアーです」ロブは綴りを言った。「〝ロー〟は〝神《ロー》よ、われらを助けたまえ〟の〝ロー〟、〝ビアー〟はハイネケンの〝ビアー〟。オランダ人とのハーフで、髪は赤かブロンド、五十代半ば、肥満型」

「そんな人間は聞いたこともない」とウッドロウは言い返した。顔は完全に自信に満ちていたが、胃がよじれた。

「誰かが彼女を治療しているところを見ましたか？」

「いや」

「彼女がどんな治療を受けていたかご存じですか？　何を与えられていたか」

「いや」

「誰かが薬を投与するとか、何か注射するところを見ませんでしたか？」

「もう言っただろう。私がいるあいだ、病院の職員は誰も現れなかった」

新しく見つけ出した余暇の中で、ロブは時間をかけてこの回答を吟味し、どう応じるかを考えた。「病院以外の職員はどうです？」

「私がいるあいだには誰も」

「いなかったときには？」

「そんなことがなぜわかる」

「テッサから聞いてです。筋が通っていたときに彼女が話したことから」とロブは説明した。あまりに大きくにっこりと笑ったので、彼の上機嫌はむしろ鬱陶しいものになった。これから共に笑わなければならないジョークの先駆けだ。「テッサから聞いた話では、同じ病室にいた病気の女性――テッサが母乳を与えていた子の母親――は、とにかく誰かから治療を受けていましたか？」ロブは、何か特定できない室内ゲームをしているかのようにことばを並べて、辛抱強く訊いた。「病気の女性は、男性、女性、黒人、白人を問わず、医師、看護婦、医師でない者、外部者、内部者、病院の清掃人、訪問者、あるいは一般人によって、訪問、診察、観察、あるいは治療されていましたか？」そう言って椅子の背にもたれ、体をもぞもぞと動かした。

ウッドロウは追い込まれた窮地の大きさを理解し始めた。彼らはどれだけのことを知っていて、あえて口にしていないのか。ローピアーの名は、彼の頭の中で弔鐘のように鳴り響いていた。あとどれだけの名を彼に投げつけるつもりだろう。彼はあとどれだけ否定して、まっすぐ立っていられるだろう。コールリッジは彼らに何を言ったのだろう。どうして彼を楽にしてくれないのか、共謀してくれないのか。それともウッドロウの知らないところで、何もかも告白してしまったのか。

「白い上着を着た小さな男たちが、その女性を訪問するといった話をしていたな」と彼は尊大に答えた。「私は、彼女は夢を見ていると思った。あるいは話しながら夢を見ていたと。信用できる話ではなかった」きみたちも信用してはならないと言外に匂わせた。

「テッサの話によれば、どうして白い上着がその女性を訪問したのですか？　あなたの言う彼女の夢の中で」

「白い上着の男たちがその女性を殺したからだ。話の途中、テッサは彼らを〝偶然現れた男たち〟と呼んでいた」ありのままに話して嘲笑うことにした。「彼らのことを欲深いとも言っていたと思う。女性を治そうとしたができなかったと。まったく意味のないたわごとだよ」

「どうやって治すのですか？」

「それは言わなかった」

「では、どうやってその女性を殺したのですか？」

「残念だが、その点についてもはっきり言わなかった」

「ひょっとして彼女はそれを書き留めていましたか？」

「その話を？　どうやって？」

「ノートに書いていましたか。ノートから読んで聞かせませんでしたか？」

「言っただろう。私が知るかぎり、彼女はノートを持っていなかった」

ロブはウッドロウをちがった角度から観察するために――あるいはよりはっきりと人物像を見極めるために――長い顔を片方に傾けた。「アーノルド・ブルームは、その話をまったく意味のないたわごととは考えていません。彼女の話の筋が通っていないとも思っていません。アーノルドは、彼女の言ったことすべてが的を射ていると考えています。だよな、レズ？」

＊

ウッドロウの顔から血の気が引いた。自分でもそれを感じた。しかし彼らの残したことばの衝撃のあとでも、砦を守らなければならないほかの練達の外交官と同様、彼は砲火を浴びながらしっかりと立っていた。そしてどうにか発する声を見出した。義憤さえも。「申し訳ないが、ブルームを見つけたと言っているのかね？　それはとんでもない話だぞ」

「われわれに彼を見つけてほしくないとおっしゃるのですか？」とロブは困惑して訊いた。

「そんなことを言っているのではない。きみたちはここに友好的な立場で来ているんだろう。もしブルームを見つけたり、彼と話したりしたのなら、それを高等弁務官事務所に知らせるのは当然の義務だろう」

しかしロブはすでに首を振っていた。「まだ見つけたわけではありません、サー。そうだといいのですが。しかし彼の書類がいくらか見つかったのです。住まいのアパートメントのそこここに散らばっていました。けっこう役に立つかもしれません。ただ、衝撃的なものではありません、残念ながら。患者のカルテが少々、これは誰かの興味を惹くかもしれません。それから医師が世界じゅうの会社や、実験室や、大学病院に送りつけた、奇妙で失礼な手紙のコピー。そんなところだよな、レズ？」

「散らかっていたと言うのはちょっと言いすぎだわ」とレズリーは言った。「むしろ隠してあった、と言ったほうが近いわね。あるものは写真立てのうしろに貼りつけてあったし、別のはバスタブの下にあった。見つけ出すのにまる一日かかったわ。まあ、一日近くってことだけど」彼女は指を舐めてノートのページをめくった。

「それに彼の車には手をつけなかった連中がいた」とロブは彼女に思い出させた。「彼らが仕事をやり終えたあとだったから、アパートメントというよりゴミ捨て場だったんです」とレズリーは同意した。「技術も何もない。ただ窓を割って中にあるものをつかみ取るだけ。このところロンドンでもそうなんです。誰かが行方不明になったり、死亡したという記事が新聞に出ると、悪者どもがその日の朝のうちにそこへ行って、好きなものを持ち去るんです。防犯課の同僚はそれにひどく悩まされるようになっています。もう少々名前の確認をお願いしてよろしいですか、ミスター・ウッドロウ？」と彼女は言い、グレーの眼を上げて、彼を見据えた。

「どうぞ遠慮なく」とウッドロウは言った。まるで彼らがこれまで遠慮していたかのように。

「コヴァクス――推定ハンガリー人――若い女性。漆黒の髪――長い脚――スリーサイズは彼があとで言います――ファーストネームは不明で、研究者」

「彼女は記憶に残ると思いますよ」とロブが言った。

「残念ながら憶えてない」

「エムリッチ。医師、調査科学者。ペテルブルクで医師の資格を取ったのち、ライプツィヒでドイツの学位を取得。グダニスク（ポーランド北部の港湾都市）で実地研究。女性。身体特徴不明。名前を聞いたことがありますか？」

「生まれてから一度も聞いたことがない。そういう出身の人も、そういう資格を持った人も」

「なんと。本当に彼女について聞いたことがない？」

「そしてわれらが旧友ロービアー」レズリーが申し訳なさそうに割り込んだ。「ファーストネームは不明。出生不明、おそらくオランダ人とボーア人のハーフ。資格等も謎。ブルームのノートから引用しているのですが、そこが問題なのです。彼の言いなりと言ってもいいでしょう。彼はこの三人の名前をフローチャートのように輪で囲んで繋いでいて、それぞれの名前の輪の中に細かい記述を書き込んでいます。ロービアーとふたりの女医です。ロービアー、エムリッチ、コヴァクス。かなり発音しにくいですね。コピーをお持ちしてもよかったのですが、今コピー機を使うのは少々心配でして。地元の警察がどういうところかおわかりでしょう。それにコピー屋は——正直言って、主の祈りをコピーするときでさえ信用できないでしょう、どう、ロブ？」

「うちのを使えばいい」とウッドロウは口をすべらせた。

　皆が考え込む沈黙ができた。ウッドロウは耳が聞こえなくなったような気がした。車も通らず、鳥も歌わず、ドアの外を歩く者もいない。沈黙を破ったのはレズリーだった。ロービアーこそいちばん職務質問したい男だ、と頑なな口調で言った。

「ロービアーはまったくつかみどころがありません。製薬関係の仕事をしていると考えられます。昨年はナイロビを何度か訪問していたと思われますが、驚くべきことに、ケニア人も足取りをつかんでいません。ウフル病院にテッサが閉じ込められていたときに、彼女の病室を訪れたと言われています。〝強気《ブリッシュ》〟という記述もありました。株式の上げ相場《ブリッシュ》の話かと思いました。赤みがかった髪、いかにも気の強そう《ブリッシュ》な外見の医学関係者――医師かもしれない――ロービアーに本当に会いませんでしたか？　病院に限らず、移動の途中でも」

「その男については聞いたことがない。あるいは彼らしき人物の話も」

「そういう答が多いですね、実際のところ」とロブが脇から口を出した。

「テッサは彼を知っていました。ブルームもです」とレズリーは言った。

「だからといって、私が知っているとはかぎらない」

「〝白い疫病〟とは、いったいどういう意味ですか？」とロブが訊いた。

「なんのことだかさっぱりわからない」

彼らは以前来たときと同じように去っていった――ますます膨らんでいく疑問符とともに。

*

彼らが確実にいなくなったことを確かめると、ウッドロウはすぐにコールリッジの内線に電話をかけ、相手の声を聞いて安心した。

「今ちょっと行ってもいいですか？」

「ああ、たぶん」

コールリッジは机について坐り、片手を斜めに額に当てていた。馬の模様のついた黄色のサスペンダーをしている。油断なく、戦いも辞さずといった表情をしていた。

「われわれは、この件に関してロンドンからの支援を確保しておかなければなりません」とウッドロウは坐りもせずに話し始めた。

「われわれとは正確には誰だ」

「あなたと私です」

「ロンドンとは、ペレグリンのことだな」

「どうしました？　何か変わったのですか？」

「いや、私が知るかぎり変わっていない」

「これから変わるのですか？」

「いや、私が知るかぎりそれもない」

「では、ペレグリンにはうしろ楯があるのですか――そう質問しましょう」

「ああ、バーナードは常にうしろ楯を持っている」

「そして、われわれはこのままで行くのですね？　それとも行かないのですか」

「このまま嘘をつき続けるということか？　もちろんだ」

「では合意しようじゃないですか――話す内容について」

「いい点を押さえている。もし私が神に仕える男だったら、そっと抜け出して祈るところだ。だがそんなにくそ単純な話じゃない。彼女は死んだ、それは話の一部だ。われわれは生きている、それはまた別の話だ」

「あなたは彼らに本当のことを話したのですか？」

「いや。まさか、話すわけがない。私の記憶力はざるのようでな、まことに申し訳ないが」

「これから本当のことを話すつもりですか?」

「彼らに? いや、それは絶対にない。あのくそども」

「ではなぜ口裏を合わせられないのです?」

「そこだ。なぜだろう? なぜできないのか。まったくいいところに気がついたな、サンディ。何がわれわれを止めてるんだろう?」

＊

「ウフル病院への訪問についておうかがいします、サー」とレズリーが颯爽と切り出した。

「その件はこのまえの回で終わったと思っていたが」

「別の訪問です。二度目の訪問。少しあとの。続きと言ってもいいかもしれません」

「続き? なんの続きだ」

「彼女とした約束の続きです、明らかに」

「いったいなんの話をしてるんだね? 言ってることがわからない」

しかしロブには完全にわかっていた。そしてそれを口にした。「すばらしくまともな英語に聞こえましたがね、サー。あなたは病院のテッサを二度目に訪問しましたか? たとえば彼女が退院した四週間後に? たとえば彼女が予約していた産後検診の待合室で? アーノルドのノートにはそう書いてあるからです。これまで彼はまちがったことを書いていません、少なくともわれわれ無知な人間が理解できる範囲では」

アーノルドか、とウッドロウは記憶にとどめた。もうブルームでさえない。

軍人の息子は心の中で議論していた。危機の中にこそ自分の詩神がいるとばかりに、氷河のように冷たく計算した。そうしながら記憶を探り、混み合った病院の場面を、まるで他人事のように思い出した。テッサは籐の持ち手のついたつづれ織りのバッグを持っている。それを見たのは初めてだが、以後、短い人生が終わるまで、バッグは、病院のベッドに横たわっていた彼女のつらいイメージの一部になる――死体保管所の死んだ息子や、向かいのベッドで死にかかった女や、胸に抱いた、その瀕死の女の赤ん坊とともに。いつもより控えめな化粧、短い髪、睨《ね》めつけるような視線。それは今この瞬間に、レズリーが彼の編集済みの説明を待ちながら投げかけてくる不信の眼差しとはまったく別のものだ。明かりは、病院のそこらじゅうと同じように、気紛れに点いたり消えたりする。太陽の太い光が射し込み、残りは暗い病院の中を二分する。鳥が屋根の垂木のあいだをすべるように飛ぶ。テッサはカーヴした壁に背をもたせかけて立っている。オレンジ色の椅子が並んだ、胸の悪くなるような臭いのするコーヒーショップの隣りだ。陽光の中を人々が盛んに出入りしているが、彼はすぐに彼女の姿を認める。つづれ織りのバッグを両手で下腹のあたりに抱え、彼がまだ若く、怖れていた頃、娼婦がドアのまえに立っていたようなしぐさで立っている。部屋の端まで陽光が届かないので、壁は影に包まれている。テッサがこの場所を選んだのはおそらくそのためだ。

「わたしが回復したら話を聞いてくれると言ったわね」と彼女は彼に思い出させる。その声は低く、しわがれていて、ほとんど聞こえない。

彼が病棟を訪れてから、話すのは初めてだ。彼は彼女の唇を見る。凜《りん》とした口紅がないので、ひどく弱々しく見える。グレーの眼に情熱がたたえられ、それはほかのあらゆる情熱――彼自身のものも含めて――と同じく、彼を怖れさせる。

「きみたちが話している面会は、社交上のものではなかった」と彼は、レズリーの容赦ない視線を避けて、ロブに言った。「仕事だったんだ。テッサがある文書を手に入れたと言ったのだ。もし本物なら政治的に機密を要するものだと。彼女は病院で私に会って、それを渡したいと言った」

「どうやってそれを手に入れたのですか？」とロブが訊いた。

「彼女は外との繋がりを持っていた。私にわかるのはそれだけだ。援助組織の友人だ」

「たとえばブルームとか」

「彼も含まれる。言っておくが、彼女が高等弁務官事務所にスキャンダルの種を持ち込んだのは、そのときが初めてではない。彼女はしょっちゅうそんなことをしていた」

「高等弁務官事務所というのは、あなたのことですか？」

「事務所長の立場でということであれば、そうだ」

「どうして彼女はジャスティンにそれを渡さなかったのでしょう」

「ジャスティンはこの問題の外にいなければならなかった。それは彼女の決意であり、おそらく彼の決意でもあった」説明しすぎているだろうか。また危機が訪れるのか。彼は思い切って飛び込んだ。「私は彼女のその決意を尊重した。正直に言えば、彼女の良心が咎めているという徴候があれば、すべて尊重した」

「どうしてギタに渡さなかったのでしょう」

「ギタはまだ働き始めて間もなく、若い現地採用だ。文書を運ぶのに適当な人材とは言えないだろう」

「だからあなたが会ったのですね」とレズリーが尋問を再開した。「病院で。産後検診の待合室で。会うには少々目立つ場所じゃないですか、あれだけのアフリカ人に囲まれて白人ふたりというのは」

行ったんだな、と彼は思った。またパニックに近い危機感を覚えた。おまえたちは病院に行ったんだな。「彼女が怖れたのはアフリカ人ではなく、白人だった。理屈で説得できる状態じゃなかった。彼女はアフリカ人と一緒にいると安心できたのだ」

「本人がそう言ったのですか？」

「私の推論だ」

「何にもとづいて？」とロブ。

「過去数カ月の態度からだ。死産のあとの、私に対する、白人社会に対する態度。そしてブルームに対する態度。ブルームは悪いことをするわけがない。アフリカ人で、ハンサムで、医師だから。そしてギタは半分インド人だ」――少し乱暴に言う。

「テッサはどうやってあなたと会う約束をしたのですか？」

「私の家にメッセージを寄越した。使用人のムスタファに届けさせた」

「奥様は、あなたが彼女と会うのを知っていましたか？」

「ムスタファが伝言を我が家の使用人に渡し、彼が私に届けた」

「そしてあなたは奥様には言わなかった」

「極秘の会合と考えたのだ」

「どうしてあなたに電話しなかったのでしょう」

「家内か？」

「テッサです」

「彼女は外交官用の電話を信用していなかった。それもわかる。われわれも皆そうだから」

「どうして単に文書をムスタファに託さなかったのでしょう」

「彼女は私の確約が欲しかったのだ。いわば保証が」

「どうして彼女はここへ文書を持ってこなかったのでしょう」ロブはしつこく食い下がった。

「すでに言った理由からだ。彼女は高等弁務官事務所をすでに信用しておらず、その色がつくのは嫌だった。出入りするところも見られたくなかった。きみは彼女の行動がさも論理的であるかのように話しているが、テッサの最後の数カ月に論理を求めるのはむずかしい」

「なぜコールリッジではないのですか。どうしていつもあなたでなければならないのです？ベッドの脇でもあなた、病院でもあなた。ほかに知り合いがいなかったのですか？」

危険な一瞬、ウッドロウは取調官の側に立っていた。実際、なぜ私だったのだろう？ 不意に怒りと自己憐憫がわき起こって彼はテッサに問うた。きみのくだらない虚栄心が私を放さなかったから？　私が魂を売り渡すと約束するのを聞くのが愉しかったから？　最後の審判の日には、魂など売り渡さず、差し出したところできみは受け取らないことを、ふたりともよくわかっていたのに。私の相手をすることは、きみが進んで嫌悪したイギリスの病いと正面きって対決することだったから？　私がきみにとって典型的な人間だったから？〝儀式ばかりで信仰がない〟――きみはそう言った。私たちは半フィートほど離れて向かい合っている。私はなぜふたりの背の高さが同じなのだろうと思う。そしてカーヴした壁の下に段がひとつあり、ほかの女たちと同じように、きみがその上に乗り、待ち合わせの男に見つけられるのを待っていたことに気がつく。私たちの顔は同じ高さにある。きみはそんなに地味な恰好をしているけれど、ときはまたクリスマスで、私はきみと踊っている。きみの髪に温かい草の匂いを嗅ぎながら。

「ともあれ彼女はあなたに文書を渡した」とロブが言っていた。「どんな内容だったんですか？」

私はきみから封筒を受け取り、渡されるときに、きみの指に触れて狂おしいほどの思いを抱く。きみはわざと私の中に炎を甦らせている。そのことをわかっているし、止められない。また私に一線を越えさせようとしている。しかし、自分はついて来ない。私は上着を着ていない。シャツのボタンをはずし、封筒を裸の肌の上にすべらせるのを、きみは見ている。封筒の底がズボンのベルトと腰のあいだに挟まる。きみはまた私がボタンをとめるのを見る。

私は、きみと愛を交わすに等しい恥ずべき激情を覚える。よき外交官として、きみに店のコーヒーカップを差し出す。きみは断る。われわれは、これほど近づいていることの言い訳を求めて、音楽を待つ踊り手のように向かい合って立っている。

「ロブが文書の内容についてうかがったのですが」とレズリーがウッドロウの意識の外から話しかけていた。

「ある大きなスキャンダルについて書かれてあった」

「ケニアの中のですか？」

「内容はすべて極秘扱いだ」

「テッサが指示したのですか？」

「馬鹿なことは言わないでくれ。どうして彼女に極秘の指定などできる」ウッドロウはぴしゃりと言って、激したことを後悔したが、もう遅かった。

彼らに行動させて、サンディ、ときみは私を駆り立てる。きみの顔は苦痛と勇気で青ざめている。芝居がかった衝動は、本物の悲劇によってもいっこうに弱まっていない。眼には涙があふれている。死産してから、いつも眼が潤んでいるように見える。きみの声は切迫し、同時に甘えながら、いつもどおり話を発展させて言う。戦士が必要なの、サンディ。われわれのほかに誰か。地位があって有能な人が。わたしに約束して。わたしがあなたにした誓いを守れるなら、あなたもわたしにした誓いを守れるでしょう。

だから私は言った。きみのように、ときの勢いに流されて。私は信じている——神を、愛を、テッサを。一緒に舞台に立つときには、いつも、いつも信じる。そうやって誓いを立ててしまう。きみのところへ来るといつもそうするように。きみが求めるのだ、きみはまた、不可能な関係と芝居がかった場面の中毒者でもある。約束する、と私は言う。きみはそれをもう一度言わせる。約束する、約束する、愛している、約束する。それが合図になって、きみは私の唇にキスをする。問わず語りの恥ずべき約束——一度キスして私を黙らせ、契約に調印させる。一度素早く抱きついて、私を縛り、髪の匂いを嗅がせる。

「文書は外交郵袋に入れられ、ロンドンの関係部門の次官に送られた」とウッドロウはロブに説明していた。「その時点で、機密扱いとなった」

「なぜです？」

「かなり重大な疑惑を含んでいたからだ」

「何に対する？」

「パスだ、残念ながら」

「会社ですか？　それとも個人？」

「パス」

「その文書はどのくらいのページ数がありました？」

「十五ページ。二十ページ。別添のようなものがついていた」

「写真や図や、証拠物件は？」

「パス」

「カセットテープやディスクは？　録音された告白や陳述の類いです」

「パス」

「どの次官に送られました？」

「バーナード・ペレグリン卿だ」

「こちらにもコピーを保管しましたか？」

「微妙な扱いを要するものはできるだけ置かないのがここの方針でね」

「あなたはコピーを取りましたか？」

「いや」

「書類はタイプされていましたか？」

「誰によって？」

「タイプされていましたか、それとも手書きでしたか」

「タイプだ」

「どんな機械で？」

「私はタイプライターの専門家ではない」

「電動タイプライター？　それともワープロ？　コンピューター？　どんな種類のタイプだったか憶えていませんか。フォントは？」

ウッドロウは乱暴なほどの勢いで不機嫌そうに肩をすくめた。

「たとえばイタリック体の文字はありませんでしたか」ロブはこだわった。

「いや」

「それとも手書きを真似して半分繋がったような文字だったとか」

「まったくありふれたローマ字体だった」

「電動の」

「そうだ」

「では憶えていらっしゃる。添付資料もタイプされていましたか」

「おそらく」

「同じフォントで」

「おそらく」

「つまり十五から二十ページほどのきわめてありふれた電動タイプライターのローマ字体だったということですね。ありがとうございます。何かロンドンから連絡がありましたか？」

「最終的には」

「ペレグリンから？」

「バーナード卿だったかもしれないし、彼の部下だったかもしれない」

「内容は？」

「行動を取る必要なし」

「なんらかの理由が示されていましたか？」ロブは飽くことなく、次々とパンチのように質問を繰り出した。

「文書の中に示された証拠なるものが偏っているということだった。内容を確認するために調査してもなんの益もなく、受入国との関係を悪化させるだけだと」

「その回答をテッサに伝えましたか――行動なしということを」

「あまりくだくだしくは説明しなかった」

「どう言ったのですか」とレズリーが訊いた。

こう答えたのは、正直に話すというウッドロウの新しい方針のせいだったか、それとも告白したいという気弱な本能のなせるわざか――「私はこれなら彼女に受け容れられるだろうと思ったことを話した。彼女の状態を慮《おもんぱか》って――喪失感に苦しめられていることと、文書をあれほど重要視していたのを考えてのことだ」

レズリーはテープレコーダーのスウィッチを切り、ノートをかたづけ始めていた。「あなたのご判断では、どんな嘘が受け容れられたのですか、サー？」と彼女は訊いた。

「ロンドンがこの件を調べている、必要な手立ては取られつつあると」

一瞬、ウッドロウは取り調べが終わったと信じ込み、祝福された気分になった。が、ロブはまだ眼のまえにいて、なかなか立ち上がろうとしなかった。

「もうひとつあります、もしよろしければ、ミスター・ウッドロウ。〈ベル・バーカー&ベンジャミン〉、あるいは〝スリー・ビー《B》ズ〟の名で知られている会社について」

ウッドロウの態度は毫《ごう》も揺らがなかった。

「街じゅうに広告があります。〝スリー・ビーズ、アフリカのために大忙し〟〝きみのために大忙しだよ、ハニー！　三匹のミツバチ《スリー・ビーズ》が大好きさ〟本社はこの通りのさきにあります。ダレーク（一九六四年、BBCのテレビ番組に登場したロボット）みたいに見える、大きな新しいガラス張りのビルです」

「それがどうしたんだね」

「会社の概要を昨晩調べただけです、だよな、レズ？　驚くべき集団です。想像もつかないと思いますよ。アフリカのあらゆるパイの中心にまで指を突っ込んでいますが、もとはイギリス系です。ホテル、旅行代理店、新聞、警備会社、銀行、金、石炭、銅の採掘、車、ボート、トラックの輸入――永遠に続けられます。それから広範な種類の薬。〝スリー・ビーズはあなたの健康のために大忙し〟――これは、ここへ車で来る途中で見かけました。そうだよな、レズ？」

「通りをちょっと戻ったところね」とレズリーは同意した。

「いろいろなところで聞いた話では、彼らはモイ政府の連中と裏でつるんでいます。自家用ジェットに、ずらりと並んだ味見できる娘たち」

「この話はどこかに落ち着くんだろうね」

「いいえ、必ずしも。ただ彼らの話をして、あなたの顔を見たかっただけです。もう終わりました。ご辛抱いただき、ありがとうございました」

レズリーはまだいそいそとカバンにものを詰めていた。このやり取りのあいだに彼女が示した関心からすると、ひと言も聞いていなかったかもしれない。

「あなたのような人は阻止しなければなりません、ミスター・ウッドロウ」彼女は困惑して、賢そうな頭を振りながら、考えていることを口にした。「あなたは自分が世界の問題を解決していると思ってるでしょうが、実はあなた自身が問題なのです」

「つまり、あんたが大ぼら吹きだと言いたいんだ」とロブが解説した。

今回は、ウッドロウは彼らをドアまで送っていかなかった。机のうしろの定位置に坐ったまま、去りゆく客の足音を聞き、受付に電話をして、彼らが建物を出ていったら教えてくれと努めてさりげない口調で言った。そして彼らが出ていったのを確かめると、足早にコールリッジの専用オフィスに歩いていった。コールリッジがケニアの外務大臣と会合中で、机についていないことはわかっていた。ミルドレンが、見ていて不快になるほどくつろいだ様子で、内線電話で話していた。

「緊急の用件だ」とウッドロウは言った。ミルドレンが彼のしていることをどう思おうとかまわなかった。

コールリッジの机について坐り、ウッドロウは、ミルドレンが高等弁務官個人の金庫から白い菱形のプラグを取り出し、お節介にもデジタル電話に差し込むのを見守った。

「ところで誰と話すんですか？」とミルドレンは、有力者に仕える下層階級の秘書官特有の横柄さで訊いた。

「出ていけ」とウッドロウは言った。

そしてひとりになるや、ただちにバーナード・ペレグリン卿の直通番号をダイヤルした。

＊

彼らはヴェランダに坐っていた。ディナーのあと、防犯用ライトのぎらつく光の中でナイトキャップを愉しむ外務省の同僚たち。グロリアは応接間に引き上げていた。

「うまい言い方はないんだ、ジャスティン」とウッドロウは切り出した。「だからとにかく言う。彼女は強姦された可能性が非常に高い。なんともやりきれない。残念だ。彼女の、そしてきみのことを思うと」

ウッドロウは本当に残念だった。そうでなければならない。ときに本当に感じていなくても、感じているとわかることがある。ときに感覚があまりに強く踏みにじられたために、愕然とする新しいニュースが退屈なただの事務連絡に思えるときがある。

「もちろん検死のまえだから、確実ではないし、非公式な情報だが」彼はジャスティンの視線を避けながら続けた。「しかしまちがいはないようだ」もっと現実的な慰めを与えなければと思った。「警察はこれで事態がはっきりしたと思っている。少なくとも動機がわかったということだ。まだ犯人を指差せなくても、これで捜査を大きく進展させることができる」

ジャスティンは真剣に聞きながら坐っていた。ブランデーのグラスを、賞品としてもらったもののように両手で大事そうに持っていた。

「ただの可能性かい？」と彼はついに反論した。「なんて奇妙なんだ。どうしてそんなことになる？」

ウッドロウはまた尋問されることになろうとは思ってもみなかったが、ぞっとするような気持ちでむしろそれを歓迎した。悪魔が彼を突き動かしていた。

「少なくとも彼らは、お定まりの仕事として、合意のあるなしを確かめなければならない」

「誰との合意だい？」とジャスティンは当惑して尋ねた。

「うむ、誰であれ――彼らが考えている人物だ。われわれには彼らの仕事はできないだろう？」

「ああ、できない。気の毒に、サンディ。きみは嫌な仕事をみんな引き受けてくれてるようだ。さて、グロリアに注意を戻そうじゃないか。われわれを残して引き上げたのは正解だったね。屋外に坐ってアフリカの昆虫王国に囲まれているのは、彼女のきれいなイギリス人の肌にはとても耐えられなかっただろう」突然、ウッドロウの近くにいることに嫌悪感を覚えたのか、彼は立ち上がり、フランス窓を押し開けた。「親愛なるグロリア、放っておいて申し訳なかったね」

第六章

ジャスティン・クエイルは、無惨に殺された妻を、ランガタという美しいアフリカの墓地のジャカランダの木の下に埋葬した。死産だった息子のガースと、五歳のキクユ族の少年のあいだに。少年は、彼が聖人の列に加わったことを宣言する楯を持つ、ひざまずいた石膏の天使に見守られていた。彼女のうしろでは、ドーセットのホレイショー・ジョン・ウィリアムズが〝神とともに〟、手前では、ミランダ・K・ソーパーが〝永遠に愛されて〟いた。しかし、彼女のもっとも近しい友はガースと、ギタウ・カランジャという小さなアフリカの少年で、テッサは彼らと肩を並べて横たわった。それはジャスティンが望んだことであり、ジャスティンが気前よく出した葬儀費用をうまく配分して、グロリアが彼のために手配したことだった。告別式のあいだじゅう、ジャスティンは誰からも離れて立っていた。テッサの墓を左手に、ガースを右手に見て、それまで彼を慰め、報道陣の注目から守るように両脇を固めていたウッドロウとグロリアからも、優に二歩分は離れていた。記者たちは、大衆に対する職務を忠実に果たすべく、妻を寝取られたイギリス外交官であり、惨殺された白人妻がアフリカの愛人とのあいだにもうけた子の父親となるはずだった男――大胆なタブロイド紙の表現――の写真とコメントをなんとしても確保しようと、容赦なく食らいついてきた。その妻は、〝永遠にイギリスとなる異国の土地の片隅で〟（詩人ルパート・ブルックの詩の一節。第一次世界大戦中、フランスでドイツ兵に殺されて埋葬されたイギリス兵をうたったもの）その子の隣りに横たわる――少なくとも三紙が同じ日にそう報じた。

ウッドロウ夫妻の横で、彼らからかなり離れて、サリーを着たギタ・ピアスンが立っていた。頭を垂れ、体のまえで手を組む、年齢に関係なく追悼の意を表すしぐさをしていた。ギタの横には死んだように蒼白いポーター・コールリッジと、妻のヴェロニカがいた。ウッドロウの眼には、彼らがここにはいない娘のロージーに惜しみなく与えるはずの保護を、テッサに与えているように見えた。

ランガタ墓地は、緑滴る高台の上にあった。背の高い草と赤土。悲しげにも、愉しげにも見える、花の咲いた見映えのよい木々が立ち並んでいる。街の中心から数マイルで、すぐ下にはキベラという、ナイロビでもかなり大きいスラム街がある。不快なアフリカの土埃が垂れかかるその下に、煙を上げるブリキの家が茶色の染みのように広がり、手を入れる隙間もないほど密集して、ナイロビ渓谷まで続いている。キベラの人口は五十万人で、今も増えつつある。谷には、汚水、ビニール袋、絡まり合った色とりどりの古い衣類や装身具、バナナやオレンジの皮、トウモロコシの穂軸、その他、街が捨てたいと思ったありとあらゆるものが流れ、うずたかく堆積している。道を挟んだ墓地の向かいには、ケニア観光協会のこぎれいな事務所と、ナイロビ自然保護区の入口がある。その向こうのどこかには、ケニアでもっとも古いウィルソン空港の今にも倒れそうな仮兵舎のような建物が並んでいる。

　ウッドロウ夫妻と、居並ぶテッサの弔問客の多くは、埋葬の直前のジャスティンの孤独に何か不吉な、しかし英雄的なものを感じた。彼はテッサだけでなく、自分の経歴に、ナイロビに、死産の息子に、そしてこれまでの人生のすべてに別れを告げているように見えた。墓穴の端に危険なほど近づいているのもそのことを暗示していた。彼らの知っているジャスティンのかなりの部分、あるいはひょっとするとすべてが彼女とともに逝ってしまうという逃れようのない雰囲気があった。生きている人間で、それでも彼の注意を惹いたのはただひとりであることにウッドロウは気づいた。それは司祭ではなく、番人のごときギタ・ピアスンでも、顔色を失った無口な高等弁務官ポーター・コールリッジでもなかった。いい写真、いい場所を競い合う記者たちでも、この世を去った妹に共感して嘆き悲しむ、おしゃべりなイギリス人の妻たち――テッサの運命はたやすく彼女たちの運命となりうる――でも、革のベルトをしきりに引き上げる、十数人の太りすぎのケニアの警官たちでもなかった。

　それはキオコだった。ウフル病院のテッサの病室で、床に坐って姉が死ぬのを見守っていた少年、彼女の死に立ち会うために村から十時間かけて歩いてきた少年、そして今日はテッサに立ち会うためにさらに十時間歩いてきた少年だった。ジャスティンとキオコは同時に相手を見て、陰謀を企むような眼差しを交わした。会葬者の中でキオコがいちばん若いことにウッドロウは気がついた。部族の伝統に従って、ジャスティンが若者に遠ざかっていることを求めたのだ。

墓地の入口を示す白い門柱に、テッサの葬列が到着した。巨大なサボテン、赤土についた轍、バナナやプランテーン（料理用バナナ）やアイスクリームを売るおとなしい商人の列が、彼女の墓にいたる小径に沿って続いている。司祭は黒人で、白髪まじりの年寄りだった。ウッドロウはテッサのパーティで彼と握手したのを思い出した。司祭のテッサに捧げる愛情はあふれんばかりで、来世に対する信念は異様な熱を帯びていた。しかし、道路を行きすぎる車や頭上を飛んでいく飛行機の喧噪は途切れることがなく、すぐ近くで別の葬儀が音を立て、会葬者のトラックからは霊歌が高らかに鳴り響き、愛する者の棺のまわりの草の上でピクニックを愉しむ友人や家族の輪に向かって、演説者が競い合うように拡声器でがなり立てていたので、聖なる司祭の天翔ることば（ホメロスの詩より）がほんのわずかしか会衆の耳に届かないのも無理からぬことだった。ジャスティンも、もし聞いていたとしても、なんの反応も示さなかった。このために見つけ出してきた黒いダブルのスーツをこざっぱりと着こなし、相変わらず視線をキオコに凝らしていた。キオコも、ジャスティンと同じように、ほかの皆から少しあいだを置こうとしていたが、人々に揉まれて首を吊っているように見えた。華奢な足はほとんど地面につかず、腕を体の両脇にだらりと垂らし、面長で歪んだ頭を、永遠の疑問を抱くかのように持ち上げていた。

テッサの最後の旅は平穏無事にはいかなかった。が、ウッドロウもグロリアも平穏に終わってほしいとは思っていなかった。ふたりとも、彼女の人生を際立たせた予測不可能な要素が、最後の一幕にも含まれているほうが似つかわしいと、それとなく思っていた。ウッドロウ夫妻はその日早起きした。早く起きる必要など何もなかったが、ただ真夜中に、グロリアが黒い帽子を持っていないと言い出したのだ。夜明けの電話でエレナが帽子をふたつ持っていることが判明した。でもちょっと二〇年代ふうで飛行士みたいなの、それでもいい？　メルセデスの公用車がエレナのギリシャ人の夫の家を出て、ハロッズのプラスティックの入れものに入った黒い帽子を運んできた。結局グロリアはそれを返した。母親譲りの頭にかぶる黒いレースのスカーフのほうがいいと思ったのだ。マンティラみたいにかぶるの、テッサは半分イタリア人だったからいいでしょう、と彼女は説明した。

「スペインよ、ダーリン」とエレナは答えた。

「ちがうわよ」とグロリアは言い返した。「彼女の母親はトスカーナの伯爵夫人だったんだから。《テレグラフ》にそう書いてあったわ」

「マンティラのほうよ」とエレナは辛抱強く訂正した。「マンティラはもともとスペインのものなの、イタリアじゃなくて」

「でも彼女の母親は生粋のイタリア人なの」とグロリアはぴしゃりと言い——五分後にまた電話をして、ストレスのせいで癇癪を起こしてしまったと詫びた。

その頃までに、ウッドロウの子供たちは学校に追いやられ、ウッドロウ自身は高等弁務官事務所に向かっていて、ジャスティンはスーツとネクタイを身につけながらダイニングをうろつき、花がほしいと言っていた。グロリアの庭の花ではなく、彼自身の花——香しい黄色のフリージアだ。彼女のために一年じゅう育てていたのだ。現地調査から帰ってくる彼女をいつも居間で待っていた。テッサの棺に供えるために少なくとも二ダースはほしい。どうすればいちばんうまく手に入れられるかとグロリアが頭を悩ましていると、ナイロビの新聞社からいかにも取り乱した電話がかかってきて、彼女の思考を遮った。ブルームの死体がトゥルカナ湖の五十マイル東の干上がった河床で見つかりました、どなたかご意見をうかがえませんか？　グロリアは「ノーコメント」と怒鳴って、受話器を架台に叩きつけた。しかし動揺し、この知らせをジャスティンに伝えるべきか、葬儀が終わるまで待つべきか迷った。だから五分もしないうちにミルドレンから電話があり、ウッドロウは打ち合わせ中だが、ブルームの死体に関する噂はまったくのデマだと言われたときには心底ほっとした。ソマリアの部族の無法者たちが一万ドルで引き渡すと言っている死体は、少なくとも百年前、というより千年前のものです、ところで、ジャスティンと少し話せますか？

グロリアはジャスティンを電話に呼んで、自分はお節介にも彼の脇に残っていた。ジャスティンはいかにも彼らしく、ああ、親切にありがとう、そのつもりで準備しておくと言った。しかし、ミルドレンが何に親切で、ジャスティンがなんの準備をするのかはわからなかった。いや、それはいい――とジャスティンはきっぱりと断り、さらに謎を深めた――迎えはいらない。自分で好きなようにしたいから。そう言って彼は電話を切り、ロンドンの事務弁護士にコレクトコールをするからダイニングにひとりにしてくれと――彼女がこれまで彼のために働いたことを思えば、少々きつすぎる口調で――頼んだ。ここ数日、彼は二度そうやって電話していた、やはり胸の中で何を考えているのかグロリアには明かさずに。彼女は思いやりを示して、台所に引き上げ、配膳口で耳を澄まそうと思ったが、行ってみると、悲しみに打ちひしがれたムスタファが、呼ばれてもいないのに裏口に現れた。みずからの判断でジャスティンの庭から摘んできた黄色いフリージアを、籠いっぱいに入れていた。この口実で武装して、グロリアはダイニングに意気軒昂と引き返し、会話の終わりの部分だけでも捕らえようとしたが、部屋に入ったとき、ジャスティンはちょうど電話を切るところだった。

ふと気づくと、何もかもが遅れていた。グロリアは服は着ていたが、まだ化粧もしていない。昼食の時間を過ぎているのに、まだ誰も何も食べていない。ウッドロウが外のフォルクスワーゲンで待っていて、ジャスティンが廊下でフリージアを――花束にまとめられている――抱えていた。ジュマが慌ててチーズ・サンドウィッチの皿を出し、グロリアはマンティラを顎の下に巻こうか、母親のように肩に掛けようかと迷っていた。

ヴァンの後部座席でジャスティンとウッドロウに挟まれて坐り、グロリアは、エレナがここ数日主張していたことを心の中で認めた。すなわち、彼女はジャスティンにすっかり恋してしまったのだ。こんなことはもう何年もなかった。彼が今にも去ってしまうと考えるだけで恐ろしい苦しみを味わった。一方で、エレナが指摘したように、彼がいなくなれば、少なくとも頭を冷やしてふだんどおりの結婚生活に戻ることができる。そして彼の不在でますます恋心が募ることがわかったなら、エレナが大胆にも提案したように、グロリアはいつでもロンドンで何か手を打てるはずだった。

街中の道は、いつもよりでこぼこしているように思えた。ジャスティンの腿が自分の腿に触れる温かみをあまりにも心地よく感じた。フォルクスワーゲンが斎場に着く頃には、咽喉に固まりができ、手の中のハンカチーフは湿ったボールのようになり、テッサを悼んでいるのか、ジャスティンのために嘆いているのかわからなくなっていた。ヴァンのうしろのドアが外から開けられ、ジャスティンとウッドロウが飛び出て、彼女は運転席に坐ったリヴィングストンとふたりきりになった。記者がいないことを感謝の気持ちで確認し、後部座席でなんとか落ち着きを取り戻そうとした。まだ来ていないだけかもしれないけれど。庇のあたりにチューダー朝の趣のある、平屋の御影石の建物の正面階段を、彼女はふたりの男が上っていくのを、フロントガラス越しに見つめた。ジャスティンは注文仕立てのスーツを着て、ブラシや櫛を使うのを見たことはないけれどいつも完璧な白髪混じりの髪で、腕に黄色いフリージアを抱えている。騎兵隊の士官のような歩き方だ——彼女の知るかぎり、半分ダドリー家の血が混じっている人は皆そうだが、右肩をまえに出して歩く。どうしてジャスティンがいつもさきに歩いて、サンディがあとについて行くような気がするのだろう。どうしてサンディはこのところやけに卑屈で、執事みたいな感じがするのだろう。彼女はひとり胸で愚痴をこぼした。そろそろ新しいスーツを買わなきゃ。サージの服を着せれば、きっと私立探偵みたいに見えるわ。

　彼らは玄関ロビーに消えていった。「書類にサインしなきゃならないんだ、スウィート」とサンディは優越感を漂わせて言っていた。「遺体の引き取りとか、そういったくだらないことだ」どうしてこの人は、突然わたしをさも愚かな妻のように扱うようになったのだろう。

わたしが葬儀のすべてを手配したことを忘れたのだろうか。棺を担ぐ黒装束の物々しい一団が斎場の通用口に集まっていた。ドアが開き、黒い霊柩車が彼らのほうにバックしてくる。説明されるまでもない〝霊柩車〟の文字が、地面から一フィートほどの車体の横に白く書かれている。棺が黒い上着のあいだをすべって車のうしろに入るときに、蜂蜜色にニスを塗られた板と、黄色いフリージアが、ちらりと眼に入った。花束は棺の蓋にテープで貼りつけたのだろう。でなければ、どうやってフリージアを蓋に止めておける？　ジャスティンはなんでも考えているのだ。霊柩車が前庭を出て、担ぎ手が乗り込んだ。グロリアはふんと鼻を鳴らし、鼻をかんだ。

「ひどい話です、奥様」とリヴィングストンがまえの座席で朗誦するように言った。「実に、実にひどい」

「本当ね、リヴィングストン」とグロリアは言い、お定まりのやり取りに感謝した。さて、これからみんなに見られるのよ、お若い人、と彼女は自分に厳しく警告した。顎を上げて、模範を示すときよ。うしろのドアが大きな音を立てて開いた。

「そろそろいいかね、きみ《ガール》？」とウッドロウが陽気に言って、彼女の横にどさりと坐った。「彼らはすばらしいよ、なあ、ジャスティン？　非常に思いやりがあって、プロに徹している」

わたしを〝きみ《ガール》〟呼ばわりしないで、と彼女は激怒して言った――ただし、声に出さずに。

＊

聖アンドルー教会に入りながら、ウッドロウは会衆に眼を配った。ひとわたり見まわすと、仲睦まじいコールリッジ夫妻がいて、そのうしろにドナヒューと、ゲイエティ劇場の落ちぶれたコーラスガールのような、彼の変人の妻のモードがいた。ふたりの隣りにミルドレン、またの名をミルドレッドと、飽きもせず彼と同居している拒食症のブロンド娘。〈ムサイガ・クラブ〉の殺し屋軍団――テッサのことばだ――は、軍隊のように四角く固まっている。通路の反対側には、〈世界食糧計画〉から来た一団、そしてアフリカ人の女性だけから成る集団がいた。ある者は帽子をかぶり、ある者はジーンズをはいているが、全員が決意と闘志を秘めた眼光を具えていて、テッサの急進派の友人たちであることが容易に知れた。彼らのうしろには、途方に暮れ、フランス人ふうで、どこか傲慢さを感じさせる若い男女の一群がいた。女はヴェールをかぶり、男は襟元を開いてわざと無精髭を伸ばしている。ウッドロウはしばらく迷ったのち、ブルームのベルギーの組織から来た仲間だという結論を出した。翌週もアーノルドのためにここへ戻ってくるのかと考えているにちがいない――乱暴にそう思った。クエイル家の不法入国の使用人たちがその横に集まっていた。使用人のムスタファ、南スーダンから来たエスメラルダ、名前のわからない片腕のウガンダ人。そのまえの列に、胡散臭い小柄なギリシャ人の夫の横に聳え立つようにして、装身具も華やかなニンジン色の髪の〝ダーリン〟・エレナその人――ウッドロウの大の苦手《ベット・ノワール》――がいた。祖母からもらった葬儀用の黒い宝石で飾り立てている。「ダーリン、わたし、黒玉を身につけるべきかしら、それともやりすぎ?」彼女は朝八時にグロリアに電話してきた。グロリアは、いたずら心がなかったわけではなかろうが、大胆にいきなさいよと忠告していた。

「正直言って、エル、ほかの人ならちょっとやりすぎだと思うけど、あなたの色のセンスなら、ダーリン、いけるって感じよ」

　そして警察はいない。彼は確かめてほっとした。ケニアの警察も、イギリスの警察も。バーナード・ペレグリンの薬が魔法のように効いたのか？　誰もそんなことは教えてくれないが。

　彼はまたコールリッジを一瞥した。顔面蒼白となった殉教者のような姿。このまえの土曜に彼の自宅で交わした奇妙な会話を思い出し、煮え切らない頑固者と心の中で悪態をついた。ウッドロウの視線は祭壇のまえに粛然と置かれたテッサの棺に戻った。ジャスティンの黄色いフリージアが安らかに載っている。眼に涙があふれそうになり、慌てて下を向いた。オルガンがヌンク・ディミッティスを奏で、グロリアが一言一句まちがえずに力強く歌っていた。全寮制の学校の夕べの歌だったのだろう、とウッドロウは思った。私の学校もそうだったか。彼はどちらの学校も大嫌いだった。サンディとグロリア、生まれながらにして自由でない者たち。ちがいは、私はそれを知っていて、彼女は知らないことだ。主よ、今こそ主の僕を安らかに去らせてください（ヌンク・ディミッティスの冒頭）。ときに私も心から去りたいと思う。去って二度と戻りたくない。しかし、安らぎはどこにある？　彼の眼はまた棺に向けられた。私はきみを愛していた。今ははるかに言いやすくなった――過去形だから。私はきみを愛していた。私は自分を制御できない制御魔だときみは親切に指摘してくれた。だが、今きみに起こったことを見てみろ。どうして起こったのかを考えてみろ。

だから私はロービアーの名など聞いたこともない。コヴァクスという脚の長いハンガリー美人のことなど知らない。塔の鐘のように頭の中で鳴り響く、証明されていない暗黙の理論など、これからいっさい聞かない。聞きたくもない。サリーを着た面妖なギタ・ピアスンのなめらかなオリーヴ色の肌になどまったく関心がない。私が知っていることは、きみのあとには、この兵士の体にどれほど気の弱い子供が住んでいるかを、誰も、二度と知る必要がないということだ。

*

気を紛らす必要があったので、ウッドロウは教会の窓を熱心に観察する作業に取りかかった。男の聖人たちで、皆白人だ。ブルームはいない。テッサは激怒するだろう。記念の窓では、水兵服を着た可愛い白人の少年が、彼を賛美するジャングルの動物たちに象徴的に取り囲まれている。鼻のいいハイエナは、十キロメートル先からでも血の臭いを嗅ぎとるからね。また涙が出そうになり、ウッドロウは親愛なる聖アンドルーその人に無理やり注意を向けた。子供たちを連れてオー湖に行ったときの案内人、マクファースンにそっくりだ。猛々しいスコットランドの眼に、錆色の口髭。彼らはわれわれにいったい何を見るのだろう、とウッドロウは、会衆の黒い顔にぼんやりと視線を移して感心した。かの昔、われわれはここで何をしているつもりだったのだろう。白人のイギリスの神と、白人のスコットランドの聖人を押しつけ、この国を、無責任で浮ついた上流階級の冒険に満ちた遊び場に変えながら。

「わたし個人として、状況を改善しようとしているの」ときみは答える。〈ムサイガ・クラブ〉のダンスフロアで、私がふざけ半分に同じ質問をしたときに。しかし、答えたからには、それを私に突きつけることも忘れない。「あなたは何をしているの、ミスター・ウッドロウ？」ときみは訊く。バンドは騒々しく、体をかなり近づけて踊らなければ互いの声が聞こえない。そう、これがわたしの胸よ、と私が思い切って視線をおろすときみは眼で言う。そう、これがわたしのヒップ、と私の腰をつかんでまわりながら語る。見てもいいのよ、眼の保養にするといい。ほとんどの男はそうするんだから。あなたが例外である必要はないわ。

「われわれから与えられたものをケニア人が受け容れるのを手伝ってるんだと思う」と私は音楽より大きな声で偉そうに言い、最後まで言い終わらないうちにきみの体が強張り、私からするりと逃れるのを感じる。

「わたしたちは彼らに何も与えてなんかいないわ！　彼らは取られたのよ、銃を突きつけられて。わたしたちは何も与えてなんかいない——何ひとつ！」

ウッドロウは鋭く振り返った。横にいるグロリアもそうした。通路の向こう側のコールリッジ夫妻も振り返っていた。教会の外で叫び声が上がり、次いで何か大きなガラスのようなものがけたたましい音で割れた。開いた扉から、怖れをなした黒服の聖堂番が前庭の門を慌てて閉めるのが見えた。ヘルメットをかぶった警官たちが柵に沿って警戒線を張り、暴徒用の警棒を両手に持って、打席に立つまえの野球選手のように振りまわしていた。学生たちが集まった通りでは、木が燃え、その下で数台の車がひっくり返されていた。車の中の人間は、あまりに怖くて外に這い出せないでいた。群衆からの挑発的な歓声とともに、ぴかぴかの黒いリムジン――ウッドロウの車のようなヴォルヴォ――が若い男女の集団にゆらりと持ち上げられ、宙に浮いた。そして急に傾き、逆さになって、まず横腹が、次にルーフが地面に落ち、大きな音を立ててほかの車の脇で死んだ。警官が突進した。これまで何を待っていたにしろ、それは起こった。彼らはぶらぶら歩いていたかと思うと、次の瞬間には逃げまどう野次馬の中に流血の道を切り開き、立ち止まって、すでに倒した者の上に打擲《ちょうちゃく》の雨を降らせる。重装備のヴァンが停まり、血を流している五、六人の学生が放り込まれた。

「大学は火薬庫でね、きみ」かつてウッドロウが危険について尋ねたときに、ドナヒューは言った。「助成金は出ない、教職員に給料は支払われない、入ってくるのは金持ちの愚か者ばかり、寮や教室は荒れ放題、トイレは詰まり、ドアは開かず、いつでも火事になるおそれがあって、あろうことか廊下で木炭をくべて料理をしている。電気が来ないから勉強しようにも明かりがなく、本もない。もっとも貧しい学生たちは通りで暴れる。政府が誰にも相談せずに高等教育を民営化しているからだ。教育は完全に富裕者に独占され、試験の成績は不正に操作され、政府は無理やり学生に海外で教育を受けさせようとしている。それから昨日、警察が学生数名を殺した。彼らの友人たちはそれを軽々には受け止めていない。ほかに質問は？」

教会の門が開き、オルガンがまた鳴り始めた。神の仕事が続けられた。

＊

墓地の暑さは暴力的で、会葬者の一人ひとりに襲いかかってきた。白髪混じりの老司祭は祈禱を終えていたが、喧噪はやむことなく、その上から太陽は殻竿《からざお》さながら皆を打ち据えた。ウッドロウの片側で、灰色の衣を着た黒人の修道女の集団が、大型の携帯用ラジカセでロックふうの『アヴェ・マリア』を大音量で鳴らしていた。反対側では、ココヤシの木のまわりにブレザーを着たフットボールチームが集まり、控えめにビールの缶を空けていて、独唱者がチームメイトに別れの歌を捧げていた。ウィルソン空港では航空ショーのようなものがおこなわれているようで、明るい色に塗られた軽飛行機が二十秒おきに頭上を飛んでいった。老司祭は祈禱書を下ろした。担ぎ手が棺に近づき、おのおの革紐をつかんだ。ジャスティンはまだひとりで立っていたが、その体が揺れ始めたように思えた。ウッドロウは支えようとして足を踏み出したが、グロリアが手袋の下で爪を立ててそれを制した。

「彼はひとりでいたいのよ、馬鹿ね」と彼女は涙をためて小声で叱りつけた。

報道関係者はそんな気配りとは縁がなかった。まさにこの瞬間を撮るために来たのだ——黒人の担ぎ手が、殺された白人女性をアフリカの大地に沈め、彼女に騙された夫がそれを見守るところを。カメラを持った、クルーカットであばた面の男が地面に腹這いになり、土のこびりついたスコップをジャスティンに渡して、妻に先立たれた男が棺に土をかけるところを撮ろうとした。ジャスティンはそれを払いのけた。そうしながら彼の視線は、タイヤのパンクした木製の手押し車を進めてくる、ぼろを着たふたりの男に注がれた。生のセメントが車の縁から垂れていた。

「何をしてる」と彼はふたりに訊いた。その口調があまりに険しかったので、場の全員が彼のほうを見た。「誰かこの人たちがセメントで何をしようとしているか確かめてもらえませんか。サンディ、通訳がほしい、頼む」

グロリアを無視して、陸軍大将の息子のウッドロウは素早くジャスティンの横に歩いていった。ティム・ドナヒューの局の細身のシーラが男たちに話しかけ、ジャスティンに伝えた。

「裕福な人たちにはだれもがこうするって言ってるわ、ジャスティン」とシーラは言った。

「いったい何をするんだい？　わからない。説明してもらえないか」

「セメントよ。盗掘を防ぐの。墓荒らしを。裕福な人たちは結婚指輪や上等の服と一緒に埋葬されるから。白人《ワズング》は恰好の標的になるの。セメントは保険みたいなものだって言ってるわ」

「誰が彼らにやれと指示した？」

「誰も。費用は五千シリングよ」

「帰らせてくれ、お願いだ。彼らに話してもらえないだろうか、シーラ。このサーヴィスはいらない、だから料金を支払うつもりはない。手押し車をかたづけて、去ってくれと」そして、おそらくシーラは充分熱意を込めてことばを伝えないだろうと考え、ジャスティンは男たちのほうへ近づき、手押し車と墓のあいだに立って片腕を伸ばした。モーゼのように、会葬者の頭の向こうを指差し、「帰ってくれ」と命令した。「今すぐ立ち去ってくれ。ありがとう」

会葬者は彼の伸ばした腕が命じる線でふた手に分かれ、男たちは車を押してそそくさと去っていった。ジャスティンは彼らが視界から消えるまでじっと見つめていた。揺らめく熱波の中で、彼らはからっぽの空に乗り出していったように見えた。ジャスティンは、おもちゃの兵隊のようにぎこちなく体の向きを変えて、詰めかけた報道陣に告げた。

「みなさんも全員帰っていただけますか」騒音の中にぽかりとできた沈黙を断《た》って、彼は言った。「大変礼儀正しく振る舞っていただいた。ありがとう。さようなら」

驚いたことに、記者たちはおとなしくカメラとノートをしまい、「ジャスティン、ではまた」などとつぶやきながら去っていった。ジャスティンはまたテッサの頭上の孤独な位置に戻った。その間、アフリカ人女性の一団がまえに進み出て、墓の足元のほうに馬蹄形に並んだ。皆そろいの服を着ていた。フリルのついた青い花柄模様のドレスで、頭には同じ生地で作ったスカーフを巻いている。一人ひとりは戸惑っているようにも見えるが、グループとしてはまとまっていた。最初は柔らかな声で歌い始めた。指揮者はおらず、伴奏する楽器もない。合唱団のほとんどは泣いていたが、涙で声を震わせることはなかった。見事にそろって、英語とスワヒリ語で交互に歌い、繰り返しながら力を集めていった。クワ・ヘリ、ママ・テッサ……愛しいママ、さようなら……ウッドロウはことばの意味をつかもうとした。クワ・ヘリ、テッサ……わたしたちの友、テッサ、さようなら……あなたはわたしたちのところへ来た、ママ・テッサ、愛しいママ、わたしたちに心をくれた……クワ・ヘリ、テッサ、さようなら。

「彼らはいったいどこから湧いて出たんだ」ウッドロウは口の端でグロリアに訊いた。

「丘の下よ」とグロリアはキベラのスラム街のほうへ首を振りながらつぶやいた。

歌がうねって高まる中、棺が下ろされていった。ジャスティンはそれを見つめ、棺が穴の底に当たると顔をしかめた。そして、最初のスコップの土が蓋にどさっとかけられ、二番目の土がフリージアに散って花びらを汚すと、また顔をしかめた。ドアが勢いよく閉まるときに錆びついた蝶番が立てる甲高い音のような、おぞましい叫び声がした。短いあいだだったが、ウッドロウが眼で追うと、ギタ・ピアスンがスローモーションで崩れ、形のよい尻を落として、両手に顔を埋めるところだった。そしてこれも信じられないことに、ヴェロニカ・コールリッジの腕を借りてまた立ち上がり、哀悼者の姿に戻った。

ジャスティンがキオコに声をかけたのだろうか。それともキオコみずから動いたのだろうか。キオコは影のように軽くジャスティンの横に移動し、恥じらうことのない愛情のしぐさでジャスティンの手を取った。新たにあふれだした涙の向こうに、グロリアは、ふたりが握った手を動かし、互いに心地よい位置に握りかえるのを見た。そうやって手をつないだまま、妻に先立たれた夫と、姉に先立たれた弟は、テッサの棺が土の下に消えるのをじっと見ていた。

＊

ジャスティンはその夜、ナイロビを発った。ウッドロウはグロリアに何も告げておらず、それは彼女にとって永遠の心の痛みとなった。夕食は三人分用意されていた。グロリア自身がフランス産赤ワインのコルクを抜き、皆を元気づけるために鴨をオーヴンに入れたのだった。廊下に足音がしたので、ジャスティンが食事のまえの一杯に来てくれたと小躍りした。サンディが階上《うえ》で『ビグルズ』を子供たちに読み聞かせているあいだに、ふたりきりになれると。しかし突然眼のまえに、彼の汚れたグラッドストン・バッグが現れた。ムスタファが持ってきたモスグレーのスーツケースも廊下に置かれていた。どちらにもラベルがついていて、その横にジャスティンが立っていた。レインコートを手に掛け、小さな旅行カバンを肩に掛け、彼女にワイン倉庫の鍵を返そうとしていた。

「でも、ジャスティン。まだ行かないでしょ？」

「本当に親切にしてくれてありがとう、グロリア。どれだけ感謝すればいいかわからない」

「悪かったな、ダーリン」とウッドロウが一段飛ばしで階段を降りてきて、愉しく歌うように言った。「ちょっとスパイものの映画みたいだったな。使用人にあれこれ噂されたくなかったんでね。こうするしかなかった」

まさにそのときドアのベルが鳴り、運転手のリヴィングストンが赤いプジョーとともに現れた。外交官ナンバーだと空港でわかってしまうため、彼が友人から借りてきた車だった。助手席にはムスタファが坐り、彫像にでもなったかのようにまっすぐまえを睨みつけていた。

「でもわたしたちも行かなきゃ、ジャスティン！　あなたを見送らなきゃいけないわ、絶対に！　わたしの水彩画も一枚あげなきゃ。イギリスで何をするつもりなの？」とグロリアは哀れな声で叫んだ。「夜なのに、あなたをこんなふうに行かせることなんてできないわ――ダ、ダーリン！」

〝ダーリン〟は、理論上はウッドロウに向けられたものだった。が、ジャスティンに向けられたようにも聞こえた。そんなことばを口走りながら、彼女は、涙に暮れた長い一日の最後に、どうしようもなく泣き崩れた。惨めにしゃくり上げ、ジャスティンをつかんで体を引き寄せ、背中を叩き、頬をこすりつけて囁いた。「ああ、行かないで、ああ、お願い、ジャスティン」より解読しがたいほかの願いごともつぶやいたあとで、彼女は勇気を奮い起こして彼から身を突き放し、夫に肘打ちを食らわせて光の外に追いやり、階段を駆け上って自分の寝室に飛び込むと、ばたんとドアを閉めた。

「ちょっと神経が昂っているようだ」とウッドロウは照れ笑いをしながら説明した。

「みんなそうだ」とジャスティンは言い、差し伸べられたウッドロウの手を握った。「もう一度礼を言うよ、サンディ」

「連絡し合おう」

「もちろん」

「イギリスで本当に歓迎パーティはいらないんだな？　あちらでは本領を発揮しようと待ち構えているようだが」

「ああ、本当にいらない。ありがとう。テッサの弁護士が私の到着に備えているんだ」

次の瞬間には、ジャスティンは赤い車のほうへ階段を降りていた。ムスタファがその横でグラッドストン・バッグを持ち、リヴィングストンが反対側でグレーのスーツケースを運んだ。

「ミスター・ウッドロウに、おまえたちに渡してもらう封筒を預けてある」車が走り出すと、ジャスティンはムスタファに言った。「それからこれは密かにギタ・ピアスンに手渡してくれ。〝密かに〟という意味はわかってもらえるね？」

「あなたはこれからもずっと善良な方です、旦那様《ムゼー》」とムスタファは予言者のように言い、封筒を綿の上着の奥のポケットに忍ばせた。しかし、彼の声には、主人がアフリカを発つことを赦す気配はなかった。

＊

空港は最近改装されたにもかかわらず、大混乱をきたしていた。茹で上がったように陽焼けし、旅行に辟易した顔で長い列を作っている旅行者の群れ、仰々しく説教するツアーガイド、大騒ぎでまとめられ、X線検査機に送り込まれる大型リュックサックの山。搭乗手続きの職員はすべての航空券で当惑し、果てしなく電話をしている。理解できないことばで案内を流す拡声器がパニックを助長するが、ポーターや警官はただぼんやり見ているだけだ。しかしウッドロウは万端手配済みだった。ジャスティンが車から出るなり、英国航空の担当者がそそくさと彼を連れ去り、人々の眼が届かないうちに小さなオフィスに案内した。

「友人も一緒に呼びたいんだが」とジャスティンは言った。

「けっこうですよ」

リヴィングストンとムスタファをうしろに従えて、彼はミスター・アルフレッド・ブラウンという名の書かれた搭乗券を手渡された。グレーのスーツケースにも同じラベルが貼られていることを、さりげなく確認した。

「それからこれは機内に持ち込む」と彼は命令口調で言った。

ブロンドのニュージーランド人の担当者はグラッドストン・バッグを持って重さを確かめるふりをし、大げさに苦悶の声を上げた。「ご家族の銀食器ですか？」

「スポンサーからもらったんだ」とジャスティンは生真面目にジョークで応じたが、話を続けるつもりのないことを如実に顔に表していた。

「もしあなたに運べるなら、私どもも問題ございません」とブロンドの担当者は言い、バッグを彼に返した。「快適なご旅行を、ミスター・ブラウン。よろしければ、到着口のほうからご案内いたしますが」

「そうしていただけるとありがたい」

最後の別れを告げるために振り返り、ジャスティンは両手でリヴィングストンの手をしっかりと握りしめた。しかし、それはムスタファにとって耐えがたい瞬間だった。いつになく押し黙って、オフィスを出ていった。

グラッドストン・バッグの持ち手を握りしめ、ジャスティンは案内者について到着ホールへと入った。人種のはっきりわからない、ふくよかな体型の巨大な女が、にこやかに笑いながら壁から彼を見下ろしているのに思わず視線を吸い寄せられた。彼女は身長二十フィート、体の幅のいちばん広いところは五フィートある、ホール全体でたったひとつの商業広告だった。看護婦の制服を着ていて、両肩に金色のミツバチを三匹ずつ止まらせていた。白衣の胸ポケットにさらに三匹のハチがくっきりと描かれており、トレイに薬のご馳走を載せて、どことなく人種の入り混じった幸せそうな子供たちとその家族に振る舞っていた。トレイには彼らのそれぞれにふさわしいものが載っている。お父さんには、ウィスキーのように見える金褐色の薬の瓶。お母さんには、太陽に手を伸ばす裸の女神があしらわれた美容製品。ポスターのいちばん上と下に、暴力的な暗褐色の文字で、人類すべてに対する喜ばしいメッセージが、華々しく書き込まれている——

スリー・ビーズ
アフリカの健康のために大忙し！

彼はポスターに引き込まれた。

かつてテッサが引き込まれたように。

硬い表情でそれを見上げ、ジャスティンは自分の右側で愉しげに抗議する彼女の声を聞いた。かつてふたりは、長旅でめまいを感じながら、最後の瞬間に増えた手荷物を抱え、予定時刻よりいくらか早くロンドンからこの地に到着したのだった。ふたりともアフリカ大陸に足を踏み入れるのは初めてだった。ケニアが——アフリカのすべてが——彼らを待ち受けていた。しかし興奮したテッサの興味をあおったのは、このポスターだった。

「ジャスティン、見て！ あなた、見てないわ」

「なんだい？ もちろん見てるさ」

「彼らはわたしたちのハチを盗んだのよ。自分のことをナポレオンと思ってる人がいるみたい。なんて図々しいの。ひどすぎる。あなた、なんとかしなきゃ」

そういうことだ。非道のおこない。しかも滑稽だ。ナポレオンの三匹のハチ、皇帝の栄光の象徴、偉人が最初の追放の日々を過ごした、テッサの愛するエルバ島の大切な紋章は、臆面もなくケニアに追いやられ、売られて、商業主義の奴隷となったのだ。今同じポスターをじっくり眺めて、ジャスティンは人生の偶然の符合のいまわしさに驚くほかなかった。

第七章

アップグレードした機内前方の席に窮屈そうに坐り、グラッドストン・バッグを頭上の荷物入れに置いて、ジャスティン・クエイルは、窓に映る自分の顔のさきに広がる暗黒の空間を見つめた。彼は自由だった。もちろん赦しも、充足も、慰めも、決心も得られたわけではない。彼女は死んだと悪夢に告げられ、眼が覚めてそれを真実と認めることから解放されたわけでもない。生き残った者の罪悪感からも解放されていない。アーノルドに苛立つことからも。しかし、自分なりのやり方で死を悼む自由を得た。やっと恐ろしい独房から解放された。ついに嫌うことを学んだ看守たちからも。心の眩惑と監禁の浅ましさに半ば気がふれたようになり、囚人のように部屋の中を歩きまわることからも。自分の声を失い、ただ静かにベッドの端に坐って、ひたすらなぜと問い続けることからも。気分が落ち込み、疲れ、気力を失い、どうともなれ、どのみち結婚は正気の沙汰ではなかったのだから、終わって感謝しろと自分を説得しかかった、恥ずべき瞬間からも。そしてどこかで読んだように、嘆きが怠惰のひとつのかたちであるなら、ただ嘆くことのほかに何も考えられない怠惰からも解放された。

そして、警察の取り調べからも解放された。そこでは自分の知らないジャスティンが、完璧に練り上げられた文章で、当惑する取調官の足元に重荷を下ろしたのだった――あるいは、混乱した良心が明かしてもいいと命じるものだけを。警官たちは彼に殺人の罪を負わせることから始めた。

「われわれを悩ましているシナリオがあるのです、ジャスティン」とレズリーがすまなそうに言う。「知っていただくために、そのままお話ししなければなりません。胸が痛む話なのですが。いわゆる三角関係です。あなたは嫉妬に駆られた夫で、殺し屋を雇い、妻と彼女の愛人があなたからできるだけ離れているときを狙って、殺害を計画した。それがアリバイには最適だから。あなたは復讐のためにふたりとも殺させた。そしてアーノルド・ブルームを死体をジープから出して、どこかへ捨てさせた――われわれが、あなたではなくブルームを犯人と思うように。トゥルカナ湖はワニだらけです。だからアーノルドがいなくなっても問題ない。さらに聞いた話では、あなたにはまとまった遺産が転がり込んでくる。それで動機は二倍です」

警官たちは彼を見ている。罪悪感、潔白、怒り、あるいは絶望の表情――とにかく何かの徴候――を見逃すまいとしているのがわかる。しかしそれは無駄に終わる。ジャスティンは、ウッドロウとちがって、最初はまったく反応しない。芸術品を模したウッドロウの彫刻入りの椅子に、行儀よく、愁いを帯びたよそよそしい態度で坐り、手の指を机の上に置いている。

今、和音を鳴らして、音が消えていくのを聞いているかのように。レズリーは彼を殺人罪で告発しているが、得られるのは彼の内なる世界に繋がる小さな眉間の皺だけだ。

「あなたがたの捜査の進展について、ウッドロウが親切にも少し話してくれたことから判断すると——」とジャスティンは、嘆き悲しむ夫というより、学者のような哀調を帯びて反論する。「計画的な犯行ではなく、無差別殺人の可能性が高いということだけれど」

「ウッドロウは嘘まみれです」とロブが言う。女主人に気を遣って、声を低く抑えている。

机にはまだテープレコーダーが出されていない。色とりどりのノートもレズリーの便利なカバンの中に入れられたままだ。急ぐ必要はないし、公式の取り調べでもない。さきほどグロリアが紅茶を運んできて、飼っていたブルテリアが最近死んだことを長々と語ったあとで、名残惜しそうに部屋を出ていった。

「殺人現場から五マイル離れたところに、別の車が停められていた痕跡がありました」とレズリーが説明する。「テッサが殺された現場の南西の谷に停められていたのです。ガソリンの染みと、焚火をした跡がありました」ジャスティンは陽の光がまぶしすぎるというふうにまばたきし、聞いていることを示すために穏やかに首を傾ける。「それから、最近埋められたばかりのビール瓶と煙草の吸い殻も」と彼女は続けて、すべてをジャスティンのドアのまえに並べてみせる。「テッサのジープが通り過ぎたときに、この謎のワゴンが発車して、あとを尾けたのです。そして横に並びました。テッサのジープの前輪が猟銃で撃たれていました。こういう状況ですから、無差別殺人とは考えられません」

「どちらかと言えば、われわれのいう、組織立《コーポレイト》った犯罪に見えます」とロブが説明する。「何者かの依頼で、金を支払われたプロが計画し、実行したような。誰であれ、彼らに知らせた人間は、テッサの行動計画を何から何まで知っていました」

「強姦は？」とジャスティンは、組んだ両手に視線を定め、超然とした態度を装って訊く。

「目くらましか、付随的なものです」とロブがてきぱきと応じる。「犯人たちが理性を失ったか、あらかじめ計画していたか」

「それでまた動機が問題になるのです、ジャスティン」とレズリーが言う。

「あなたのです」とロブが言う。「あなたに別のいい考えがないかぎり」

ふたりの顔はカメラのようにジャスティンに向けられている。それぞれが彼の顔の片側を見つめている。しかしジャスティンは、法廷で補足説明でもしているかのように、ふたりの凝視にも平然としている。おそらく彼の孤独な内部では、ふたりの存在にさえ気づいていない。レズリーはテープレコーダーを取り出そうと使い慣れたカバンに手を入れるが、思い直す。その手は現行犯でカバンの中にとどまり、あとの体はジャスティンに向けられている——完全無欠の文章を綴るこの男、生ける公文書に。

「しかし私は殺人者など知らない」と彼は反論している。虚ろな眼を前方に向け、彼らの議論の穴を指摘して。「誰も雇ってないし、誰にも指示していない。申し訳ないが、あなたたちの言う意味では、妻の殺害となんの関わりもない。私はあんなことを望まなかったし、企みもしなかった」声が震え、引きつって、ばつの悪い思いをする。「ことばでは語り尽くせないくらい悔しいと思っている」

有無を言わさずことばを結んだので、警官たちは一瞬居場所がなくなり、グロリアの描いたシンガポールの水彩画に眼をやりたくなる。煉瓦造りの暖炉の上に一列に並んでいる絵には、それぞれ〝百九十九ポンド、免税品！〟と書かれた値札がついている。そのどれにも、同じ洗われたような空と、ヤシの木と、鳥の群れが描かれ、道の上に彼女のサインが大書され、収集家のために日付が加えられている。

そこで、若さゆえの自信ではないにしても、図太いところのあるロブが、長く細い顔をさっと上げて口走る。「あなたは奥さんとブルームが寝ていても気にならなかったんですね？　多くの夫はそんなときドブネズミのように振る舞うものですが」そしてぴたりと口を閉じ、こういう場合に、欺かれた夫に当然期待すること――泣く、赤面する、自身のふがいなさか友人の不実に対して怒り狂う――が起こるのを待つ。が、ジャスティンは彼を落胆させる。

「それは重要なことじゃない」と彼は自分で驚くほどの力強さで答える。そして背筋を伸ばし、誰が順番をまちがえてしゃべったのかと言わんばかりにまわりに鋭い視線を送り、その者を叱りつける。「新聞は重要だと思うかもしれない。あなたにとっても重要かもしれない。だが、私にとっては重要だったためしがない。今もそうだ」

「だったら何が重要なのですか？」とロブが訊く。

「私は彼女を裏切った《フェイルド》」

「どういうふうに？　できなかったということですか？」――男の冷笑――「つまり、寝室で役に立たなかった《フェイルド》？」

　ジャスティンは首を振っている。「彼女から距離を置いた」声がつぶやきほどに低くなる。「彼女に好きにやらせた。心の中で彼女とは別の場所に移り住んでいた。人の道にはずれた契約を彼女と結んでいた。私はそれを断じて許すべきじゃなかったんだ。彼女のほうもだ」

「どういうことですか？」とレズリーが、ロブの意図的な荒々しさのあとで、ミルクのように甘く訊く。

「彼女はみずからの良心に従った。私は自分の仕事を続けた。それは人の道にはずれた離別だ。そんなことをしてはならなかった。まるで彼女を教会に送り込んで、ふたりのために祈ってくれと言うようなものだ。家の真ん中にチョークで線を引いて、じゃあまたベッドでと言うようなものだった」

　そんなジャスティンの告白と、その裏にある連日連夜の自己批判をものともせず、ロブは彼に挑もうとする。大げさなほど悲しげな顔に同じ冷笑を浮かべ、口を特大口径の銃口のように丸く開く。が、この日はレズリーがロブの先手を取る。彼女の中の女性がはっきり眼覚めていて、ロブの攻撃的な男の耳が聞き取れない音を聞いている。ロブは何かの許可を求めるように彼女のほうを見る――もう一度アーノルド・ブルームをぶつけるか、また告白を促すような質問をして彼を殺人に近づけるか。しかし、レズリーは首を振り、カバンの中から手を上げて、こっそりと空気を叩くような動作をする。〝ゆっくり、ゆっくり〟という意味だ。

「そもそもおふたりはどうやって知り合ったのですか？」と彼女はジャスティンに訊く。偶然、長旅をともにすることになった相手に訊くように。そしてこれがレズリーの天才だ——ジャスティンに女性の耳を預け、見知らぬ他人の考え方を示す。こうやって話の流れを止め、彼を現在の戦場から、平和な過去の牧草地へと誘《いざな》う。そしてジャスティンは彼女の求めに応じる。両肩の力を抜き、半分眼を閉じて、胸の奥に秘めた遠い回想に浸りながらそのときのことを話す——苦悩に満ちた長い時間、百回は自分にそうしてきたように。

＊

「では、国家が国家でなくなるのはどういうときか、あなたのご意見をうかがえませんか、ミスター・クエイル」四年前のあるのんびりした昼中、ケンブリッジで、テッサが甘い声で質問した。屋根裏の古びた講義室。天窓から、埃の舞う陽の光が斜めに射し込んでいる。彼女が初めて彼に話しかけたことばはそれだった。活気のなかった聴衆が、それでどっと沸いた。彼らはテッサと同じく、『法と管理社会』と題された二週間の夏期講習に参加を申し込んだ五十人の弁護士たちだった。ジャスティンはそのときの話を繰り返す。どうやってヘイワードのフランネルのスーツを着て、ひとり演壇に立ち、両手で講演台の端をつかむことになったのかという話は、これまでの人生で最高のエピソードだ、と彼は、ふたりの警官がいないかのように、チューダー様式を模したウッドロウ家のダイニングルームの奥に語りかける。「クエイルがやるよ！」と事務次官の専用オフィスにいた侍者が、前夜遅くに叫んだのだ。講義が始まるまでに十一時間もなかった。「クエイルを捕まえてくれ!」――プロの独身者クエイル、という意味だ。どこにでも派遣できるクエイル、年配女性の悦び、絶滅危惧種の最後の生き残り、ありがたいことに、腐ったボスニアから帰ってきたばかりで、アフリカ専従になりそうでまだなっていない男。予備軍クエイル。ディナーパーティを開いて、困ったときには知っておいたほうがいい男。マナーは完璧で、おそらくゲイ――ただ実際はちがう。美人の奥様連中の数名は、口に出さないまでもその理由を知っている。

「ジャスティンか?」――とハガーティ。「きみは私より何年もさきに大学を出てるだろう。聞いてくれ。事務次官《PUS》が明日ケンブリッジで、野心に燃える弁護士相手に講演するんだが、本人は出られない。あと一時間でワシントンに発たなきゃならなくてな」

そしていつも気のいいジャスティンは、すでに自分に言い聞かせている――原稿があるなら――もしそれを読むだけでいいのなら。

そこへハガーティが割り込む。「一分たがわず、九時きっかりに、運転手つきの彼の車をきみの家のまえに停めさせる。講演はゴミだ。原稿は彼自身が書いた。行く途中で全部憶えられるよ。ジャスティン、きみは本当に頼りになる」

そうして彼は演壇に立っていた。イートン校出身の頼りになる男は、生涯聞いた中でいちばんつまらない講演をみずから終えたところだった。起草者と同じように指導者ぶって、思い上がっていて、冗長だ。ご本人は今頃ワシントンで、事務次官的な贅沢に浸りきっていることだろう。ジャスティンはこのときまで、自分が聴衆から質問されるとは思ってもみなかった。しかしテッサに質問されて、それを拒む気にはなれなかった。彼女は測ったように講義室の中央に陣取り、そこになじんでいた。その姿を見てジャスティンは、同僚が彼女の美貌に敬意を払ってまわりを空けているという馬鹿げた印象を抱いた。弁護士の白いブラウスのハイネックが、非の打ちどころのない少女聖歌隊員のように、顎まで届いている。抜けるように白い肌と幽霊のようにほっそりした体は、家出娘を思わせなくもない。毛布で包んで守ってやりたくなる。天窓から射す光が黒髪をあまりにまばゆく照らすので、最初はその中の顔がよく見えなかった。それでも眼についたのは、広く蒼白い額と、真剣そのものの大きな眼と、戦士のなめらかな顎だった。しかし顎にはあとで気がつく。とりあえず今の彼女は天使だった。このとき気がつかず、あとで発見したのは、彼女が棍棒を持つ天使だということだった。

「うむ、その答は、おそらく……」とジャスティンは話し始めた。「もしちがった考えをお持ちなら、ぜひ訂正していただきたいのですが……」歳の差と性差を意識して、全体に平等主義者のような雰囲気を漂わせる。「国家は、本質的な責任を果たせなくなったときに国家でなくなると思います。基本的にあなたの考えと一致しますか？」

「本質的な責任とはなんですか？」と天使の家出娘はすかさず言い返した。

「うむ……」とジャスティンはまた言った。さきの話がどこへ向かうのかわからなかったので、よそよそしい態度を取ることにした。それで無条件の免責特権とはいかないまでも、ある程度自分を守れるのではないかと思った。「ふむ……」困ったような手のそぶり——イートン校出身者の人差し指で白髪混じりのもみあげを叩き、手を下ろした。「こう言いましょうか。今日、大まかに言って、文明国の条件とは、選挙権、それから……生命と財産の保護……うむ、司法、保健、なにより教育制度、少なくとも一定レヴェルの……それから健全な行政基盤の維持……道路、運輸、上下水道など……ほかには……ほかには何がある？……ああ、そうだ、公平な租税徴収。少なくとも国家がこれらの半分以上を満たすことができなければ……国家と国民のあいだの契約はかなり危ういと言わなければならないでしょう……もしすべてを満たさなければ、今日の基準からすると、国家としては失格《フェイルド・ステイト》（〝機能不全〟の意もある）ですね。〝非〟国家というか」ジョーク。「〝元〟国家です」またジョーク。しかし誰も笑わない。「これで答になりますか？」

　天使がこの深遠な回答を咀嚼《そしゃく》するのにいくらか時間がかかるだろうと思った。だから、言ったことの意味を彼自身がまだよく考えないうちに、また攻撃されて、慌てた。

「では、あなた個人として、国家を倒さなければならないと感じる状況はありませんか？」

「私個人として？　この国で？　それはありえない。絶対にありませんね」とジャスティンは適度にショックを受けて言った。「とりわけ帰国したばかりのときには」聴衆から蔑むような笑いが起こった。明らかにテッサの側に立っている。

「どんな場合にも？」

「想像のおよぶかぎり、ありません」

「ほかの国はどうでしょう」

「ほかの国の人間ではありませんからね」――笑いが彼の側に付きつつある――「信じてください。ひとつの国について語ろうとするだけで、それはもう充分重労働なんです」さらに多くの笑いを招き、彼はさらに励まされる。「ふたつ以上の国を扱うのはとても――」

そのあとの形容詞が必要だったが、彼が見つけ出すまえに、彼女は次のパンチを繰り出した。顔に、体に、矢継ぎ早に浴びせられる連続パンチだった。

「どうしてある国について判断するのに、そこの国民になる必要があるんですか？　あなたがたはほかの国と交渉されるんでしょう？　彼らと取り決めを結ぶんですよね。そして協力関係を作ることでそれを正当化する。あなたは、自分の国とほかの国で別の倫理基準があるとおっしゃるんですか？　実際何がおっしゃりたいのですか？」

ジャスティンは最初困惑した。やがて腹が立ってきた。そのすぐあとで、自分がいまわしいボスニア勤務のあとでひどく疲れていて、理屈の上では回復期にあることを思い出した。アフリカ勤務に向けていろいろ勉強しているところだった。それもいつものようにつらい仕事になるはずだ。母なるイギリスに戻ってきたのは、不在の事務次官の身代わりになって鞭打たれるためではない。彼のくだらないスピーチを読むことは言うに及ばず。〝永遠の適任者〟ジャスティンが、美貌の意地悪女に典型的な愚か者の役を振られて、このままさらし者になっているのはあまりにいまいましい。場内にはさらに笑いが巻き起こっていたが、これもナイフの刃の上にあるようなもので、ふたりのどちら側にも転ぶ。いいだろう。彼女が観客の受けを狙うなら、こちらもそうするまでだ。精いっぱいの演技力で、彼は彫刻のような眉を上げ、そのままの位置を保った。一歩まえに踏み出し、両手をさっと上げて、身を守るように外に向けた。

「マダム」と彼は口を開いた。笑いは彼のほうに振れた。「思うに、マダム……ひょっとすると……あなたは、私の倫理観を問題にする議論を始めようとしていますか?」

そこですべての聴衆は正真正銘の大喝采を送った——ただひとり、テッサを除いて。照りつけていた太陽が去ったので、彼女の美しい顔が見えた。その顔は傷つき、逃げ場を求めていた。突如としてジャスティンは彼女をはっきりと理解した——その瞬間には自分自身より理解したと思うほど。美人であることの重荷と、常に注目を浴び続けることの不運に思いおよび、望まなかった勝利を収めてしまったことを悟った。我が身の危うさには気づいているが、彼女にもそれがあることを知った。彼女は美しいがゆえに、人々に耳を傾けさせなければならないと感じている。大胆な行動に出て、それがうまくいかず、どうやって本拠地に——それがどこであれ——戻ればいいのかわからなくなっていた。彼は自分が読み上げたひどいたわごとと、彼女に返したもっともらしい答を振り返って思った——彼女はまったく正しい。私は豚だ。いや、それ以下だ。若く美しい女性が彼女にとって自然なことをしているだけなのに、口先のうまさで部屋じゅうの人間を彼女の敵にまわしてしまった外務省のロートルだ。そこで、打ち倒した相手を立ち上がらせるために慌てて駆け寄った。

「しかし、もしここで真剣に考えればです」と打って変わって堅苦しい口調で、講義室の中央の彼女に向かって言った。笑いは静まり、消えた。「あなたは、国際社会の中にいるわれわれが誰ひとりとして答えられない問題を見事に指摘したのです。正義の味方は誰か。倫理的な外交政策とは何か。確かに今日、よりよい国家には人道主義的な自由主義の概念が行き渡っています。そこまではよしとしましょう。しかし、われわれをふた手に分けるのは、まさにあなたの発した質問なのです。人道主義的とされる国家が、とても受け容れられないほどの弾圧国家に変わるのはいったいいつか。人道主義的な政策が国の利益を脅かす場合にはどうなるか。そうなると人道主義者とはいったい何者か。言い換えれば、いつわれわれは国連を呼ぶ非常ボタンを押すのか――呼んで現れるかどうかはまったく別問題として。チェチェンや、ミャンマーや、インドネシアをご覧なさい。発展途上国と呼ばれる国々の四分の三を見てみなさい――」

云々。最悪の部類に属する形而上的な無駄言。誰よりも、言った本人が最初にそう認めたが、とにかく彼女は解放された。ちょっとした議論が生じて、賛成派、反対派ができ、当たり障りのない事項が詳細に検討された。講演は予定時間を超過し、よって大成功と見なされた。

「散歩に誘ってくださらない？」講演が終わったあとで、テッサが彼に言った。「ボスニアの話を聞かせてほしいの」と彼女は言い訳のために付け加えた。

ふたりはクレア・コレッジの庭園の中を歩いた。ジャスティンは、彼女にくだらないボスニアの話を聞かせる代わりに、すべての植物の名前を――通称と科の名前を――教え、それがどうやって生育するかを説明した。彼女は彼の腕にすがって静かに聞いていたが、ときおり「どうしてそんなことをするの？」「なぜそうなるの？」と訊いた。そのため彼は話し続け、最初はそれをありがたく思った。彼にとって、話すことは人々のまえに幕を下ろすことだったからだ。ただ、テッサに腕を取られていると、幕のことではなく、ふたりで歩く小径に踏み出す流行りの重いブーツの中の彼女の足首は、どれほど華奢なのだろうと考えた。靴の中でまえにつんのめるだけで、きっと脛骨が折れてしまう。それにしても彼の体に当たってくる彼女はなんと軽やかなのか。歩いているというより、水の上をすべっているようだ。散歩のあと、ふたりはイタリアン・レストランで遅い昼食をとった。給仕が彼女とふざけ合ったので嫌な気分になったが、そのせいでテッサに半分イタリア人の血が流れていることがわかり、気持ちが晴れた。それにかこつけて、ジャスティンは自慢のイタリア語を披露することもできた。しかし気がつくと、彼女はひどく深刻で沈痛な表情を浮かべていた。その手は、ナイフとフォークが重すぎるというようにふらついた。ちょうど庭でブーツが重そうだったように。

「あなたはわたしを守ってくれた」と彼女はまだイタリア語で言った。下を向き、髪の毛が垂れかかった。「これからもずっと守ってくれる？」

過ちに対して常に礼儀正しいジャスティンは、そう、必要とあらばもちろんそうすると答えた。いや、こう言おう、きっと最善を尽くすよ。彼が憶えているかぎり、昼食時に交わした会話はこれだけだった。ただ驚いたことに、あとで彼女が言うには、彼は将来レバノンで起こる紛争の脅威について、イスラムを悪魔化する西欧のメディアと、自分の無知を棚に上げて狭量になる西欧の自由主義者の馬鹿げた態度について、見事に語ったということだった。そしてこの重要なテーマに彼が抱く感情の深さにいたく感銘を受けたと言った。それはさらにジャスティンを戸惑わせた。自分で知るかぎり、この問題にまったく分裂した考えを持っていたからだ。

しかし何かがジャスティンに起こりつつあった。それを自分でどうすることもできず、興奮し、警戒もした。まったくの偶然によって、美しい演劇に引きずり込まれ、魅了された。いつもと異なる舞台で役を演じていた。そしてその役は、人生で演じてみたいとしばしば思いながら、このときまで叶わなかったものだった。確かにこれまで似たような感覚の兆しを覚えたことも一度や二度はある。しかしこれほど性急な確信と自棄の念を伴ったことはなかった。一方で、彼の中の熟練の女たらしが、これ以上大きくならないほどの緊急警戒信号を発していた――中止せよ、こいつは厄介のもとだ、彼女はおまえにとって若すぎ、生々しすぎ、真剣すぎる、彼女はゲームの規則も知らない。

それは障害にはならなかった。昼食後、陽がまだ降り注ぐうちに、ふたりは川まで歩いていった。ジャスティンは、ケンブリッジで恋愛の達人がすべからく相手の女性に示すべきことを、彼女にして見せた――チョッキ姿でボートに乗り込み、不安定な船尾でいかに手際よく、上品に、易々とバランスを取れるかを立派に示したのだ。巧みに棹を操り、機知に富んだバイリンガルの会話を交わしながら。これもまた、彼がしたと彼女が主張したことだった。

しかし彼があとで思い出したのは、彼女のすらりとした家出娘の体、白いブラウス、斜めの線の入った女性騎手の黒いスカート、何かを認めて彼を真剣に見つめる眼差しだけだった。その眼差しに報いることはできなかった。これほど強い魅力に心をわしづかみにされ、魔法にかかったように身動きがとれなくなったことは、そのときまでなかったからだ。テッサは園芸をどこで習ったのかと訊いた。彼は「庭師からだ」と答えた。どんなご両親なの？　彼は認めざるをえなかった――彼女の平等主義的な原則と相容れないのはわかっていたので、言いたくなかったが――自分は裕福な良家に生まれ育ったのだと。父親は庭師を雇い、乳母、全寮制の学校、大学、外国での休暇、その他ジャスティンが〝同族会社〟――父親は外務省をそう呼んだ――にたどり着くまでの行程を楽にするあらゆるものに、延々と金を払い続けたと。

しかし安心したことに、テッサはそれを完全に納得のいく素性と考えたようで、みずからもいくつか秘密を明かしたのだった。わたしも特権階級の生まれだと彼女は告白した。が、両親がこの九カ月のうちにどちらも癌で亡くなった。「だから天涯孤独なの」と偽りの陽気さをまとって言った。「〝お宅で可愛がっていただけるなら、無料で差し上げます〟よ」そのあとふたりはしばらく離れて坐っていた。が、親密な雰囲気はそのままだった。

「車を忘れてしまったよ」と彼はある時点で言った。そのせいでほかのことが何もできなくなってしまうかのように。

「どこに停めたの？」

「私が停めたんじゃないんだ。運転手がついてる。政府の車なんだ」

「電話すれば？」

なんと彼女はハンドバッグに電話を持っていて、彼はポケットに運転手の携帯電話の番号を持っていた。そこで彼はボートを舫《もや》い、彼女の横に坐って、運転手にひとりでロンドンに帰ってくれと言った。それはあたかも方位磁石を捨てるようなもので、そろって島流しにあうような行為だったが、ふたりにとって無駄にはならなかった。川を去ったあと、テッサは彼を部屋に呼び、そこで愛し合った。なぜそうしたのか、そのとき彼をいったい誰だと思っていたのか、また彼のほうは彼女を誰だと思っていたのか、その週末までにふたりは誰になっていたのか――そういった謎は、時間をかけてつき合ううちにわかるわ、と彼女は駅で彼にキスを浴びせながら言った。事実、わたしはあなたを愛してる、ほかのことはすべて、結婚すれば収まるべきところへ収まるわ。そしてジャスティンは、もの狂おしい思いに捕らわれたまま、うかうかと同じことを告白し、それを何度も繰り返し、つぶさに語った――彼をここまで運んできた愚行の波に乗って。ジャスティンはそれを喜んで受け容れた。意識の奥底で、誇大広告を打つたびに、いつか犠牲を払わなければならないとわかっていたとしても。

　テッサは歳の離れた恋人がいることを隠し立てしなかった。彼の知る多くの美女と同じように、彼女も同年代の男は見るのも嫌になっていた。ジャスティンが密かに不快を覚えたことばで、彼女は自分を身持ちの悪い女、愛情と小さな悪魔を胸に抱いた娼婦だと言った。が、彼は彼女にあまりに夢中になっていたので、正す気にならなかった。のちにその表現は父親から出たものということがわかり、そのせいで彼女の父親が大嫌いになった。が、彼女が父親を聖人だと言うので、本心は隠していた。テッサは、自分がジャスティンの愛を求める気持ちは、体の中の癒されることのない渇きのようなものだと説明した。ジャスティンは、彼にとっても同じで、疑問の余地はないと断言するほかなかった。そして、そのときにはそれを信じた。

ロンドンに帰って四十八時間経ったあとのジャスティンの最初の直感は、逃げ出せ、だった。竜巻に呑み込まれたのだ。彼の経験からすると、竜巻は巻き添えも含めて多くの損害を与え、去っていく。まだ決まっていないアフリカの地獄への赴任が急に魅力的に思えてきた。今の気持ちを愛と断言することは、考えれば考えるほど危険に思われた――これは本物じゃない、自分はまちがった劇に放り込まれたのだ。これまでにも続けて情事を愉しんだことはあり、今後も何度かそういうことがあればと願っていたが、自分と同じように情熱に対する常識をわきまえた女性と、控えめで周到な関係を持ちたいと思っているだけだった。もっと酷なことを言えば、彼は彼女の信頼を怖れていた。筋金入りの悲観主義者として、自分は何も信頼していないことを知っていたからだ。人も、神も、未来も、まして普遍的な愛の力などまるで信じていない。人は堕落していて、永遠に向上しない。世界にはごくわずかの理性的な人間がいて、ジャスティンはたまたまそのひとりだ。彼の単純な見解では、そういう人間の仕事は、人類が過激な行動に走るのを防ぐことだった。ただし、対立するふたつの派閥が相手を粉々に吹き飛ばそうと断固決意しているときには、理性的な人間ができることはほとんどない――無慈悲なおこないを止めるために、いかにみずから無慈悲になろうとも。つまるところ、崇高なニヒリズムの習得者である彼は、近年、すべての文明人はカヌート王（一〇一六—三五年の英国王。北欧のヴァイキング出身で、自分の偉大さを豪語したと言われる）であり、その風潮はますます強まりつつあると自分に言い聞かせていた。だから、どんな理想主義にもきわめて深い懐疑の眼を向けるジャスティンにとって、多くの面で喜ばしいまでに奔放だが、まず倫理を問わずには道も渡れないような女性と関わり合いになったことは、二重の不運だった。逃げることが唯一理に適った解決法だった。

しかし、数週間が過ぎ、関係解消の繊細なプロセスに入ったつもりになった頃、偶然の出会いの不思議が彼の中で地歩を固めていた。悲しい別れの場面を意図したささやかな晩餐は、魔法のように豪華な食事となり、さらに陶然たる性の悦びへと繋がった。彼は胸に秘めた背信を恥ずかしく思い始めた。テッサの奇矯な理想主義に辟易せず、むしろ愉しみを味わい、心地よい刺激を受けていた。こういうことを感じたら、口にしなければならない。これまで彼は、強固な信念を外交官の天敵と見なしていた。無視し、笑い飛ばし、危険なエネルギーのように、害のない経路へ流してやるべきものと考えていた。ところが驚いたことに、今彼はそれを勇気の紋章と見なし、テッサをその旗手と考えていた。

そしてその発見とともに、ジャスティンは自分自身を新たに認識するようになった。もはや年配女性の悦びではなく、結婚の鎖を永遠に逃れ続ける器用な独身者でもない。彼は道化だった。若く美しい娘に入れあげる、父親代わりだった。巷《ちまた》で言われるように、おもちゃはなんでも買い与え、彼女がしたいことをやらせる。しかし、彼は保護者でもあった。彼女の堅固な支え、頼りになる手、麦わら帽子をかぶった、彼女の敬愛する園芸家だった。逃げ出すという計画を放棄し、ジャスティンは彼女に向かってしっかりと進路を定めた。そして、そうしたことを、このときばかりは――と警官たちには信じてもらいたかった――後悔もしなかったし、振り返りもしなかった。

*

「彼女があなたにとって厄介な妻になってからもですか」レズリーは、彼の率直さにロブともども内心驚き、礼儀正しく沈黙をかみしめたあとで訊く。

「言ったでしょう、私たちには互いに干渉しなかった点があると。私は待っていた――彼女が控えめな態度を取るようになるか、外務省がわれわれに差し障りのない役割を与えてくれるのを。外交官の妻の状況は常に変わり続けている。彼女たちは任地で報酬を受け取ってはならない。夫が転勤したらついて行かなければならない。ある瞬間には、すべての自由を与えられているかと思えば、次の瞬間には、外交を司る芸者のように振る舞うよう期待される」

「それはテッサのことばですか、それともあなたの？」とレズリーが微笑みながら訊く。

「テッサは自由が与えられるのを待ったことなどなかったよ。彼女は自由をみずから手に入れた」

「ブルームはあなたにとって厄介者ではなかったのですか」とロブが乱暴に訊く。

「直接関係のない話だが、アーノルド・ブルームは彼女の愛人ではなかった。彼らはまったく別のことで結びついていたんだ。テッサの最大の秘密は、その美徳だった。彼女は人を驚かすのが大好きだった」

ロブは腹に据えかねた。「四晩続けてですよ、ジャスティン」と彼は反論する。「トゥルカナのコテージで一緒に。テッサみたいな女性が。彼らが何もしなかったとわれわれに真面目に信じろと言うんですか、え？」

「好きなように信じればいい」と、冷静沈着の使徒であるジャスティンは答える。「私はなんの疑問も抱いていない」

「なぜです？」

「彼女がそう言ったから」

これには警官たちもことばを失った。しかし、ジャスティンにはほかにも言うべきことがあり、レズリーの助けを借りてぽつりぽつりと語った。

「彼女は古いしきたりと結婚したんだ」と彼はぎこちなく話し始めた。「私のことだ。どこかの高潔な慈善家じゃない。この私だ。彼女をそう風変わりな人間と思わないでくれ。私も、彼女も、ここへ着いたときには、彼女は本人の嘲笑う外交芸者の一員にほかならないと思ってたんだ。もちろん彼女らしく振る舞ってはいたが、しきたりには従っていた」彼は、警官たちの信じられないというような視線を意識して、考え込んだ。「両親が亡くなってから、彼女は自分自身を怖れていた。彼女を支える私という人間を得て、多すぎる自由から身を引こうとしていた。それが天涯孤独でなくなることの代償と考えて、心の準備をしていた」

「どうしてそれが変わったのです？」とレズリーが訊いた。

「われわれが変えたんだ」とジャスティンは熱くなって言い返した。別のわれわれを意味していた。彼女から生き残ったわれわれ。罪深いわれわれを。「無頓着によって」と彼は声を下げて言った。「これによって」ダイニングルームや、炉棚に沿ってピンで留められたグロリアの悪趣味な水彩画だけでなく、彼らのまわりの家全体、その住人、ひいては通りに並んだほかの家々をも身振りで示して言った。「何が起こっているのかを見るために給料を支払われているのに、見ようとしないわれわれ。眼を落としたまま人生のまえを行き過ぎるわれわれが、変えてしまったんだ」

「彼女がそう言ったのですか？」

「私だ。それが彼女のわれわれに対する見方になった。彼女は裕福な家庭に生まれたが、それに心を奪われることはなかった。金には興味がなかった。野心を抱く階級よりはるかに少ない金があれば事足りた。しかし見たり、聞いたりすることに無関心でいるわけにはいかないことを知っていた。負い目を感じてたんだ」

そこでレズリーは、今日はここまでにして、明日同じ時間に来ると言った。もしあなたがよければですが、ジャスティン。彼はそれでよかった。

そして英国航空も同じ結論に達したようだった。ファーストクラスの照明を落とし、この夜最後の注文を取りにまわり始めたからだ。

第八章

　ロブは部屋の中を歩きまわり、レズリーはおもちゃを広げる。色とりどりのノート、鉛筆、前日は取り出さなかった小さなテープレコーダー、消しゴム。ジャスティンの顔は囚人のように蒼白く、眼のまわりにはクモの巣がかかったように細い皺ができている。このところ、朝はそんな顔つきになる。医者なら新鮮な空気を吸いなさいと言うだろう。

「ジャスティン、あなたは、わたしたちが言う意味では、奥さんの殺害にいっさい関わっていないと言いました」とレズリーが思い出させる。「ほかにどんな意味があるのですか。もしうかがってよければ」返事を聞くために、机に身を乗り出さなければならない。

「私は彼女と一緒に行くべきだった」

「ロキチョギオに？」

　彼は首を振る。

「トゥルカナ湖に？」

「どこへ行くにしても」

「彼女がそう言ったのですか？」

「いや。彼女は決して私を批判しなかった。互いに相手のやるべきことを指示したりはしなかったんだ。一度だけ言い争ったことがあるが、それはやり方に関わることで、本質的な内容に関わることじゃなかった。アーノルドが争いのもとになったことはない」

「どんな言い争いだったのですか、具体的に」とロブが事実に忠実な態度を崩さずに訊く。

「子供を失ったあと、私はテッサをイギリスかイタリアに連れていこうとした。そうさせてくれと頼んだ。どこへでも好きなところへ連れていくと。だが、彼女は考えようともしなかった。使命を自覚していて——ありがたいことに、それが生き続ける理由になったわけだが——それはここナイロビにあった。彼女は大きな社会的不正に出くわしていた。大きな犯罪だとも言っていた。彼女が私に教えてくれたのはそこまでだ。私の職業では、熟慮したうえでの無知はお手のものだから」彼は窓のほうを向き、何も見ていない眼を凝らす。「ここのスラム街で人々がどんな生活をしているか、見たことあるかい？」

レズリーは首を振る。

「一度、彼女が連れていってくれた。気弱になったときに私に自分の職場を見せたくなったんだそうだ。あとでそう言ってたよ。ギタ・ピアスンが一緒に来た。ギタとテッサは自然に親しい関係だった。類似点は大したことじゃないが。ふたりとも母親が医者で、父親が法律家、カトリックの家庭に育った。われわれは医療センターに行った。コンクリートの壁四枚にトタン屋根、ドアのまえに千人の患者が待っている場所だ」一瞬、彼は自分のいる場所を忘れる。「あの規模の貧困は、それひとつで学問の一分野となる。午後一度行っただけで学ぶことは不可能だ。それでも、そのとき以来、スタンリー通りを歩くと必ず――」またことばが途切れる。「ほかのイメージが心に浮かぶ」ウッドロウの巧みな言い逃れのあとで、ジャスティンのことばは本物の福音のように響く。「大きな不正――大きな犯罪――が彼女を生き長らえさせたんだ。子供が亡くなって五週間後、テッサは家にひとり残されて、虚ろな眼で壁を見ていた。ムスタファが事務所にいる私に電話をかけてきて言ったものだ。〝帰ってきてください、旦那様《ムゼー》。奥様は病気です。病気になっておられます〟とね。だが、彼女を生き返らせたのは私ではなかった。アーノルドだった。アーノルドは理解した。彼女と秘密を分かち合った。彼の車が車寄せに入って来る音を聞いただけで、彼女は別の女性になった。〝どうしたの？　何を持ってきたの？〟彼女はニュースを求めた。情報を。進展を。そして彼が行ってしまうと、小さな仕事場に引きこもって夜遅くまで働いていた」

「コンピューターのまえで？」

一瞬、ジャスティンに警戒心が生じる。彼はそれを乗り越える。「書類もあったし、コンピューターもあった。電話も、慎重に慎重を期して使っていた。そしてアーノルドも、仕事を離れられるときにはそばにいた」

「それであなたは気にならなかったのですか」とロブが無分別にも、また居丈高な調子で冷笑する。「奥さんがはしたなくも〝ドクター・ワンダフル〟の訪問を待ちわびているのに」

「テッサの心は荒れ果てていた。もしブルームが百人必要なら、彼女の望むとおりのかたちで与えていたよ」

「で、あなたは大きな犯罪については何も知らなかったのですね」とレズリーが、まだ納得できないというふうに話を戻した。「何ひとつ。何に関するものかも、誰が犠牲者で、誰が首謀者なのかも。ブルームとテッサのふたりは、すべてをあなたから隠していた。そしてあなたは寒風の中に取り残された」

「わたしのほうが彼らから距離を保ったのだ」とジャスティンは頑固に言い張った。

「どうしてあなたがたがそうやって生きてこられたのかがわからないのです」レズリーはノートを下に置き、両手を広げて主張する。「あなたのことばを借りれば、距離を保ち、でも一緒にいた。それじゃまるで、話をする程度の仲か、それ以下に聞こえます」

「生きられなかったよ」とひとこと言って、ジャスティンは彼女に思い出させる。「テッサは死んでしまったんだから」

＊

ここで親しげな打ち明け話は終わり、ジャスティンはおどおどし始めるか、困惑して、ひょっとすると前言を撤回する――警官たちはそう思ったかもしれない。しかしジャスティンはまだ話し始めたばかりだった。ゲームで賭け金を上げる男のように、すっと背筋を伸ばす。両手は腿に置かれ、別に指示されるまでそこにとどまっている。声にまた張りが出る。体の奥底にある力が表面に浮き出てきて、まだ昨晩のグレイヴィーの臭いが残るウッドロウ家のダイニングのよどんだ空気の中に発散される。

「彼女は本当に血気盛んだったよ」と彼は誇らしげに言う。立て続けに何時間も胸で繰り返していた台詞からまた引用して。「私は最初から彼女のそんなところが好きだった。彼女はとにかくすぐに子供を欲しがった。両親の死をできるだけ早く埋め合わせなければならなかったんだ。〝なぜ結婚するまで待つ必要があるの？〟私は彼女を押しとどめた。そうすべきではなかったのに。慣習に従おうと言ったのだ。なぜだかはわからない。〝いいわ〟と彼女は言った。〝子供を作るのに結婚しなきゃならないなら、今すぐ結婚しましょう〟だから私たちはイタリアへ行って、すぐに結婚した。同僚はそれを大いに愉しんだよ」彼自身も愉しんでいる。「〝クエイルは気がふれたぞ！　老ジャスティンは娘みたいな女と結婚した！　テッサはAレヴェル（教育修了一般試験で、通例十七歳、十八歳で受験する）を受けてるのか？〟ってね。三年かかってやっと妊娠すると、彼女は泣いた。私も泣いたよ」

彼はそこでことばを切るが、誰も流れを止めようとはしない。

「妊娠して彼女は変わった。いいほうに変わったんだ。テッサは母親らしくなった。外見上は陽気なままだったが、内面では重い責任感が生まれつつあった。援助活動は新しい意味を持った。よくあることらしい。これまでただ重要だったものが天職となり、事実上、受け容れるべき運命となった。七カ月の身重で、病んで死にゆく人たちの世話をまだ続け、街に戻ってきては外交官の愚かなディナーパーティに出席していた。出産が近づくにつれ、赤ん坊のために世界をよりよいものにしようとますます決意を固めた。われわれの子供だけでなく、すべての子供たちのために。その頃までに、彼女はアフリカの病院で産もうと心を決めていた。私が無理やり個人経営の病院に行かせようとすれば、従っただろうが、それでは彼女を裏切ることになった」

「どんなふうに？」とレズリーがつぶやく。

「テッサは観察する苦痛と、分かち合う苦痛を厳密に区別していた。観察する苦痛は、新聞や雑誌の中の苦痛だ。外交的な苦痛。テレビの苦痛だ、野蛮な装置のスウィッチを切れば終わってしまうような。彼女の考えでは、苦痛を眼にしながら何もしない人間は、苦痛を与える人間とさして変わりない。彼らは悪しきサマリア人だ」

「でも彼女は立派なことをしてたんでしょう？」とレズリーが反論する。

「だからアフリカの病院だったんだ。極度に思いつめていたときには、キベラのスラム街で産むとさえ言ってたくらいだ。ありがたいことに、アーノルドとギタがふたりで彼女のバランス感覚をなんとか取り戻してくれた。アーノルドは苦痛の権威だ。アルジェリアで拷問された犠牲者を診たことがあるだけでなく、みずからも拷問された。地上の悲惨さに対する許可証を持っていた。だが私は持っていなかった」

ロブはこれに飛びつく。すでに十数回はこの点を追及したことを忘れたかのように。「だとすると、あなたの入り込む余地がどこにあるのかよくわかりませんね。スペアタイヤみたいな感じがして。外交的な苦痛と、高邁な委員会とともに雲の上に坐っていたわけですか？」

しかしジャスティンの自制には限界がない。ときに育ちがよすぎて何事にも異議が唱えられないことがある。「彼女は、本人の弁によれば、私を現実の仕事から免除したということだった」と彼は恥ずかしそうに声を落として同意する。「私の気持ちを楽にするために、もっともらしい理屈を作り出していた。世界にはわれわれふたりが必要だとね。制度の中にいる私が押して、外の現場にいる彼女が引くんだと。〝わたしは良心的な国家というものを信じてるの〟と彼女は言った。〝あなたたちが仕事をしなかったら、残りのわたしたちはどんな希望を抱けばいいの？〟と。それが詭弁であることは、ふたりともわかっていた。制度は私の仕事を必要としていないし、それは私自身も同じだった。だいたいどんな意味がある？誰も読まない報告書を書いて、誰も採用しない対策を立ててたんだから。テッサは欺瞞とは無縁の人間だった。でも私については別だった。私のために、彼女は自分を完全に欺いていた」

「彼女は怖れたことがないのですか？」とレズリーは、告白の雰囲気を損なわないように穏やかに訊く。

ジャスティンは考え、思い出して微かに笑みをこぼす。「一度、アメリカ大使夫人に、怖れ《fear》は意味のわからない四文字ことばだと言い放ったことがあるよ。大使夫人には受けなかったが」

レズリーも笑みを浮かべるが、それはすぐに消える。「子供をアフリカの病院で産もうと決意したということですが――」彼女はノートに眼を落としたまま訊く。「それはいつ、どうやって起こりましたか」

「テッサが定期的に訪れていた、北部の貧しい村から出てきた女性がいたんだ。ワンザという女性だ。何か謎の病気に罹っていた。特別な治療のためにひとり運ばれてきたということだった。たまたまふたりはウフル病院で同じ病室になって、テッサは彼女と仲良くなった」


って、姓のほうはわからない。ワンザは何か謎の病気に罹っていた。特別な治療のためにひ

慎重な口調になったのが警官たちにわかっただろうか。ジャスティン本人にはわかった。

「どんな病気だったかご存じですか」

「大まかに知っているだけだ。彼女は病気で、非常に危険な状態になるかもしれないということだった」

「エイズですか？」

「エイズがらみの病気だったかどうかはわからない。私の印象では、別の心配をしていたように思う」

「かなり異例じゃないですか？　貧しい村の女性が病院で出産するというのは」

「彼女は病状を観察されていた」

「誰にです？」

ジャスティンが自分に歯止めをかけたのは二度目だった。彼にとって欺瞞は容易ではない。

「診療所かどこかでだと思う。彼女の村の。貧民街の。おわかりのように、私はぼんやりしている。どうしてこんなに何もかも知らないでいられるのか、自分でも驚くほどだ」

「ワンザは亡くなったんですよね？」

「テッサが入院していた最後の夜に亡くなった」とジャスティンは答え、遠慮なく話せるのが嬉しそうに、その場面を再現する。「その日は夕方からずっと病室にいたんだが、テッサが、私に数時間家に帰って睡眠をとるべきだと言い張った。アーノルドとギタにも同じことを言っていた。われわれは三人で輪番を組んで、彼女を看病してたんだ。アーノルドがサファリ・ベッドを持ってきていた。朝の四時にテッサが電話してきた。病室には電話がないから、看護婦の電話を借りて。彼女は取り乱していた。ヒステリーと言うほうが正確かもしれない。しかしヒステリーを起こしたテッサは、大声を上げない。ワンザがいなくなったと彼女は言った。赤ん坊も。眼が覚めるとワンザのベッドが空になっていて、赤ん坊の小さなベッドも消えていたと。私はウフル病院に車を走らせた。アーノルドとギタも同時に着いた。テッサはどうにも慰めようがなかった。数日でふたりの子供を亡くしたかのようだった。そろそろ自宅で療養すべきだとみんなで彼女を説得した。ワンザが亡くなり、子供もいなくなったので、病院に残る必要がなくなった」

「テッサは遺体を見なかったのですか？」

「見せてくれと言ったが、それはできないと言われたらしい。ワンザは死亡し、赤ん坊は彼女の弟が母親の村へ連れ帰った。病院にしてみれば、この件はそれで終わりだ。病院は死んだ人間のことをくよくよ考えたがらない」と彼はガースのときの経験を思い出して言い添える。

「アーノルドは遺体を見たのですか」

「遅すぎた。彼が来たときには、すでに遺体は保管所に移され、なくなっていた」

レズリーの眼が真の驚きで見開かれる。ジャスティンの反対側で、ロブがさっと身を乗り出してテープレコーダーをつかみ、小さな窓の中でテープがまわっていることを確認する。

「なくなった？ 遺体がなくなるなんてことはないでしょう！」とロブは大声を出す。

「いいや、逆だよ。ナイロビではむしろ日常茶飯事だ」

「死亡証明はどうなんです？」

「私が話せるのは、アーノルドとテッサから聞いたことだけだ。死亡証明については何も知らない。そんな話は出なかった」

「検死解剖もなしですか」とレズリーがまた口を開く。

「私が知るかぎり、なかった」

「病院にワンザを訪ねてきた人はいましたか」

ジャスティンはこの質問について考えるが、明らかに、答えない理由はないと判断する。

「弟のキオコがいた。姉のハエを追い払っていないときには、ベッドの脇で寝ていた。それからギタ・ピアスンも、テッサを訪ねてきたときに、よくワンザの横に坐っていた」

「ほかには？」

「白人男性の医者がいたと思う。はっきりしないが」

「はっきりしないのは、白人というところ？」

「医者というところだ。白衣を着た白人男性だ。聴診器を持っていた」

「彼はひとりでしたか」

ジャスティンの声に、またよそよそしさが影のように落ちてくる。「学生を何人か連れてきていた。少なくとも私には学生の集団に見えた。若くて、白衣を着ていた」

どの白衣のポケットにも三匹の金色のハチが刺繍されていたと付け加えてもよかったが、言わないことにした。

「どうして学生なのですか？　学生だとテッサが言ったのですか？」

「いや」

「ではアーノルドが？」

「アーノルドは、私に聞こえるところでは彼らについて何も言わなかった。これは私の純粋な推定だ。彼らは若かったから」

「彼らの指導者はどうですか？　医者です、もし推定が正しければ。アーノルドは彼について何か言いましたか」

「私には何も。もし気になることがあったら、直接その男に――聴診器を持った男に――言っていると思う」

「あなたのまえで？」

「私から聞こえないくらい離れて」あるいは、ほとんど聞こえないくらい。

ロブはレズリーと同じように、彼のことばをひと言も聞き漏らすまいと首をまえに伸ばす。

「話してください」

ジャスティンはすでにそうしている。短い休戦のあいだ、彼は警官たちの側に加わる。しかし、声から言い渋るような態度は消えない。疲れた眼のまわりに、警戒、注意と書かれている。「アーノルドはその男の腕をつかんで病室の隅に連れていった。聴診器の男だ。ふたりは医者同士の会話をしているようだった。低い声で、離れて」

「英語で？」

「だと思う。アーノルドがフランス語やスワヒリ語を話すときには、またちがった身振りをするから」そして英語を話すときには少し声が大きくなる傾向がある、と付け加えてもよかった。

「彼について話してください——聴診器を持った男です」とロブが命じる。

「大きな男だった。大柄で、太っていた。髪はぼさぼさだった。確かスウェードの靴を履いていた。医者がスウェードの靴を履いているのは妙だと思った記憶がある。なぜだかはわからない。しかし靴の印象がずっと残っている。白衣は汚れていたが、それとわかるものが付いていたわけじゃない。スウェードの靴、汚れた白衣、赤ら顔。何かの芸人のように見えた。白衣がなければ、興行主のような」そして三匹の金色のハチ。ポケットに刺繡され、色褪せているが、はっきりとわかる。まさに空港のポスターの看護婦のように——と彼は考えていた。「恥じているようだった」と彼は付け加え、自分でも驚いた。

「何をです？」

「その場にいることを。自分のしていることを」

「どうしてわかります？」

「テッサを見ようとしなかったから。われわれのどちらからも眼を背けていた。ほかのあらゆる場所は見るのに、われわれだけは見なかった」

「髪の色は？」

「薄かった。赤みがかったブロンドだ。何か飲んだような顔をしていた。赤みを帯びた髪でそれがいっそう目立った。彼のことを知ってるのかい？　テッサは彼に好奇心をかき立てられていた」

「顎髭や口髭は？」

「きれいに剃っていた。髭はなかった。せいぜい一日分生えていた程度だ。金色が混じってた。彼女は名前を何度も訊いたが、彼は言おうとしなかった」

ロブがまた大声で割り込む。「どんな感じの会話でした？」と彼は言い張る。「口論？　それとも友人同士？　昼食に誘うとか？　何が話されていたんでしょう」

警戒心が戻ってくる。私は何も聞かなかった。見ただけだ。「アーノルドは抗議して――非難しているようだった。医者は否定していた。そういう印象を持った」彼はそこで間を置いて、次のことばを選ぶ時間を稼ぐ。誰も信用しちゃだめよ、とテッサは言った。ギタとアーノルド以外、誰も。約束して。約束するよ。「彼らのあいだで議論が持ち上がったのはそれが初めてじゃないようだった。以前から続いてる言い争いを見たんだと思う。少なくとも、あとでそう思った。敵対する者同士の争いが再開したところを見たんだと」

「つまりあとでいろいろ考えたんですね」

「そうだな。ああ、考えた」とジャスティンは曖昧にうなずく。「医者の母国語は英語でないという印象も受けた」

「あなたはこのことをアーノルドやテッサと話し合わなかったのですか？」

「男が去ると、アーノルドはテッサのベッドの横に戻って、彼女の脈を取り、耳元に話しかけていた」

「それもあなたは聞かなかった？」

「ああ。聞くつもりもなかった」弱すぎる、と彼は思う。もっと堂々と。「それにはもう慣れてたんだ」ふたりの視線を避けながら説明する。「彼らの輪の外にいることに」

「ワンザはどんな薬を与えられてました？」とレズリーが訊く。

「わからない」

わかりすぎるほどわかっている。毒だ。彼はテッサを退院させ、寝室に上がる階段で彼女の二段下に立っていた。片手に小さな旅行カバンを持ち、もう一方の手にガースの産着《うぶぎ》と、寝具と、おむつの入ったカバンを持って。彼は格闘家を見るように彼女を見ていた。テッサはいつもながら自力で動かなければならない。しかし彼女の力が抜け始めると、彼はカバンを落とし、彼女の膝が崩れるまえに体を受け止めた。その恐ろしいほどの軽さ、震えと絶望を感じるうちに、彼女は号泣し始めた。死んだガースのためではなく、死んだワンザのために。あいつらが彼女を殺したのよ！　とテッサは彼の顔にぶつけるように言った。彼女を抱き寄せていたので、顔は間近にあった。あいつらがワンザを殺したのよ、ジャスティン！　あいつらが彼女を毒で殺したの！　誰のことだい、ダーリン？　と彼は、彼女の頰と額から汗に濡れた髪を払ってやりながら訊いた。誰が彼女を殺したんだ。話してごらん。テッサの痩せ衰えた背中に腕をまわし、優しく階段を上らせた。どんなやつらだい、ダーリン？　誰なのか教えてくれ。スリー・ビーズのごろつきどもよ。あの偽医者ども。わたしたちを見なかったやつらよ！　どの医者のことを話してるんだい？　二度と倒れることがないように、彼女の体を持ち上げ、ベッドに寝かせた。医者たちの名前はわかるのか？　教えてくれ。

内面世界の奥深くで、レズリーが同じ質問を反対の方向からしているのが聞こえる。「ロービアーという名前に心当たりはありませんか、ジャスティン」

疑わしいなら嘘をつけ、と彼は自分に言い聞かせていた。地獄に堕ちても嘘をつけ。自分も含めて誰も信じないなら、死者にだけ忠誠を尽くすなら、嘘をつけ。

「ない」と彼は答える。

「どこかで漏れ聞いたようなことは？　あるいは電話ででも。アーノルドとテッサのおしゃべりの中で出てきませんでしたか？　ロービアー、ドイツ人、オランダ人――ひょっとするとスイス人」

「どんな状況であれ、ロービアーという名はまったく耳にしたことがない」

「コヴァクスはどうですか――ハンガリー人の女性です。黒髪で、美人と言われています」

「ファーストネームはわかるかな？」これも知らないという答だ。ただ今度は本当に知らなかった。

「誰もわからないのです」とレズリーはやや投げやりに言う。「エムリッチ。これも女性です。ただしブロンドですが。聞き憶えがありませんか」敗北感で鉛筆を机の上に放る。「とにかく、ワンザは死んだのですね」と彼女は言う。「正式に。あなたたちのほうを見なかった男に殺されたんですね。そして六カ月経った今も何で死んだのかわからない。彼女はただ死んだ」

「死因は私に明かされなかったんだ。テッサかアーノルドは知ってたかもしれないが、私は知らない」

ロブとレズリーは、休憩をとることにしたふたりの運動選手のように姿勢を崩す。ロブは椅子の背にもたれかかり、両腕を広げて伸ばし、芝居がかったため息をつく。レズリーは前屈みになったままで、手で顎を包み、利口そうな顔に憂鬱の表情を浮かべる。

「作り話じゃないんですね？」と彼女は握った手の奥から訊く。「死にかかってたワンザ、彼女の赤ん坊、恥じていたという医者ふうの男、白衣の学生ふうの若者たちといった話のすべて。たとえば、最初から最後まででっち上げた嘘じゃないんですね？」

「なんと馬鹿げたことを。なんのためにそんな話をでっち上げて、きみたちの時間を無駄にしなきゃならないんだ」

「ウフル病院にはワンザの記録がないんですよ」とロブがだらけた姿勢のままで、同様に意気消沈して説明する。「テッサは存在しました。可哀そうなガースも。しかしワンザはいませんでした。あの病院に行ったこともなければ、入院したことも、偽者であれなんであれ、医師の治療を受けたこともなかった。誰かが彼女を目撃したことも、彼女のために処方を書いたこともありません。赤ん坊は生まれなかったし、彼女は死んでないし、遺体はなくなりませんでした――そもそも存在しないので。ここにいるレズが試しに看護婦の何人かと話してみましたが、彼らは何ひとつ知りませんでした。だよな、レズ？」

「誰かがわたしよりさきに行って、彼らに口止めしたのです」とレズリーが説明する。

＊

うしろで男の声がして、ジャスティンはさっと振り返った。男の客室乗務員が、快適かどうかと尋ねているだけだった。ブラウン様、椅子の調節ボタンをご説明いたしましょうか？ありがとう、でも倒さないほうがいいんだ。ビデオはいかがでしょう？ありがとう、見ないからいい。では窓のブラインドをお引きしましょうか？　いや、けっこうだ。ありがとう――断固たる口調で――窓は宇宙に開かれているほうがいい。では暖かい毛布はいかがでしょう、ブラウン様？　癒しがたい礼儀正しさから、ジャスティンは毛布だけは受け取り、視線を暗い窓に向けて、ちょうどグロリアがノックもせずにダイニングルームに入って来るところを眼にする。彼女はジャムを挟んだサンドウィッチのトレイを持ってきて、それを机の上に置き、レズリーがノートに書いていたものを少しでも盗み見ようとする。が、失敗に終わる。レズリーが巧みに新しいページをめくるからだ。

「我が家の気の毒なお客様に無理はさせませんよね、おふたかた《ダーリン》？　実際、彼にはやらなきゃならない仕事がたくさんあるんですよ。そうよね、ジャスティン？」

ジャスティンの頬にキス。そして皆にミュージックホールでするような退場の挨拶。三人はいっせいに立ち上がり、空いたカップのトレイを持って出ていく女看守のためにドアを開ける。

*

グロリアが入ってきたあと、しばらく会話は切れ切れになる。三人でサンドウィッチを頬張り、レズリーが別の青いノートを開くあいだ、ロブは口をいっぱいにして一見取りとめのない質問を浴びせかける。

「煙草の〈スポーツマン〉を立て続けに吸う人を誰か知っていますか」——〈スポーツマン〉を吸うことは死に値する罪だと言わんばかりに。

「知らないな。ふたりとも煙草が大嫌いだったから」

「外でということです。家の中だけじゃなくて」

「それも知らない」

「車体が長い、緑のサファリ・トラックを所有している人はどうですか？　よく整備されていて、ケニアのナンバープレートです」

「高等弁務官事務所は、装甲したジープみたいなものを所有しているのが自慢だが、そのことを言ってるんじゃないだろうね」

「四十代、がっしりした軍人タイプで、磨きあげた靴を履き、陽焼けした顔の連中に心当たりは？」

「誰も思いつかないな、申し訳ないが」

「マルサビットという場所の名前を聞いたことはありますか？」

「あると思う。そう、マルサビットだね、もちろん。でもなぜ？」

「ああ、そりゃいい。すばらしい。われわれも聞いたことはあります。どこですか？」

「チャルビ砂漠の端だ」

「つまりトゥルカナ湖の東側？」

「私の記憶ではそうだな。行政の中心地のようなところだよ。北部のあらゆる地方から来た放浪者が集まる場所だ」

「行かれたことはありますか」

「残念ながら、ない」

「行ったことのある人を誰か知っていますか」

「いや、知らないと思う」

「マルサビットで、悩み疲れた旅行者が利用できる施設を何か知っていますか」

「宿泊施設があるはずだ。警察の駐在所も。それから国の特別保護区も」

「しかし行ったことはないんですね？」ジャスティンはないと答える。「あるいは誰かを送り込んだことは？　たとえば誰かふたりを」それもない。「だったらなぜその場所のことをいろいろ知っているんです。あなたは霊能者？」

「ある国に赴任するときには、その国の地図をじっくり研究することにしてる」

「殺害事件のまえに、車体の長い緑のサファリ・トラックが、マルサビットにふた晩立ち寄ったという話があるんです、ジャスティン」ロブのこれ見よがしの攻撃の儀式がひととおり終わると、レズリーが説明する。「ふたりの白人男性が乗っていました。白人の狩猟者のように見えました。健康そうで、あなたぐらいの歳、カーキ色の綿の服に、磨いた靴——ロブが言ったように。互いに話すほかは誰にも話しかけず、バーにいたスウェーデン人の娘たちにも声をかけませんでした。店でいろいろ買い込みました。燃料、煙草、水、ビール、非常食。煙草は〈スポーツマン〉で、ビールは瓶入りの〈ホワイトキャップ〉。〈ホワイトキャップ〉は瓶しかありません。翌朝そこを発って、砂漠を横切り、西へ向かいました。運転し続ければ、次の夜にはトゥルカナ湖に着いたはずです。アリア入江まで行けたかもしれません。殺人現場の近くでわれわれが見つけたビールの瓶は〈ホワイトキャップ〉でした。煙草の吸い殻は〈スポーツマン〉」

「マルサビットのホテルに宿泊者名簿がないかと訊くのは単純すぎるかな？」とジャスティンは尋ねる。

「該当するページがないのです」とロブがまた割り込んで、勝ち誇ったように言う。「間が悪いことにそこだけ破られて。自分の名前も思い出せないような始末です。これも誰かが口止めしたようです。それにマルサビットの従業員たちは何ひとつ憶えちゃいない。皆怯えきってて、病院の職員を黙らせた同じ誰かが」

しかしこれが、ジャスティンの刑執行人というロブの役の最後の歌《スワンソング》となる。その事実を本人もわかっていて、彼を睨みつけ、耳元でわめきながらも、顔には謝罪に近い表情を浮かべている。だが今度はジャスティンのほうが勢いづく。せわしない視線をロブとレズリーに交互に向け、次の質問を待ち、それが来ないのがわかると自分のほうから質問する。

「車両登録事務所は？」

それを聞いてふたりの警官は虚しく笑う。

「ケニアで？」と彼らは訊く。

「では自動車保険会社は？　輸入業者、販売業者はどうだろう。車体の長い緑のサファリ・トラックがケニアにそうたくさんあるとは思えない。調べてみればわかるはずだ」

「ケニア警察《ブルー・ボーイズ》が必死で調べています」とロブが言う。「もしわれわれがいい子にしていれば、次の千年期までに答が出るでしょう。輸入業者もそれほど利口じゃありません、正直なところ」彼はレズリーににやりと笑って続ける。「〈ベル・バーカー&ベンジャミン〉、またの名を〈スリー・ビーズ〉、聞いたことがありますか？　〝終身〟社長のケネス・K・カーティス卿、ゴルフ狂でペテン師、友人にはケニー・Kで通っている男のことは？」

「アフリカでスリー・ビーズの名を聞いたことのない人間なんていないさ」また素早く防御

線まで退いて、ジャスティンは言う。疑わしいなら、嘘をつけ。「ケネス卿もね、もちろん。傑物だ」

「人々に愛されている？」

「賞賛されてるというべきだろうね。彼はケニアの人気サッカーチームのオーナーだ。そして野球帽をうしろ向きにかぶる」と嫌そうに付け加えたので、警官たちは笑う。

「スリー・ビーズは、積極性とでも言うようなものは大いに見せていますが、結果はなかなか出しません」とロブがまた話し始める。「非常に協力的ですが、あまり役には立たない。〝問題ありません、おまわりさん！　昼食のときまでにお渡ししますよ〟しかしそれは一週間前の昼食でした」

「ここの人はたいていそんな調子じゃないかな」ジャスティンはうんざりしたような笑みを浮かべて嘆く。「自動車保険会社は当たってみた？」

「自動車保険もスリー・ビーズなんです。さもありなん。彼らの車を買えば、第三者運転特約が無料でついてくる。いずれにせよ、これも大して役には立ちませんでした。手入れの行き届いた緑のサファリ・トラックの件ではどうにも」

「なるほど」とジャスティンは無表情で言う。

「テッサは彼らに目標を定めていませんでしたか？」とロブはきわめてさりげない調子で訊く。「スリー・ビーズに。ケニー・Kは、モイの王座にかなり近づいているようですから。彼女がモイに腹を立てていたことはまちがいないでしょう。ちがいます？」

「ああ、そうだろうね」とジャスティンは漠然と言う。「ときには腹を立ててたはずだ」

「だから、高貴なる〈ハウス・オヴ・スリー・ビーズ〉からわれわれの求めるちょっとした協力が得られないのかもしれませんね。謎の車と、この件と直接には関係しないほかのいくつかの件で。とにかく彼らはほかの分野でも巨大ですから。咳止めシロップから自家用ジェットまで。そんな話だったよな、レズ？」

　ジャスティンはよそよそしく微笑むが、この話題には乗らない――彼らがナポレオンの栄光を拝借したこと、テッサとエルバ島との繋がりがばかばかしくも符合していることを、面白おかしく語りたい誘惑に駆られはしたが。そして、彼女を病院から家に連れ帰った夜のことや、スリー・ビーズの連中がワンザを毒殺したことも語らない。

「しかし彼らはテッサのブラックリストに載ってなかったと言うんですね」とロブは続ける。

「だとするとまったく驚きだ。山のようにいる批判者の言っていることを考えると。記憶が正しければ、最近、あるウェストミンスターの下院議員は、何か忘れられたスキャンダルに関連して、彼らのことを〝鉄の手袋の中の鉄の拳〟（慣用句は〝ビロードの手袋の中〟で、柔らかい外見の下の厳しい態度をさす）と呼びました。彼が近々無料でサファリ・トラックを贈られるってことはまずないよな、レズ」レズは、絶対ないわと言った。「ケニー・Kとスリー・ビーズ。ロック・グループみたいですが、とにかくあなたが知るかぎり、テッサは彼らにいつものファトワ（権威あるイスラム法学者が提出する意見。西側ではよく〝死刑宣告〟の意で使われる）を宣告しなかったんですね？」

「私の知るかぎり、それはなかった」とジャスティンは、〝ファトワ〟に微笑みながら言う。

ロブはあきらめない。「つまり、よくわかりませんが、彼女とアーノルドが現場で味わった嫌な体験――たとえば、薬品がらみの不正行為のようなもの――にもとづいて、彼らを責めるようなことがありませんでしたか？　それとも彼女は医薬品のことではずいぶん心が広かったんでしょうか。ちなみに、ケニー・Kもそうです――モイの官僚とゴルフコースにいるときと、自家用ジェットの〈ガルフストリーム〉に乗って新しい会社を買収するためにブンブン飛びまわっているときは別として」

「ああ、まったく」とジャスティンは言う。しかし、完全な無関心ではないにしろ、心ここにあらずといった様子だ。ここからさき、事実が明るみに出る見通しはない。

「テッサとアーノルドが、ここ数週間にわたって、巨大企業ハウス・オヴ・スリー・ビーズの数限りない部門に何度も陳情していた――手紙を書き、電話をし、面会予約を取り、骨折りがいもなく回答の引き延ばしばかり食らっていた――と言っても、あなたは、どんなかたちであれ、気づかなかったと言うんですね？　それが質問の趣旨です」

「残念ながらそうだ」

「テッサはケニー・K個人あてに、激怒した内容の手紙を送り続けていました――直接届けるか、配達証明つきで。日に三度は秘書に電話し、爆撃のように電子メールを送りつけていました。ナイヴァシャ湖にある彼の農場や、真新しく華々しいオフィスの入口で本人を捕まえようとしました。そのたびに部下が事前にこっそり知らせて、ケニー・Kを裏の階段から逃がし、職員を大いに愉しませていました。これらすべて、あなたのまったく知らないことでしたか？　神のご加護を」

「神のご加護があろうがなかろうが、私には初耳だ」

「しかし驚いた様子がない」

「そうかい？　妙だな。驚いてると思ってた。おそらくもっと感情を表に出すべきなんだろう」とジャスティンは言い返す。怒りと抑制がないまぜになった口調が警官たちの虚を衝き、彼らはまるで敬礼するときのように頭を上げる。

＊

しかしジャスティンは彼らの反応に興味を示さない。彼の欺瞞はウッドロウとはまったく別の場所から出てくる。ウッドロウが忘れることに精を出していたのに対し、ジャスティンは半ば甦った記憶にあらゆる方向から襲われている――名誉心から無理に聞くまいとしたが、今また押し寄せてくるブルームとテッサの会話の断片。あらゆる場所にあるケニー・Kという名前――たとえば〈ムサイガ・クラブ〉ではすでに確実と見なされている、ケニー・Kがまもなく貴族院議員になるという話や、スリー・ビーズと、それよりさらに大きな多国籍巨大企業が大合併するという根強い噂――をテッサが耳にしたときの、沈黙の覆いをまとった憤怒。テッサがスリー・ビーズのあらゆる商品を断固として買わなかったことを思い出す。

彼女はそれを、皮肉を込めて〝ナポレオン撲滅運動〟と呼んでいた。日常の食料や洗剤――テッサの虐げられたアフリカ人の抵抗勢力は、死んでも買うことを許されなかった――から、道路脇のスリー・ビーズのカフェテリアやガソリンスタンド、一緒に車で出かけているときにジャスティンが買うことを禁じられた車のバッテリーやオイルまで。ナポレオンから盗んだ紋章のついたスリー・ビーズの広告が、掲示板から彼らに流し目を送っているのを見ると、彼女はすさまじい悪態をついたものだった。

「過激だったという話をよく聞きます、ジャスティン」とレズリーがノートから眼を上げ、また彼の思考に割り込んできて言う。「テッサは過激でしたか？ つまりイギリスでは、過激派は軍隊と同じでしょう。〝気に入らないなら爆撃してしまえ〟というふうに。テッサはそこまで過激じゃなかったんですね？ アーノルドも。それとも、ふたりともそうでしたか」

ジャスティンの声には、学者ぶった上司のために繰り返し草稿を書くときのような退屈そうな響きがある。

「テッサは、無責任な企業利益の追求が地球を、とりわけ発展途上国を滅ぼすと信じていた。投資の名を借りて、西欧の資本はその国の環境を破壊し、泥棒政治家の興隆を促す。そういう議論だ。今どき、過激とは言えないだろう。国際社会のどんな廊下でも話されてるようなことだ。私の委員会の中でさえ」

彼はそこで口を閉じ、〈ムサイガ・クラブ〉で最初のティー・ショットを放つ、ケニー・Kの見苦しく太った巨体を思い出す。老いた我らがスパイの長、ティム・ドナヒューが彼と一緒にコースをまわっている。

「同じ理屈で、第三世界への援助は、別の名を借りた搾取にほかならない」と彼は続ける。「得をするのは、利子をつけて資金を提供する国々、莫大な賄賂を手にする現地アフリカの政治家と役人、巨額の利益を持ち逃げする西欧の請負業者と武器の供給業者。犠牲者は市井の人々、紛争で住居を失う住民、貧しい人々、さらに極貧の人々、そして未来のない子供たちだ」と彼は締めくくる。テッサのことばを引用し、ガースのことを思い出しながら。

「あなたはそれを信じているのですか？」とレズリーが訊く。

「私はもう何を信じるにも遅すぎる」とジャスティンは気弱に答える。しばし沈黙ができ、彼は少し気を取り直して付け加える。「テッサはめったにない存在だった。正義を信じる法律家だった」

「どうして彼らはリーキーの現場に向かっていたのですか？」とレズリーは彼のことばを静かに受け止めたあとで訊く。

「おそらくアーノルドの非政府組織《NGO》の仕事があったんだろう。リーキーはアフリカ人の幸福を軽視する人間じゃないからね」

「おそらくね」とレズリーは同意し、考え込んで、緑の表紙のノートに書き込む。「彼女は彼に会ったことがありましたか？」

「ないと思う」

「アーノルドは？」

「わからない。リーキーに訊いてみたらどうだろう」

「リーキー氏は、先週テレビのスウィッチを入れるまで、ふたりの名前は聞いたこともなかったそうです」とレズリーは暗い調子で答える。「彼はこのところ、ほとんどナイロビにいます。モイの〝ミスター・クリーン〟になろうとして、そのメッセージを体現するのに苦労しています」

ロブはレズリーに許可を求める一瞥を投げ、あるかなきかのうなずきを得る。首をまえに伸ばして、テープレコーダーを荒々しくジャスティンのほうへ向ける——これに向かってしゃべれ。

「ところで〝白い疫病〟とは、いったいどういう意味ですか」とロブは尊大な口調で訊く。ジャスティンが疫病の蔓延に個人的に関わったと言わんばかりに。「白い疫病ですよ」ジャスティンがためらっているのを見て繰り返す。「なんなんです？　さあ」

ジャスティンの顔にまた揺るぎない沈着の幕が下りる。声は公務の殻の中に引きこもる。彼のまえにまたいくつかの道が繋がるが、それはテッサの道で、彼はひとりで歩いていかなければならない。

「〝白い疫病〟は、かつて結核を指すことばとして盛んに使われた」と彼は読み上げるように言う。「テッサの祖父はそれで亡くなった。テッサは子供の頃、彼の死を見届けたんだ。テッサは〝白い疫病〟という題名の本を持っていた」しかし、その本が彼女の枕元にあり、それをグラッドストン・バッグに入れてきたことは黙っている。

今度はレズリーが慎重な態度になる。「そのせいで彼女は結核に特別な興味を持っていたのですか？」

「特別かどうかはわからない。さっきあなたが言ったように、スラム街で仕事をすることで、彼女は医療に関係したことに幅広く興味を持っていたから。結核はそのひとつにすぎない」

「でもお祖父さんがそれで亡くなったのなら、ジャスティン――」

「テッサは、結核を文学的な病いとして感傷的にとらえることをとりわけ嫌ってた」ジャスティンは彼女にかまわず、容赦なくしゃべり続ける。「キーツ、スティーヴンソン、コールリッジ、トーマス・マン――結核をロマンティックだと思っている人間は、皆彼女の祖父の枕元に坐るべきだと言っていたよ」

　ロブはまたレズリーに眼で相談し、また静かな同意を得る。「では、こう言ったらあなたは驚くでしょうか――アーノルド・ブルームのアパートメントを無許可で捜索した際に、スリー・ビーズのマーケティング部長に送られた古い手紙のコピーがあって、その中で、スリー・ビーズが販売している結核の短期治療の新薬に副作用があると警告されていたと」

　ジャスティンは一瞬もためらわない。尋問の危険な流れが彼の外交手腕を呼び覚ます。

「なぜ驚く？　ブルームの組織は、専門家として第三世界の医薬品に多大なる関心を抱いていた。薬はアフリカのスキャンダルだ。アフリカの苦悩に西欧が無関心であることを如実に示すものが何かあるとしたら、それは必要な薬が惨めなまでに不足していることと、製薬会社がこの三十年間取り立ててきた、不名誉なまでに高い医薬品の代金だ」――テッサの引用だが、それは黙っている。「アーノルドは何ダースもそういう手紙を書いてると思うよ」

「この手紙は隠されていたのです」とロブが言う。「われわれには理解できない技術データと一緒に丸められて」

「では、アーノルドが戻ってきて、あなたがたのためにその暗号を解いてくれることを祈ろう」とジャスティンは取りすまして言う。彼らがブルームの持ちものを漁り、本人の知らないうちに手紙を読んだことに対する嫌悪感を隠そうともしない。

レズリーがまた引き取る。「テッサはラップトップを持っていましたね？」

「持っていた」

「どこの製品でした？」

「名前は思い出せない。言えるのは、小さくて、グレーで、日本製だったことぐらいだ」

彼は嘘をついている。よどみなく。自分でもわかっているし、彼らもわかっている。顔の表情から判断して、これまでの関係に、喪失感のようなもの、友情が裏切られた雰囲気が入り込んだのがわかる。しかしジャスティンはちがう。彼はただ外交官の優雅さで頑なに拒否しているだけだ。これは、やらなくてすむようにと祈りながら、彼が昼も夜も心を鬼にして戦い抜いてきた戦いだ。

「仕事場に置いてたんですよね？　メモの掲示板や書類や研究資料と一緒に」

「持ち歩いていないときには、そうだ」

「手紙を書くときに使っていましたか？　あるいは書類の作成に」

「使ってたと思う」

「電子メールも？」

「頻繁に」

「プリントアウトもしましたね？」

「ときには」

「五、六カ月前に長い文書を作成しませんでしたか？　十八ページほどの手紙と添付資料です。ある種の不正行為に抗議するものでした。医療か、薬品か、その両方に関することと思われます。疾病記録のようなもの、ここケニアで起こっている何か非常に深刻な事態について書かれています。彼女はそれをあなたに見せましたか？」

「いや」

「読んだことはありませんか――彼女の知らないうちにこっそりと」

「ない」

「では何も知らないとおっしゃるのですね？」

「残念ながら、そうだ」申し訳なさそうな笑みで洗い流す。

「われわれは、この文書が彼女の見つけた大きな犯罪に関わっているのではないかと考えてるんですが」

「なるほど」

「そして、スリー・ビーズがその大きな犯罪に関わっているのではないかと」

「それは常にありうる」

「でも彼女はあなたに見せなかったのですね？」とレズリーはこだわる。

「何度も言ったように、レズリー、見せなかった」〝親愛なるレディ〟と付け加えそうになる。

「あなたは、それがなんらかのかたちでスリー・ビーズに関わるものだと思いますか」

「悲しいかな、まったくわからない」

実はよくわかっている。あれは最悪のときだった。彼女を失ったのではないかと思ったときだ。彼女の若々しい顔が日増しに険しくなり、若々しい眼が狂信者の光を帯びたとき、付箋と相互参照だらけの弁論趣意書のような書類の山に埋もれて、彼女が小さな仕事場でラップトップにいく晩もかじりついていたとき、何を食べているのかにも気づかずに食事をとり、またねとも言わずにいそいそと仕事に戻っていたとき、田舎から出てきた内気な村人たちが音もなく家の裏口に現れ、彼女とヴェランダに坐って、ムスタファが運ぶ食べものを食べていたときだった。

「つまり彼女はその書類について、たった一度もあなたと話し合わなかったということですね？」レズリーは信じられないといった身振りをまぜる。

「そうだ、残念ながら」

「それともあなたのまえだけですか？　アーノルドやギタとは話し合ったんでしょうか」

「ここ数カ月、テッサとアーノルドはギタを意識的に遠ざけていた。彼女のためを思ってのことだと思う。私について言えば、彼らは私を信用していないという印象を持った。もし利害の対立に巻き込まれれば、私は国のほうに忠誠を誓うと信じてたんだろう」

「そうするつもりだったんですか？」

千年経ってもそれはない、と彼は考える。しかしその答には、警官たちが期待していた心の葛藤が現れる。「あなたがたの言う文書について知らないので、その質問には答えられないと思う」

「でも文書は彼女のラップトップからプリントアウトされたはずでしょう？　十八ページの仕事ですよ。たとえあなたには見せなかったとしても」

「そうだね。あるいはブルームのコンピューターだったかもしれない。それとも別の友人の」

「いったいラップトップはどこにあるんです？　今このとき」

非の打ちどころのない態度。

ウッドロウも彼から学ぶべきだった。

それとわかる体の動きも、声の震えも、大げさな深呼吸もない。

「ケニア警察から示された彼女の遺品の中を探したが、見当たらなかった。そしてほかの多くのことと同じように、残念ながらそれが問題にされることはなかった」

「ロキにいた誰も、彼女がラップトップを持っているところを見ていません」とレズリーが言う。

「ただ、彼らは彼女個人の荷物を調べたわけじゃないだろう」

「〈オアシス〉の人たちもです。あなたが空港まで送っていったときに、彼女はラップトップを持っていましたか」

「現地調査でいつも持ち運ぶリュックサックを持っていた。それも消えたよ。小さな旅行カバンも持っていたから、その中に入れてたのかもしれない。そうすることもあった。ケニアでは、女性がひとりで出歩く際に、公共の場で高価な電子機器を見せることを勧めない」

「彼女はひとりじゃなかったでしょう」とロブが指摘し、そのあと長い沈黙が流れる。誰が最初にそれを破るか、あたりの空気が張りつめるほど長い。

「ジャスティン」とついにレズリーが口を開く。「先週の火曜の朝、ウッドロウとあなたの家に行って、何を持ち出してきたのですか」

ジャスティンは心の中でリストをまとめるふりをする。「ああ……家族の書類……テッサの家族信託に関わる個人的な手紙と……シャツを何枚か、靴下……葬儀用の黒いスーツ……思い出のある装身具をいくつかと……ネクタイを数本」

「ほかには？」

「ほかにすぐに思いつくものはないな」

「すぐに思いつかないものは？」とロブが訊く。

ジャスティンは疲れた笑みを浮かべるが、何も言わない。

「ムスタファと話したのです」とレズリーが言う。「彼に訊きました。ムスタファ、ミス・テッサのラップトップはどこ？ 彼はかなり矛盾した反応を見せました。あるときには、奥様が持っていきましたと言ったかと思うと、一分後には持って出なかったと言ったり、そのあと、記者たちが盗んだと言ってみたり。ラップトップを持っていかなかったのは、あなただけです。あなたをかばっているのではないかという気がしました。そしてそれにあまり成功しなかった」

「それはあなたがたが当地の雇用者をいじめて得た答ではないかと思う」

「いじめてなどいません」とレズリーがついに腹を立てて言い返す。「きわめて礼儀正しく話しました。彼女のメモの掲示板についても訊きました。どうしてピンとピンの穴はいっぱいあるのに、メモが一枚もないのかと。かたづけたのです、と彼は言いました。誰の手も借りずにひとりでかたづけたと。彼は英語が読めず、彼女の所有物はおろか部屋の中のどんなものにも触れてはならないと言われていたにもかかわらず、掲示板のメモはかたづけたのです。メモをどうしたのと訊くと、焼いたと言いました。誰が焼けと言ったの？　誰も。誰がメモをかたづけろと言ったの？　誰も。なかんずくジャスティン様ではありません。彼はあなたをかばってるんだと思います、下手くそですが。われわれは、ムスタファではなく、あなたがメモを取ったんだと思う。そして彼はラップトップの件でも、あなたをかばってると思う」

ジャスティンはまたもや、彼の職業の悪徳であり、美徳でもある、偽りの心の安らぎへと落ちていった。「この場所の文化的なちがいを考慮に入れてないようだね、レズリー。より可能性が高いのは、ラップトップは彼女がトゥルカナへ持っていったということだ」

「掲示板から剝がしたメモも一緒に？　私はそうは思わないわ、ジャスティン。家に戻ったときにディスクは持ってきましたか？」

このとき一瞬――本当にこのときだけ――ジャスティンは防御を弱める。彼の一部は穏やかに否定し続けていたが、別の一部は、取調官と同じくらい答を知りたいと思っていたからだ。

「いや。しかし正直に言うと、探したのは確かだ。彼女の法的なやり取りの多くはディスクに収められていたから。彼女はあらゆることについて事務弁護士にメールしていた」

「で、見つからなかったのですね」

「ディスクはいつも彼女の机の上にあった」とジャスティンは抗議する。心からこの問題を共有したいと思っている。「去年のクリスマスに、まさにその事務弁護士からもらったきれいな漆塗りの箱に入れてあった。彼らはいとこ同士というだけじゃなく、昔からの友だちでもある。箱には漢字が書かれていた。テッサは中国人の援助活動家にそれを訳してもらった。どうやらいまわしい西洋人に対する手厳しい批判だったようで、大喜びしてたよ。それもラップトップと同じ道をたどったと考えるしかない。おそらくディスクもロキに持っていったんだろう」

「なぜそんなことをしなければならないんです」とレズリーは訝しげに尋ねる。

「情報技術のことはてんでわからない。本来わかってなきゃならないんだが、わからないんだ。警察の出してきた遺品の中にはディスクもなかった」と彼は言って、警官たちが助け舟を出すのを待つ。

ロブは考える。「ディスクに何が入っていたにしろ、それはラップトップにも入っていたはずだ」と彼は断定する。「一度ディスクにダウンロードしたあとで、ハードディスクのほうを消してないかぎり。でもなぜそんなことをする必要があります？」

「すでに言ったように、テッサはセキュリティに関しては非常に繊細な神経の持ち主だった」

また考える沈黙――それにジャスティンも加わる。

「だったら文書は今どこにあるんです」とロブが乱暴に訊く。

「ロンドンに送られる」

「外交郵袋で？」

「なんであれ、私が選ぶ手段によって。外務省は今回の件に関して非常に協力的だ」

おそらくそれがウッドロウの言い逃れの繰り返しだったからだろう。レズリーは椅子の端まで身を乗り出し、心の底から怒りを爆発させる。

「ジャスティン」

「なんだい、レズリー」

「テッサは調査してたんでしょう？ちがうの？ディスクは忘れて。ラップトップもいい。書類はどこなの？　彼女の書類すべては、今この瞬間、物理的にどこにあるの」と彼女は訊く。「そして掲示板からはずしたメモはどこ？」

また偽りの自分に戻って、ジャスティンは寛大なしかめ面を作ってみせ、彼女がむちゃを言っても自分はできるだけ調子を合わせるつもりであることを示す。「私の所持品の中だ、まちがいなく。どのスーツケースかと言われれば、少々困るけれど」

レズリーは息が収まるのを待つ。「荷物をすべて開けていただけますか。われわれを階下へ連れていってください、今すぐ。そして火曜の朝に家から持ち出してきたものをすべて見せてください」

彼女は立ち上がる。ロブも立ち、ドアの脇まで行って待機する。ジャスティンだけが坐っている。「申し訳ないが、それはできない」と彼は言う。

「なぜ？」とレズリーが鋭く言い返す。

「そもそも家から書類を取ってきたのと同じ理由からだ。あの書類は個人的かつ内密なもので、あなたがたに――と言うより、どんな人にも――中身を調べさせるつもりはない。まず私自身が読み終わるまでは」

レズリーの頬が紅潮する。「もしここがイギリスだったら、ジャスティン、あなたが気づくまもないほどの早さで召喚状を叩きつけてるわ」

「しかし悲しいかな、ここはイギリスではない。あなたがたには捜査令状もなければ、私の知るかぎり、当地での権限もない」

レズリーは彼のことばを無視する。「もしここがイギリスだったら、捜査令状を取って、この家を上から下まで探してるわ。そしてあなたがテッサの仕事場から持ってきた小物や書類やディスクをすべて取り上げてる。ラップトップもね。櫛で梳《くしけず》くように隈なく調べ上げてる」

「あなたがたはすでに私の家を調べただろう、レズリー」とジャスティンは椅子から穏やかに抗議する。「この家も捜索することをウッドロウが親切に受け容れるとは思えないが、どうだろう。それにあなたがたが本人の同意なしでアーノルドにしたことを、私にもしていいと認めるわけにはいかない」

レズリーは不当に扱われた女性のように、顔を赤らめて彼を睨みつける。ロブは真っ青になって、握りしめた拳を切々と見下ろしている。

「では、この件は明日話すことにしましょう」とレズリーは不吉な調子で言う。そして彼らは去っていく。

だが明日は訪れない。彼女の烈火のようなことばにもかかわらず。夜を徹し、朝遅くまで、ジャスティンはベッドの端に腰掛け、ロブとレズリーが脅迫どおり捜査令状と召喚状で武装し、汚い仕事をやらせるケニア警察の捜索隊を引き連れて戻ってくるのを待つ。これまで何日もそうしてきたように、選択肢と隠し場所を不毛に検討する。戦争の捕虜のように、床や壁や天井をじっと見つめ、どこがいいかと考える。グロリアに手伝ってもらう計画を練り、放棄する。ムスタファや、グロリアの使用人を使う手立ても考える。さらにギタを使おうかとも思う。しかし彼の尋問者に関する唯一の知らせは、ミルドレンが電話で伝えてきたもので、警官たちはほかの場所に呼び出されたというものだった——いや、まだアーノルドについては何もわかっていない。そして葬儀の日になっても、警官たちはまだほかの場所に呼び出されたままだ。少なくとも、ときどき会葬者を見まわして、来ていない友人を数えるジャスティンには、そう思えた。

*

飛行機は、永遠の夜明けまえの地へ入っていた。窓の外を見ると、凍える海の波が次々と押し寄せ、色のない無限の彼方へと連なっていた。まわりの乗客たちは全員不気味な死体の恰好で、白い布に包まれて眠っていた。ひとりの女は片腕をまえに投げ出し、誰かに手を振っているときに銃で撃たれたように見えた。別の男は口を開けて、声にならない叫びを発し、その死人のような手を心臓の上に置いていた。ただひとりまっすぐ背を伸ばし、ジャスティンは視線をまた窓に向けた。そこに自分の顔がテッサの顔と並んで浮かんだ。どちらも、かつて彼が知っていた人間のデスマスクのように見えた。

第九章

「実にひどい話だ！」と、かさばるオーヴァーコートを着た、頭の禿げかかった人物が大声で言った。ジャスティンを荷物カートから引き離し、覆いかぶさるようにがっしりと抱きしめた。「まったくもって悪辣で、死ぬほど不公平で、あまりにひどい話だ。まずガース、そして今度はテッサだ」

「ありがとう、ハム」ジャスティンはできる範囲で相手を抱き返した。両腕が体の脇にぴたりと押しつけられていたので容易ではなかったが。「それに、こんなひどい時間に出てきてくれて感謝するよ。いや、それは自分で持つ、ありがとう。スーツケースを持ってくれるか」

「きみさえ了解してくれれば葬式に行ったのに！　なんてことだ《クライスト》、ジャスティン」

「ここで砦を守っていてもらったほうがよかったんだ」とジャスティンは思いやりを示して言った。

「そのスーツは温かいのか？　ここはかなり寒いだろう、陽光降り注ぐアフリカのあとだから」

アーサー・ルイジ・ハモンドは、ロンドンとトリノに拠点のある〈ハモンド・マンツィーニ法律事務所〉のたったひとりの代表弁護士《パートナー》だった。ハムの父親はテッサの父親とともに、オクスフォードのロースクール、のちにはミラノのロースクールで学んだ。そしてトリノの背の高い教会で、美人の誉れ高いイタリア貴族の姉妹と一度に式を挙げて結婚した。片方にテッサが生まれると、もう片方にハムが生まれた。子供たちは成長するにつれ、エルバ島で休日を過ごし、コルティナで一緒にスキーをし、事実上の兄妹として育った。そしてハムはラグビーの代表選手の栄誉《ラガー・ブルー》と、骨折って得た〝良〟の成績を、テッサは優等を手にして、大学を卒業した。テッサの両親が亡くなってからは、ハムはテッサの賢い伯父の役を務め、精力的に彼女の家族信託を管理した。彼女のために恐ろしく慎重な投資をおこない、若くして禿げた頭の中のあらゆる職権を使って、いとこの本能的な気前のよさに歯止めをかけ、自分の代金は請求し忘れていた。大男で、肌はピンク色。きらきら輝く眼と艶やかな頬は、心に微風が吹くたびに影を帯びたり、笑みを浮かべたりする。ハムがジンラミーをするときには――とテッサはよく言ったものだ――カードを引いたときのにたにた笑いの幅で、本人よりさきに手がわかる。

「どうしてそいつをうしろに入れないんだ?」ふたりで小さな車にどうにか乗り込むと、ハムは叫んだ。「まあいいか。なら床に置けばいい。何が入ってるんだい? ヘロインか?」

「コカインだ」とジャスティンは、窓の曇った車の列に注意深く眼を配りながら言った。入国管理では、ふたりの女性職員がまったく関心を示さずに、うなずいて彼を通した。荷物の引取所には、スーツ姿に身分証明バッジをつけた退屈そうな顔の男がふたりいたが、ジャスティンだけには眼を向けなかった。ハムの三台うしろのベージュのフォードのセダンでは、前部座席で男と女が頭を寄せ合って地図を見ている。諸君、文明国ではあらゆるものが疑わしい、と保安の講義を担当するくたびれきった教官はよく言っていた。だから、彼らはいつもきみたちと一緒にいると考えておいたほうがいい。

「出発するぞ?」とハムはシートベルトを締めながら、遠慮がちに訊いた。

イギリスは美しかった。まだ低い朝の太陽の光が、凍りついたサセックスの畑に金粉をまぶしている。ハムはいつものように、制限速度七十マイルのところを六十五マイルで走った。もうもうと煙を吐き出す大型トラックの排気管から十ヤードの車間距離を取っていた。

「メグがよろしくってさ」と彼は今まさに妊娠している妻の名を出して、ぶっきらぼうに言った。「一週間泣き続けてたよ。私もだ。くそ用心してなきゃ今も泣いちまいそうだ」

「すまないな、ハム」とひと言ジャスティンは言い、ハムが、残された家族に慰めを求める哀悼者のひとりであることを、苦々しく思うことなく受け容れた。

「とにかく犯人を見つけ出してほしい。それだけだ」とハムは数分後に突然言った。「で、そいつを縛り首にしたあとで、ついでにフリート街の連中もテムズ川に放り込んでやるといい。ちなみにメグは今、いけ好かない母親とつらいときを過ごしてる」と彼は付け加えた。

「そのせいで早産しちまいそうだ」

彼らはまた黙った。ハムは煙を吐き出す眼のまえのトラックを睨みつけ、ジャスティンは、人生の半分のあいだ代表してきた見知らぬ国を、途方に暮れて眺めていた。ベージュのフォードが彼らを追い越し、次いで黒革のジャケットを着た太っちょの乗るオートバイが現れた。文明国では、あらゆるものが疑わしい。

「きみはすぐに大金持ちになるぞ」一面の畑が郊外の景色に変わる頃、ハムは言った。「これまで貧乏だったと言うつもりはないが、今や鼻持ちならない金持ちだ。彼女の父親の財産、母親の財産、信託財産、何もかもきみのものになる。それからきみは彼女の慈善事業の唯一の管理者だ。どう使えばいいかはきみが知ってると彼女は言っていた」

「いつ？」

「赤ん坊を亡くす一カ月前だ。もし自分が死んだときに備えて、すべてきっちりしておきたいと言ってた。だが私にいったいどうしろと言うんだい？」彼はジャスティンの沈黙を非難と受け取って訊いた。「彼女は私の依頼人だった。私は彼女の弁護士だ。やめさせろと言うのか？　まずきみに電話しろと？」

ドアミラーを見ながら、ジャスティンは彼をなだめるような音を発した。

「そしてブルームがもうひとりの遺言執行者《エグゼキユター》だ」ハムは怒りに駆られて付け加えた。「というより、殺し屋《エクセキユーシヨナー》か」

〈ハモンド・マンツィーニ法律事務所〉の神聖なるオフィスは、通りから門で隔てられた、エリー・プレイスと呼ばれる袋小路にあった。虫食いのある建物の上二階分を占めていて、板張りの壁には名高い故人の風化した肖像画が掛かっている。これから二時間もすれば、バイリンガルの職員が汚れた受話器につぶやき、ハムの雇ったツインセット（カーディガンとプルオーヴァーのアンサンブル）の女性たちがハイテク機器に取り組む。が、朝の七時、エリー・プレイスは、縁石沿いに停まった一ダースほどの車と、聖エセルドレダ教会の地下室で燃える黄色いロウソクの光のほかは寂寞としていた。重い荷物を抱え、ふたりの男はぐらぐらする四階分の階段を上ってハムの事務所に到達し、さらに六階に上がって、修道院めいた彼の屋根裏のアパートメントにたどり着いた。小さな居間兼ダイニング兼台所には、今より痩せたハムがゴールを決めて、観衆の大学生たちを狂喜させている写真が掛けられていた。ジャスティンが着替えるように言われたハムの小さな寝室では、タイツをはいたイタリア人のトランペット奏者のファンファーレに合わせて、ハムと花嫁のメグが三層のウェディング・ケーキにナイフを入れていた。そして彼がシャワーを浴びた小さなバスルームには、ハムの祖先の家が描かれた垢抜けない油絵が掛かっていた。厳寒のノーサンブリアの家は、ハムの窮乏の出どころを物語っている。

「北側の屋根が丸ごと飛んだんだ」と台所の壁越しに彼は誇らしげに叫んだ。卵を割り、フライパンをカタカタ鳴らす。「組み合わせ煙突も、屋根瓦も、風向計も、時計も、みんなぶっ飛んだ。ありがたいことに、メグは馬のロザンヌに乗るために出かけていた。野菜畑にいたりしたら、鐘楼に背中《ウィザーズ》を――それがどこであれ（〝ウィザーズ〟は馬の背と首のあいだの〝鬐甲〟）――直撃されてたところだ」

ジャスティンは湯の栓をひねり、あまりの熱さに慌てて手を引っ込めた。「そりゃずいぶん危なかったな」とシャワーに水を足しながらメグに同情した。

「そう言えば、クリスマスに突拍子もない本を送ってきたよ」とハムはベーコンのジュウジュウ焼ける音を上まわる大声で言った。「メグじゃない。テスだ。きみにも見せたか？　私に送ってきた小さな本だけど。クリスマスに」

「いや、ハム。見せてもらってないと思う」シャンプーがないので、石鹼を髪にこすりつけた。

「インドの神秘主義者だ。ラーミ……なんとかだが、聞いたことあるか？　名前の残りはすぐに思い出す」

「聞いたことないな」

「感情的にのめり込まずにどうやって愛し合うかという本だ。とうてい無理な注文に思える」

石鹼が眼に入り、ジャスティンはうなりながら同意した。

「『自由と愛と行動』ってタイトルだ。自由と愛と行動に対して私に何をしろと言うつもりだったんだろう。こちとら結婚してるんだぞ、くそっ。もうすぐ赤ん坊もできる。しかも私はくそみたいなローマ・カトリック教徒だ。テスもそうだった、みずから進んで放棄するまでは。あのじゃじゃ馬め」

「彼女はきみがいつも忙しく働いてくれることに感謝してたと思うよ」ジャスティンは機をとらえて言った。くだけた会話の調子は慎重に崩さなかった。

壁の向こうの声がしばらく途絶えた。さらにジュウジュウいう音が聞こえて、異端者の罵声が上がったかと思うと、何かが焦げついた臭いがした。

「どんな忙しさだって？」とハムは大声で訊いた。「きみは忙しい中身は知らないことになってると思ってたよ。テスによれば極秘ってことだった。〝ジャスティンの眼の届く範囲に絶対置かないこと〟——健康への害を示す警告だな。すべての電子メールの題名にそう書かれていた」

ジャスティンはタオルを見つけたが、眼をこすると痛みはさらに増した。「正確には知らないよ、ハム。なんとなく感じただけだ」同じくだけた調子で壁越しに説明する。「彼女はきみに何をしてほしいと言ってた？　議会を爆破する？　貯水池に毒を入れる？」答なし。ハムは料理に熱中していた。ジャスティンはきれいなシャツを手で探った。「第三世界の負債に関する過激な小冊子を配らされたなんて言わないでくれよ」と彼は言った。

「くだらん会社の記録だ」フライパンがさらに激しくガチャガチャ音をたてている奥から、声が聞こえた。「卵は二個、それとも一個？　うちで育てた鶏だぞ」

「一個でいい、ありがとう。いったいどんな記録だい？」

「だが彼女はそればかり気にしてた。私が肥え太って楽していると思うと、いつでもポン！と会社の記録に関するメールを寄越した」またフライパンの音がして、ハムを別の話題に向けさせた。「こないだ、いかさまテニスをしたんだ。信じられるか？　トリノでな。まったく。子供騙しのトーナメントで生意気な小娘とペアを組んだんだが、試合のあいだじゅう、警官みたいに嘘をつきやがった。ラインコールはすべてアウトだ。一ヤード内側でも変わりやしない。アウト。〃わたしはイタリア人なの。だから許されるのよ〃だとさ。〃イタリア人だなんてとんでもない〃と言ってやったよ。〃靴の先までイギリス人だ、私と同じように〃もしわれわれが勝ってたらどうしたか、神のみぞ知るだ。優勝カップを返してたか。いや、それはないな。そんなことしたら彼女は私を殺してただろう。あ、しまった《クライスト》、すまん」

ジャスティンは応接間に入り、ベーコン、卵、ソーセージ、揚げパン、トマトの脂ぎったぼた山のまえに坐った。ハムは片手を口に当て、つい持ち出した不幸なたとえに呆然として立っていた。

「具体的にどんな種類の会社だった、ハム？ そんな眼で見ないでくれよ。朝食を食べられなくなる」

「所有権だ」とハムは口に手を当てたまま言い、小さな食卓のジャスティンの向かいに坐った。「すべて会社の所有権に関わることだった。誰がマン島（イングランドとアイルランドの中間に位置する島。租税回避地のひとつ）のつまらない会社を所有しているかといったことだ。ところで、彼女をテスと呼ぶ人間は誰かいるのか？」と彼はまだ気が咎める様子で訊いた。「私以外に」

「聞いたことがないな。まして彼女本人は聞いてないだろう。〃テス〃はきみの専売特許だ」

「彼女を心から愛してたんだ。わかるだろう？」

「彼女もきみを愛していたよ。それはどんな種類の会社だった？」

「知的所有権を扱う会社だ。だが、彼女とはしてないぞ。そうするには、あまりにも親密すぎた」

「ちなみに、疑っているかもしれないから言っておくが、ブルームも同じだ」

「公式の見解として？」

「彼は彼女を殺してもいない。私やきみと同じくらい」

「本当に？」

「本当だ」

ハムの顔が輝いた。「うちのメグは信じてないぞ。私みたいにテスのことをよく知らないから。テスは特別だ。真似できない。〝テスには仲間ができるんだ〟と女房には言ったんだ。〝本当の仲間だ。そこに悪魔のようなセックスは入る余地がない〟とね。きみが言ったことを彼女に伝えるよ、もしよければ。彼女を明るくするために。あのくそみたいな報道だろ。こっちにも跳ね返ってきた気がした」

「で、その会社はどこに登記されてた？　名前は？　憶えてるかい？」

「もちろん憶えてるさ。憶えさせられた。愛しいテスに一日おきに叩き込まれるんだから」

ハムは不満げに言いながら、紅茶のポットを両手で持って注いだ。片手で把手を持ち、もう片方の手で蓋が落ちないように押さえている。注ぎ終わるとまた腰を下ろし、大事そうにポットを抱えたまま頭を下げた。まるでこれから突進でもするかのように。

「わかったよ」と彼は挑むように言った。「もっとも秘密主義で、二枚舌で、欺瞞だらけで、偽善的な不良会社が集まった業界を挙げてみな。関わり合いになるのが嬉しいかどうかわからないような」

「防衛」ジャスティンは胸の内とは異なる答を言った。

「ちがう。製薬だ。防衛の比じゃない。今思い出した。思い出すと思ってたよ。〈ローファーマ〉と〈ファーマビアー〉だ」

「なんだって？」

「医学雑誌に載ってたんだ。〈ローファーマ〉がある分子を発見して、〈ファーマビアー〉がプロセスを所有してる。思い出すと思ってた。どうしてそんな名前にしたのかは誰にもわからん」

「なんのプロセスだい？」

「分子を生成するプロセスさ、鈍いな。なんだと思うんだ？」

「なんの分子を？」

「神のみぞ知るだ。法律と同じだがもっとひどい。見たこともないことばが並んでて、もう二度と見たくない。客は科学で煙に巻けだ。分子のことは専門家に任せとけ」

朝食のあとで、彼らは一緒に階下《した》に降り、グラッドストン・バッグを事務所の隣りのハムの金庫室に入れた。ハムは思慮深く口を閉じ、眼を天に向けて、ダイヤル錠をまわし、鋼鉄のドアを引き開けてジャスティンにひとりで入らせた。そして、年代ものの革の箱が積まれた横の床にジャスティンがバッグを置くのを、入口からじっと見ていた。箱の蓋にはトリノの事務所の住所が浮き出し文字で書かれていた。

「ただこれはほんの手始めにすぎない」とハムはさも怒っているかのように暗い声で言った。

「本走のまえの軽い駆け足だ。そのあと、〈カ《K》レル・ヴ《V》ィタ・ハ《H》ドスン〉という会社が所有する系列会社すべての役員の名前が延々と挙げられるんだ。ヴァンクーヴァー、シアトル、バーゼルのほかに、オシュコシュからイースト・ピナーまで、耳にしたことのあるあらゆる都市に存在するんだけどな。そして彼女は訊いてくる。〝高貴で歴史ある大企業、〈ボールズ・バーミンガム&バンフラフ〉だったか、またの名をスリー・ビーズ――そこの永代社長にして宇宙の支配者、ケネス・K・カーティス勲爵士――に、崩壊の危機が迫っているというまことしやかな噂が流れているけど、本当のところ、どうなの？〟ってね。ほかにもいろいろ質問があったのかと思うだろう。まさにそのとおり。山ほどあった。インターネットで調べろよと言ったんだが、彼女の欲しい情報は、半分がX指定か、連中が肩越しに一般大衆に見られたくないと思いながらやってることのようだった。彼女に言ってやったよ――〝テス、きみ、こんなこと調べてたら何週間も、何カ月もかかっちまう。頼むよ〟と。彼女はあきらめたか。まさか。そこはなんと言ってもテスだ。彼女がやれと言うなら、私はパラシュートなしで気球から飛び降りるさ」

「で、結論は？」

　ハムはすでに無邪気な誇りで顔を輝かせていた。「KVHヴァンクーヴァーと、バーゼルは、ちっぽけなマン島のバイオテクノロジー会社、〈ローなんとか〉と〈ファーマなんとか〉の株の五十一パーセントを所有している。スリー・ビーズ・ナイロビは、彼らの発見した分子と生成物について、アフリカ大陸全土で単独輸入販売権を持っている」

「ハム、きみは驚くべき男だ！」

「〈ローファーマ〉と〈ファーマビアー〉はどちらもＫＶＨに所有されている。と言うか、五十一パーセントの株を彼らが売り払うまで所有されていた、と言うべきだな――ひとりの男と、ふたりの魔女にね。男はロービアーと呼ばれている。〝ロー〟と〝ビアー〟と〝ファーマ〟で、〈ローファーマ〉と〈ファーマビアー〉ができるだろう。魔女はふたりとも医者だ。住所はスイスの銀行家気付になっている。で、そいつはリヒテンシュタインの郵便受けに住んでる」

「彼らの名前は？」

「ララなんとかだ。ノートに書いてある。そうだ、ララ・エムリッチだ」

「もうひとりは？」

「忘れた。いや、忘れてない。コヴァクスだ。ファーストネームはなかった。私が恋に落ちたのはララだ。大好きな歌でね。昔、好きだったんだ。『ドクトル・ジバゴ』テスもあの頃好きだと言ってたな。くそっ」ハムが鼻をかむあいだ、自然に会話が途切れ、ジャスティンは次のことばを待った。

「で、その貴重な情報に行き着いて、きみはどうしたんだい、ハム？」とジャスティンは慎重に訊いた。

「ナイロビに電話して、彼女に逐一読んで聞かせたさ。大喜びしてた。あなたはわたしのヒーローよと言って——」彼はジャスティンの表情を見て口をつぐんだ。「きみの電話じゃないぞ、愚か者。内陸部の彼女の友人の電話を使った。〝公衆電話ボックスに入って、今から言う番号に直接かけて。ペンはある？〟だとさ。まったく威張り散らすやつだ、いつもそうだった。だがとくに電話には用心深かった。ちょっとやりすぎじゃないかと思うくらい。だが用心しすぎる人間の何人かには本物の敵がいる、ちがうか？」

「テッサには、いた」とジャスティンは同意した。ハムは彼に奇妙な眼差しを向けた。それは長引くほどに奇妙さを増した。

「そんなことが起きたと思ってるわけじゃないだろう？」とハムは沈んだ声で訊いた。

「どういうことだい？」

「テスが製薬会社の連中と衝突したと」

「考えられないわけじゃない」

「だが、頼むよ、なんてこった《クライスト》。きみ、まさか彼らが彼女の口を封じたなんて思ってないだろう？　つまり、わかるよ、やつらはボーイ・スカウトじゃないが」

「彼らが全員、献身的な博愛主義者であることはまちがいないよ。最後の百万長者に至るまで」

長い沈黙ができ、ハムがそれを破った。

「おお。なんてこった《クライスト》。慎重になろうぜ、な？」

「もちろん」

「私はあの電話をして、彼女を肥溜めに落としちまった」

「ちがう、ハム。きみは彼女のために精いっぱい働いた。彼女はきみを愛していた」

「ああ、なんてこった《クライスト》。何かできることはないか？」

「ある。箱が欲しい。頑丈な茶色の段ボール箱でいい。あるかい？」

用事ができたことを喜んで、ハムは部屋を飛び出していき、さんざん悪態をついたあとで、プラスティックの水切りトレイを持って戻ってきた。ジャスティンはグラッドストン・バッグのまえに屈み、鍵を開け、革のストラップをはずし、背中でハムの視線をさえぎりながら中身をトレイに移した。

「それから、もしできれば、マンツィーニの事務所でもっともくだらないファイルの束をもらえないか。雑誌の古い号とか、置いてはおくが二度と見ないようなやつを。このバッグに詰められるだけ」

ハムは彼にファイルも渡した。ジャスティンが欲しがっているような、古くて、書類の端の折れたようなものを。そしてそれを空のバッグに詰めるのを手伝い、ジャスティンがストラップを巻いて、鍵をかけるのを見た。それから彼がバッグを手に持ち、袋小路から通りに出ていってタクシーを呼びとめるのを、窓から見た。ジャスティンが完全に視界から消えると、ハムは聖処女に心からの祈りを込めて「聖母様《ホーリー・マザー》！」とつぶやいた。

＊

「おはようございます、ミスター・クエイル。バッグをお預かりできますか？　X線を通さなければなりません。恐縮ですが、新しい規則でして。われわれの時代にはこうではありませんでしたが――あるいはお父様の時代には。ありがとうございます、サー。こちらが検査証です。すべて整然と、公明正大にというわけですな」声が落ちる。「大変残念なことです、サー。われわれ全員、いたたまれない気持ちです」

「おはようございます、サー。お帰りなさい」また別の暗い声。「心からお悔やみ申し上げます。妻もそう言っておりました」

「謹んでお悔やみ申し上げます、ミスター・クエイル」別の声が彼の耳にビール臭い息を吹き込む。「ミス・ランズベリーが、直接階上へおいでくださいとのことです。お帰りなさい《ウエルカム・ホーム》」

しかし外務省はもはや我が家《ホーム》ではなかった。インドの王子たちに恐怖心を抱かせるために作られたという馬鹿げた玄関ホールも、偉そうに不能《インポテンス》を誇示しているだけだ。かつらをかぶった尊大な山師たちの肖像画も、もはや彼に同じ一族の笑みを送ってこない。

「ジャスティン。わたしはアリスンよ。初めてね。本当に、こんなかたちで知り合いになりたくなかったけれど。どう、大丈夫？」アリスン・ランズベリーが、いかにも気兼ねするようにオフィスの十二フィートの高さのドアロに現れ、両手で彼の右手を握って、揺れるにまかせた。「みんな本当に悲しんでるの、ジャスティン。恐ろしくて震え上がってるわ。ここへこんなに早く帰って来られるなんて、あなたは本当に勇気があるわ。落ち着いて話ができる？　できなくても当然だけど」

「アーノルドのニュースはありませんか？」

「アーノルド？　ああ、謎のブルーム医師ね。残念ながら何もないわ。最悪の事態を覚悟しなければならない」と彼女は言ったが、何が最悪の事態なのかには触れなかった。「でも彼はイギリス人じゃないんでしょう？」――気を取り直す――「彼のことは親切なベルギー人に任せるしかないわね」

彼女の部屋は二階で、金色の小壁《フリーズ》と、黒い戦時中のラジエーターと、専用の庭を見下ろすバルコニーがついていた。肘掛け椅子が二脚あり、アリスン・ランズベリーは、他人がまちがえて坐ることがないように、自分の椅子の背にカーディガンを掛けていた。会合に邪魔が入らないように、コーヒーの入った魔法瓶が置かれている。ついさきほどまで誰かがいたことを示す、妙に濃厚な雰囲気が漂っていた。ブリュッセルで四年間公使を務めたのち、ワシントンで三年間の国防参事官――ジャスティンは経歴録で見た内容をもう一度思い起こした。ロンドンに戻ってきてさらに三年間務め、合同情報委員会に名を連ねる。六カ月前に人事部長に就任。そんな彼女との公式の通信は、妻の舵を取るようにと指示してきた手紙――これは無視した。自宅に戻ってはならないと命じたファックス――これは遅すぎた。アリスンはどんな家に住んでいるのだろうと思い、頭の中で〈ハロッズ〉の裏の赤煉瓦のマンションの一室を進呈した。週末のブリッジ・クラブの集まりに打ってつけだ。五十六歳、細身で力強い。テッサの喪に服して黒い服を着ている。男ものの印章つきの指輪を左手の中指にはめている。父親のものだろうとジャスティンは推測した。壁に掛かった写真は、ムア公園にドライヴしたときのものだ。もう一枚は、ジャスティンにはいささか無分別に思えるが、ヘルムート・コール（一九八二年からドイツ連邦共和国首相で、東西ドイツ統一後の首相を九八年まで務めた）と握手している写真だった。そのうち女子大学の学部長にでもなって、勲位を授けられるのだろう。

「朝からずっと、あなたに言うべきでないことを考えてたの」と彼女は話し始めた。遅刻した者たちに当てつけて、声を廊下の奥まで響かせた。「それから、あなたとまだ簡単に合意してはならないことを。あなたが自分の将来をどう見ているかは訊かないわ。わたしたちがどう見ているかも言わない。そんなこと、とても考えられないほど動転しているから」と彼女は説教師の充実感を覚えながら、ことばを結んだ。「ちなみに、わたしはマデイラ・ケーキよ（こってりしたスポンジケーキ）。何層にも分かれてると思わないで。どこを切っても同じよ」

彼女は眼のまえの机にラップトップを置いていた。テッサのものかもしれなかった。話しながら、かぎ針のように先が曲がった灰色の棒で画面をつついた。「あなたに言わなければならないこともあるの。今言ってしまうわね」トン。「ええと。まず無期限の病気休暇よ。無期限なのは、医師の所見を待たなければならないから。病気というのは、あなたは自覚のあるなしにかかわらず、深刻な心的外傷を負ったから」そういうこと。トン。「わたしたちはカウンセリングも世話するの。経験を積んで、かなり信頼できるようになってるわ」悲しい笑みを浮かべてまた、トン。「ドクター・シャンドよ。部屋の外にいるエミリーが、彼女の居場所《コオードネ》を教えてくれるわ。明日の十一時に仮予約を入れておいたけど、都合が悪ければ別の時間に変えて。ハーレイ通りよ（ハーレイ通りは、ロンドンでもっとも著名な個人開業医が集まる場所）、ほかに考えられる？　女医はだめかしら」

「まったく問題ありません」とジャスティンは愛想よく答えた。

「どこに滞在しているの？」

「われわれの——私の家です。チェルシーの。これから行きます」

彼女は眉を寄せた。「でもご家族の家じゃないでしょう？」

「テッサの家族です」

「ああ。でも、あなたのお父様はロード・ノース通りに、かなりきれいな家をお持ちだわ。憶えてるけど」

「父は、亡くなるまえにそこを売り払ったのです」

「チェルシーにずっと住むつもり？」

「今のところ」

「外のエミリーにその家の住所《コオードネ》も知らせておいて。お願い」

また画面に眼をやる。何かを読んでいるのか、それとも逃げ場を求めているのか。

「ドクター・シャンドは一回きりじゃないの。コースなのよ。個人にも、グループにもカウンセリングするわ。似たような問題を抱える患者の交流を勧めている。もちろん保安上、許される範囲でね」トン。「カウンセリングの代わりに——あるいは同時に——聖職者の助けが必要なら、ほぼすべてのことで機密を預けられる、あらゆる宗派の聖職者を用意してるから言って。ここでのわたしたちの方針は、安全ならなんでも与えよ、なの。ドクター・シャンドがよくなかったら戻ってきて。必ず適任者を見つけるから」

たぶん鍼治療も施すんだろうな、とジャスティンは思った。しかし頭のほかの部分では、自分には告白すべき秘密もないのに、なぜ彼女は機密上安全な聴罪司祭を用意しているのだろうと考えていた。

「ああ、それから避難所が必要？　ジャスティン」トン。

「なんですか？」

「〝静かな家《クワイエットハウス》〟よ」〝静かな《クワイエット》〟にアクセントがある——温室《グリーンハウス》のように。「この騒ぎが収まるまで、あらゆることから離れていられる場所。完全に匿名でいられて、精神のバランスを取り戻しながら、田舎道をゆっくりと散歩して、わたしたちがあなたを必要とするか、その逆のときだけロンドンに出てきて、また戻っていく場所。今ちょうど空きがあるの。あなたの場合、完全に無料というわけにはいかないけれど、政府からかなりの補助が出るわ。どうするか決めるまえにドクター・シャンドと話してみる？」

「あなたがそう言うなら」

「言うわ」トン。「あなたは公の場でとてつもない侮辱を与えられた。それでどんな影響を受けた？　自分でわかってる範囲で」

「それほど公の場には出ていません。あなたが私を隠してしまったから——もし憶えていらっしゃるなら」

「それでもあなたは苦痛を味わったわ。妻に裏切られた夫という烙印を押されたい人などいないし、報道機関に性生活をあれこれ詮索されたい人もいない。いずれにせよ、あなたはわたしたちを憎んでいない。怒っても、恨んでも、品位を落としてもいない。すぐさま復讐を果たそうともしていない。あなたは耐えて生き延びている。もちろんそうでしょう。あなたは外務省のヴェテランなんだから」

質問なのか、小言なのか、単なる耐久力の定義なのかはっきりわからず、ジャスティンは彼女を放っておいて、戦時中のラジエーターに近すぎる場所に置かれた、不運な鉢植えのピンクのベゴニアに注意を向けた。

「ここに給与担当からのメモがあるわ。今すべて聞きたい？　それとも、もうたくさんといった気分？」どちらにせよ、彼女はそれを手渡した。「もちろん給与は全額支払われるわ。配偶者手当は、残念ながら、あなたが単身になるまえの日までよ。気に障ることはいろいろあるだろうけど、ジャスティン、今知って受け容れるのがいちばんよ。それから通常の一時帰国手当、最終的な行き先が決まるまでね。でも、これもひとり分の支払いになるわ。ジャスティン、これで充分かしら？」

「充分な金額という意味ですか？」

「当面活動するのに充分な情報かという意味よ」

「なぜです？　ほかにもっとあるのですか？」

彼女は棒を置いて、彼をまっすぐに見据えた。何年もまえ、ジャスティンはむこうみずにも、ピカデリーの有名店で苦情を言ったことがある。そこでこれと同じ寒々しい監督者の眼つきに出くわした。

「まだないわ、ジャスティン、わたしたちの知ってるかぎり。毎日ハラハラしてる。ブルームはまだ見つからないし、報道は事件がなんらかの解決を見るまで容赦なく続く。これからペレグリンと昼食だったわね」

「はい」

「彼は恐ろしく優秀よ。あなたはこれまでしっかりしていた、ジャスティン。大変な状況で落ち着きを示した。それは評価するわ。恐ろしい精神の緊張を強いられてきたはずよ。テッサの死後だけでなく、そのまえから。こんなことになるまえに、断固たる意志であなたがたふたりを連れ戻すべきだった。まちがって寛大すぎたとあとから言うのは、あまりに安直な逃げ道だけど」トン。そして画面をじっくり眺めて、とても承服できないという顔をする。

「報道機関の取材は受けてないわね？　何ひとつ、記録に残ることも、残らないことも話してないわね？」

「警察以外には」

　彼女はそれを無視した。「これからも話さないで。当たり前だけど。〝ノーコメント〟とさえ言わないで。今の状況なら電話をすぐに切ってもなんの問題もないわ」

「それはむずかしくありませんね」

トン。沈黙。また画面に見入る。今度はジャスティンをじっと見る。眼を画面に戻す。

「それから、本来外務省に属する書類や資料は何も持っていない？　つまり、なんと言うか、わたしたちの知的財産を。もう訊かれただろうけど、そのあと出てきたり、これから出てくるものがあるかもしれないから、もう一度訊くわ。何か出てこなかった？」

「テッサのものですか？」

「彼女の婚姻外の活動について言っているの」それが何かを説明するまえに間を置いた。彼女が黙しているあいだに、遅きに失した観はあるが、ジャスティンは悟った。テッサは彼女にとって、ある意味で特大級の侮辱だったのだ。彼女たちの学校、階級、性、国にとって、さらにテッサがけがした外務省にとっての不名誉だったのだ。そしてその延長で、ジャスティンは彼女を城塞にこっそり運び入れたトロイの木馬だったのだ。「本人がなんと呼んでいたかは知らないけど、いわゆる〝調査〟の過程で、彼女が正当に、あるいは不正に手に入れた研究資料すべてのことを言っているの」と嫌悪をむき出しにして付け加えた。

「正直言って、何を探せばいいのかもわかりません」とジャスティンはこぼした。

「わたしたちもよ。そしてイギリスにいるわれわれには、そもそもなぜ彼女がこういう状況に陥ったのかも理解しがたいわ」突然、ふつふつと煮えたぎっていた怒りが彼女からあふれ出した。そうするつもりがなかったことはよくわかった。彼女は大変な努力をしてそれを押さえつけていた。しかし、もう明らかに手に負えなくなっていた。「こうやって明るみに出たことから考えると、彼女があんな人間になることを許されたのは本当に異常なことよ。ポーターは彼なりにとても優秀な高等弁務官だけれど、このことについては多分に非難されるべきだと思う」

「具体的にどんな点で？」

彼女がぴたりと静止したので、ジャスティンは不意を突かれた。線路の車止めに突き当たったかのように、彼女は動きを止めて画面に視線を据えた。かぎ針を構えたが、宙で止めた。そして軍葬でライフルを地面に置くように、それを静かに机の上に置いた。

「そう、つまり、ポーターだから」と彼女は納得した。しかし、ジャスティンは彼女が納得するようなことを何も言っていなかった。

「彼がどうしたんです？」とジャスティンは訊いた。

「可哀そうな子供のために、あのふたりがすべてを犠牲にしているのは、とてもすばらしいことだと思うわ」

「私もそう思います。しかし、今回彼らは何を犠牲にしたのです」

彼女は彼の当惑を共有しているように見えた。ポーター・コールリッジを中傷するときだけかもしれないが、同盟相手にジャスティンを必要としていた。「本当に、恐ろしくむずかしいことだわ、ジャスティン、この仕事で足をしっかり踏みしめて立っているのは。人それぞれを個人として扱いたいと思う。一人ひとりの状況を全体の構図の中に当てはめられればどんなにいいことか」しかし、それでポーターへの攻撃の手を緩めるとジャスティンが思ったとしたら、大まちがいだった。彼女は弾丸を再装塡しただけだった。「でもポーターは現場にいて、わたしたちはいなかった。この事実は直視するしかないわ。暗闇の中に置かれたら、わたしたちには何もできない。最初から知らせていないのに、事後に断片を拾ってくれと言われてもどうしようもない。ちがう？」

「そうですね」

「もしポーターが眼に星散らした夢想家で、家族のひどい問題にかかりっきりで――それを咎める人はいないけど――ブルームのことやら何やら、自分の鼻先で起こっていることに気づかなかったとしても、彼のすぐ隣りには、いつでも、一級の補佐役のサンディがいて、ポーターに噛んで含めるように説明してやれたでしょうに。実際、サンディはそうしたわ。まったく嫌に《アド・ナウゼアム》なる。そう思っても仕方がないことだけど。要するに、あの子が――ロージーだかなんだかいう、確かに可哀そうなあの女の子が――彼らの就業時間外のすべての関心をひとり占めしていることは、火を見るより明らかね。わたしたちは、必ずしもそうしてもらうために高等弁務官を任命するわけではない。ちがう？」

ジャスティンは神妙な面持ちで、彼女のジレンマに同情していることを示した。

「詮索するわけじゃないけど、ジャスティン、ただ訊きたいの。ポーターのことはしばらく忘れるとして、どうして奥さんは、あなた自身の説明によれば、あなたが何も知らない活動をあれこれ続けてこられたの？　そんなことが可能……だったの？　わかるわ、彼女は現代女性だった。彼女にとってなんとも幸運だったと言うしかない。自分の思いどおりの人生を送り、好きな関係を持った」痛烈な沈黙が流れる。「あなたに、彼女を抑えるべきだったとは言わない。それじゃ性差別主義者よ。わたしが訊いてるのは、現実にどうやって彼女の活動――彼女の研究――彼女自身――なんと言えばいいの――についてまったく知らないでいることができたのかということよ。彼女の出すぎた行動と言ってもいいけれど、実際」

「ふたりで取り決めていたのです」とジャスティンは言った。

「そうでしょうとも。平等で同時進行の生活。でも同じ家の中よ、ジャスティン！　本当に彼女はあなたに何も話さず、何も見せず、あなたとは何も共有しなかったの？　はっきり言って、まったく信じがたいわ」

「私もです」とジャスティンは同意した。「でも砂の中に頭を突っ込んでいればそうなるのです」

トン。「で、あなたは彼女とコンピューターを共有していたの？」

「私がなんですって？」

「これ以上、明確になりようのない質問よ。あなたはテッサのラップトップ・コンピューターを共有するか、あるいはほかのかたちでそれにアクセスできたの？　知らないかもしれないけど、彼女はこともあろうに外務省に非常に強い調子の文書を送ってきたの。ある人たちが重大な犯罪を犯していると主張するものだった。彼らの恐ろしい罪を指弾していたわ。潜在的に非常に危険な問題を起こしうるものだった」

「誰にとって潜在的に危険だったのですか、アリスン？」ジャスティンは、彼女が無料でくれる情報はすべてもらっておこうと、やんわりと訊いた。

「誰にとってという問題じゃないのよ、ジャスティン」と彼女は厳しく答えた。「あなたがテッサのラップトップ・コンピューターを持っているかどうか、もし持っていないとすれば、今それはどこにあるのか、そして中に何が入っているのかという問題よ」

「共有したことはありません。それがあなたの最初の質問に対する答です。コンピューターは彼女だけのものでした。私はどうやって使うのかさえわかりません」

「使えなくてもいいの。問題は、あなたがそれを持っているかどうかなの。ロンドン警視庁が要求したと思うけど、あなたは賢明かつ忠実に、警察の手に渡すより外務省に渡すほうがいいと判断した。われわれはそれに感謝している。評価するわ」

それは声明であり、二者択一の質問だった。持っているならAのボックスに印を、持っていないならBのボックスに印をつけよ。それは命令であり、挑戦だった。そして彼女のクリスタルのように冴えた眼光から察するに、脅迫だった。

「それから、当然ながらディスクもね」と彼女は答を待ちながら付け加えた。「彼女は有能な女性だった。だから今回のことはいっそう奇妙なんだけど。彼女は弁護士でもあった。重要と思うものにはすべて、必ずコピーを作っていたはずよ。この状況では、そのディスクも安全を侵害するものとなる。だから渡してもらいたいの」

「ディスクはありません。なかったのです」

「あったに決まってる。ディスクに保管せずに、彼女がコンピューターを使ってたはずがないわ」

「あらゆる場所を探したのです。どこにもありませんでした」

「なんて妙なんでしょう」

「本当にそう思うでしょう？」

「だとすると、あらゆることを考慮したうえであなたにとって最良の方策は、荷解きをしたらすぐにすべての持ちものを外務省に持ってくることね。そこからさきはわたしたちに任せて。それであなたは苦痛と責任から逃れられる。そうでしょう？　取り決めましょう。わたしたちの関心外のものは、すべてあなただけのものとする。こちらでプリントアウトして渡すわ。ここにいる誰もそれを読まないし、評価もしない、そしていかなるかたちでも記録しない。荷物を取ってくるのに、誰かをあなたと一緒に行かせましょうか？　それで役に立つ？　どう？」

「よくわかりません」

「人が必要かどうかわからないということ？　もちろん必要よ。同じ等級の親切な同僚はどう？　あなたが完全に信頼できる誰かよ。ね？」

「あれはテッサのものでした。彼女が買って、彼女が使っていた」

「だから？」

「だからあなたの言うとおりにすべきかどうかわからないのです。ただ亡くなったからといって、彼女の所有物への略奪を許したものかどうか」眠くなって彼はしばらく眼を閉じ、頭を振って眠気を振り払った。「どちらにしろ、それは問題ではありません」

「なぜ？」

「持っていないからです」彼は立ち上がった。そのことに自分でも驚いたが、体を伸ばし、新鮮な空気を吸う必要があった。「おそらくケニア警察が盗んだんでしょう。彼らはなんでも盗みます。ありがとう、アリスン。いろいろ親切にしてくれて」

グラッドストン・バッグを守衛長から戻してもらうのには、ふだんより長く時間がかかった。

「戻ってくるのが早すぎたようだ。申し訳ないね」とジャスティンは待っているあいだに言った。

「いいえ、まったく早すぎるということはありません、サー」と守衛長は言い返し、赤面した。

＊

「ジャスティン！　親愛なる同輩！」

ドアの脇に立っていたクラブのポーターにジャスティンが名を告げていると、ペレグリンがいち早く気づき、彼を捕まえに階段をどすどすと降りてきた。いかにも好男子ふうの笑みを浮かべ、大声で呼ばわった。「ジミー、私の客だ。そのバッグをおまえのがらくた部屋に放り込んで、こっちへ来させてくれ」そしてジャスティンの手を握り、もう一方の腕をさっと肩にまわした。友情と同情を表す、イギリス人らしからぬ力強い所作だった。

「なんとか耐えてるな？」彼はまず誰にも聞かれていないことを確かめて、個人的なことでも打ち明けるように訊いた。「きみがよければ公園を散歩してもいいし、ほかのときにしてもいい。言ってくれ」

「大丈夫です、バーナード。本当に」

「けだものランズベリーが疲れさせなかったか？」

「少しも」

「食堂の席を予約してある。バーで出すランチだ。股の上に載せて食べなきゃならんし、元外務省の老人どもが屯《たむろ》して、スエズ問題で不平を鳴らしてるがね。小便は大丈夫か？」

食堂はまるで棺台だった。天井には、青い空に天使の舞う姿が描かれていた。ペレグリンの選んだ礼拝場所は、磨き上げられた御影石の柱と、悲しげなドラセナの葉の影に隠れた部屋の隅で、まわりには、化学繊維の灰色のスーツを着て、私立校の髪型をした、永遠の英国《ホワイト》政府《ホール》の信者仲間が坐っていた。これが私の世界なんだ、とジャスティンは彼女に説明したものだ。結婚しても、私がこの一員であることは変わらないと。

「まず厄介な仕事からかたづけよう」とペレグリンは巧みに切り出した。ちょうど藤色のディナージャケットを着た西インド諸島出身の給仕が、卓球のラケットのようなメニューを手渡したときだった。これがペレグリンの如才なさ、好男子ふうのイメージの典型だった。メニューを見ていれば、互いに話をしながら眼を合わさないですむ。「空の旅はまずまずだったか？」

「快適でした。ありがとう。アップグレードしてもらえました」

「すばらしい、すばらしい。すばらしい娘だったよ、テッサは。ジャスティン」ペレグリンは、卓球のラケット越しにぶつぶつ言った。「それ以外に言うことばがない」

「ありがとう、バーナード」

「善意に満ち、勇気があった。あとのことは忘れよう。肉にするか、それとも魚？——今日は月曜じゃないな——あちらでは何を食べてた？」

ジャスティンは職歴のあちこちでバーナード・ペレグリンとつき合っていた。オタワで彼を補佐し、ベイルートでも短いあいだ一緒に働いた。ロンドンでは人質生存コースを一緒に受講し、珠玉のノウハウを会得した。死を怖れぬ武装集団に追われていることをどうやって証明するか、彼らに目隠しされ、手と足を粘着テープで縛られ、メルセデスのトランクに放り込まれたときにどのように威厳を保つか、足は自由になったが、階段が使えないときにどうやって高所の窓から飛び降りるかといったようなことだ。

「記者どもは皆くそだ」ペレグリンはまだメニューに埋もれたまま、自信満々で宣言した。「いつか私がやろうと思っていることを教えようか。あいつらにつきまとってやるんだ。彼らにやられたことを、こちらもやり返すのだ。群衆を雇って、《グローニアド》や《スクルーズ・オヴ・ザ・ワールド》の編集者がふしだらな女としけこむところを監視させる。そして彼らの子供たちが学校へ行くところを写真に撮る。妻たちに、お宅の旦那はベッドでどうですかと訊く。受け手の側に立つとどういう気分になるか、あのくそどもに教えてやるんだ。やつらの大半に機関銃を向けたくなったか？」

「いいえ、必ずしも」

「私もだ。文字も読めない偽善者どもめ。ニシンの切り身は悪くない。ウナギの薫製を食うと屁が出るぞ。舌平目のムニエルはうまい――もし舌平目が好きなら。嫌いなら焼いてもらえばいい」彼は印刷ずみの伝票に書き込んでいた。最上部に〝バーナード卿〟と大文字で書かれ、左側に食べものの種類、右側に印をつけるボックス、下に会員の署名欄がある。

「舌平目で結構です」

ペレグリンは人の話を聞かない男だったことをジャスティンは思い出した。優れた交渉者として名高いのはそのためだ。

「焼くか？」

「ムニエルで」

「ランズベリーは調子がよかったか？」

「万全の戦闘態勢でした」

「自分はマデイラ・ケーキだと言ったか？」

「ええ」

「いつも言う機会を狙ってるんだ。きみの将来のことを話したか？」

「私は心的外傷を負っていて、無期限の病気休暇扱いになるそうです」

「小エビはどうする？」

「アヴォカドのほうがいいです。ありがとう」とジャスティンは言い、ペレグリンが小エビのカクテルにふたつ印をつけるのを見た。

「外務省はこのところ、昼食時の飲酒を公式に禁じてるんだ。聞いてほっとしただろうが」とペレグリンは言い、破顔一笑してジャスティンを驚かせた。一度目が効かなかったときのために、もう一度笑う。ジャスティンは、彼の笑顔がいつも同じであることを思い出した。同じ幅、同じ持続時間、同じ分量の自然な温かみ。「しかし、きみには同情の余地が大いにあるから、きみにつき合うことが私のつらい職務というわけだ。ムルソーに近いまずまずのワインがあるが、半分飲むかね？」彼の指先でくるくるまわっていた銀色の鉛筆が、然るべき場所に印をつけた。「まあ、すぐに自由になるさ。解放される。釈放だ。おめでとう」彼は伝票をちぎり取ると、飛ばないように上に塩入れを置いた。

「何から解放されるんです」

「殺人だ。ほかに何がある？　きみはテッサも、運転手も殺していない。悪の巣窟から殺し屋を雇ってもいない。ブルームの野郎を屋根裏にかくまってもいない。盾の汚れを落として法廷から出ていける。警官どものおかげだな」注文票はいつのまにか塩入れの下から消えていた。給仕が取っていったにちがいないが、上の空だったジャスティンは気がつかなかった。

「ところで、あちらではどんな園芸を手がけた？　訊いておくとセリーに約束したんだ」セリーはセリーヌの愛称で、ペレグリンの恐ろしい妻だ。「異国ふうの植物？　水気の多いサボテンか何か？　こんなことを訊くのは私の柄じゃないが」

「ほとんどすべての植物です」とジャスティンは知らず知らず答えていた。「ケニアの気候は非常に温和です。私の盾に汚れがついていたとは知りませんでした、バーナード。確かにそんな話はありましたが、現実からほど遠い仮説だと思っていました」

「ありとあらゆる説があったのだ、哀れな連中には。正直言って、はるか上の階級に迷惑をかける説がね。いつかドーチェスターに来てくれ。セリーに園芸のことを話してやってくれ。週末を過ごすといい。テニスはやるか？」

「やりません」

ありとあらゆる説があった、と彼は胸の内で繰り返していた。哀れな連中には。ペレグリンは、ランズベリーがポーター・コールリッジについて話したのと同じように、ロブとレズリーについて話している。あの阿呆のトムなんとかがもうすぐベオグラードに送られるぞ、とペレグリンは話していた。大臣がロンドンであの不細工な顔を見るのに耐えられなくなったかららしい。そもそも誰が耐えられる？　ディックなんとかが、次の叙勲で爵位を授けられるようだ。その後、運がよければ一気にのし上がって大蔵大臣だ。神よ、祖国の経済を救いたまえ。もちろん老ディックはこの五年間、革新労働党（〃労働党と英国に革新を〃がブレア首相のスローガン）の尻にキスし続けてきたからな。まあ、ほかは相変わらずだ。外務省は、きみがアフリカに行くまえから知っているような、品のない訛りで話し、フェアアイル（多色の幾何学模様のニット）のプルオーヴァーを着た、クロイドン出身の赤煉瓦大学卒業生（中、下層階級出身の優秀な人材を指す）で埋め尽くされている。十年も経てば、〃われわれのような〃人間はひとりもいなくなるだろうな。給仕が小エビのカクテルをふたつ持ってきた。ジャスティンはそれがテーブルに置かれるのをスローモーションで眺めた。

「彼らは若かったんだろうな」ペレグリンは鎮魂の雰囲気に戻って、なだめるような口調で訊いた。

「新しい入省者ですか？　もちろんです」

「ナイロビの小物の警官たちだよ。若く、飢えている――彼らに祝福あれだ――かつてわれわれが皆そうだったように」

「なかなか頭が切れると思いました」

ペレグリンは眉をしかめ、エビをかじった。「デイヴィッド・クエイルはきみの親戚かね？」

「甥です」

「先週、彼を雇ったよ。弱冠二十一歳だが、ほかにどうやってシティ（ロンドンの金融中心街）と互角に戦える？　私の名づけ子は先週からバークレイズ銀行で働き始めたが、年収四万五千ポンドにボーナスがついてる。まだまだ使いものにならないヒヨッコだぞ」

「デイヴィッドの件はよかった。知りませんでした」

「正直な話、グリッドリーがああいう女をアフリカに送り込むのはかなり異例のことだ。フランクは手慣れた外交官だ。現場を知っている。あの国で誰が女性の警官など真面目に取り合うんだね？　まちがってもモイの取り巻き連中は相手にしない」

「グリッドリー？」とジャスティンは繰り返した。頭の中の霧が晴れてきた。「フランク・アーサー・グリッドリーじゃありませんよね？　外交上の保安を担当してた」

「その当人だよ、あろうことか」

「しかし彼はとんでもない間抜けですよ。儀典局にいたときに相手をしたことがありますが」ジャスティンは、自分の声がクラブで許容される音量を上まわったことに気づき、慌てて声を落とした。

「首から上は木だな」とペレグリンは愉快そうに同意した。

「いったいなぜ彼がテッサの事件を調査しているんです？」

「重大犯罪班に左遷《リモジエ》されたってことだな。海外の事件の専門家として。警官たちがどういう輩か知ってるだろう」とペレグリンは口の中をエビとパンとバターでいっぱいにしながら言った。

「グリッドリーがどういう人間かは知っています」

エビをもぐもぐ嚙みながら、ペレグリンは権威者の短文調になった。「ふたりの若い警官。ひとりは女性。もうひとりは自分をロビン・フッドだと思っている。派手な事件。世界じゅうの注目が集まる。彼らの名前が急に脚光を浴びる」咽喉元のナプキンを調節した。「だからいろいろな説を作り出したのさ。教育不足の上司を感心させるのに、すばらしい説は必要ないからな」彼はワインを飲み、ナプキンの端で口を拭いた。「殺し屋——腹黒いアフリカの政府——多国籍コングロマリット——これほど豪華な材料はない！　運がよければ、映画に出られるかもしれんぞ」

「どんな多国籍企業を想定していたのでしょう」とジャスティンは訊いた。テッサの死を扱った映画という唾棄すべき考えを無視しようと努めた。

ペレグリンは彼の視線を受け止め、その意味を考えて微笑み、さらにもう一度微笑んだ。

「単なる言いまわしだよ」と素っ気なく応じた。「文字どおり受け取らないでくれ。あの若い警官たちは初日からまちがった方向を向いていた」給仕がふたりのグラスを満たすあいだに気を取り直して、また話し始めた。「嘆かわしい。まったくそ嘆かわしいよ。きみのことではないぞ、マシュー、我が友」――と、これは給仕に、少数民族への麗しい友情を込めて――「そしてこのクラブの会員に対してでもない、喜ばしいことに」給仕は逃げ去った。

「彼らはサンディに罪をなすりつけようとした。ざっと五分間ほどだが。彼がテッサを愛していて、嫉妬に駆られてふたりを殺したというばかばかしい説を立てた。それがうまくいかないことがわかると、今度は〝陰謀〟のボタンを押した。世界でいちばんたやすいことだ。気に入った事実だけをいくつか拾って継ぎはぎし、鉈を研いでる何人かの不満分子の声を聞き、誰でも知ってる名前のひとつふたつを放り込めば、どんな説でも思いのままだ。言わせてもらえば、テッサもそうしたわけだが。うむ、きみはすべて知ってるんだろう」

ジャスティンはやみくもに首を振った。ことばなど聞こえない。まだ飛行機の中にいて、夢を見ているのだ。「残念ながら知りません」と彼は言った。

ペレグリンの眼は実に小さかった。ジャスティンはこのときまでそれに気づかなかった。それとももともと普通の大きさだが、敵の砲火に晒されて縮んだのか。ジャスティンの見るところ、〝敵〟とは、言ったことを守らせようとペレグリンに強いる人間か、彼が事前に予期しなかった領域へ会話を持っていった人間を指す。

「舌平目はどうだ？　ムニエルにすべきだったな。そんな乾いたのじゃなくて」

　実においしいですよとジャスティンは言った。もともと頼んだのはムニエルだったことは言わなかった。ムルソーもどきもすばらしい――あんたの言うすばらしい娘のように。

「彼女はきみには論文を見せなかったのか。偉大なる論文を。言わせてもらえば、彼らの偉大なる論文だ。見てないとあくまで言い張るんだな？」

「何についての論文ですか？　警察も同じ質問をしました。アリスン・ランズベリーも遠まわしに同じことを訊きました。どんな論文なんです」彼は無知を装い、自分でそれを信じそうになった。また無料の情報を得ようとしていたが、今度は本心を偽っていた。

「きみには見せなかったのに、サンディには見せた」ペレグリンはその情報をワインで一気に飲み下した。「私にそれを信じろと言うのかね？」

　ジャスティンはさっと背筋を伸ばした。「なんですって？」

「言ったとおりだ。内密の会合。彼女は文書をすべて渡してた。すまないな。知ってるのかと思った」

　しかし私が知らなくて安心したんだろう、とジャスティンはまだ煙に巻かれた気分でペレグリンを見つめながら思った。「で、サンディはそれをどうしたんですか」と彼は訊いた。

「ポーターに見せた。ポーターはうろたえた。ポーターが何か決定するのは年に一度、さも大事のように振る舞いながらだ。サンディがそれを私に送ってきた。共同執筆されたもので、極秘と書かれていた。サンディとの共同執筆じゃないぞ。テッサとブルームだ。ちなみに、緊張をほぐしがてら言うと、ああいう援助の偉人たちにはむかむかする。国際的な官僚主義者どものテディベアのピクニック（子供の遊び）だ。気晴らしだよ。申し訳ないが」

「で、あなたはそれをどうしたのですか、バーナード？」

私は命綱の端にしがみつく、裏切られた男やもめだ。傷ついた無垢な男だ――口で言うほど無垢ではないが。私は迷走する妻と彼女の愛人から爪弾きにされた、怒れる夫だ。「誰でもいい。それがどんな内容のものだったのか、いい加減話してもらえませんか」と彼は同じ不満の声で続けた。「私は気が進まないながらも、サンディの家に招かれて滞在していました。永遠とも思える時間でした。なのに彼は、テッサや、ブルームや、ほかの誰かと内密に会ったことなどひと言もしゃべりませんでした。いったい何の論文なんです。何が書かれているんです」とさらに詰め寄る。

ペレグリンはまた微笑んでいた。一度。二度。「すると、きみにはすべて初耳だったわけだ。なんとね」

「そうです。まったくもって霧の中です」

「あんな娘だ。きみの半分の歳で、高く、広く、奔放に飛びまわる。一度も訊いてみようと思わなかったのかね？　彼女がいったい何をやりくさってるのか」

ジャスティンは、ペレグリンが怒っていることに気がついた。ランズベリーのように。私自身のように。われわれは皆怒っていて、皆それを隠している。

「思いませんでした。それに彼女は私の半分の歳ではありません」

「彼女の日記を見たり、わざとまちがって電話の内線を取ったり、彼女のメールを読んだり、コンピューターを覗き込んだりしなかったのか。まったくゼロか？」

「そのすべてについてゼロです」

ペレグリンは眼をジャスティンに据えたまま、考えを口にした。「つまり、きみには何も届いてないと。見ざる、聞かざるというわけだ。面白い」と、皮肉な調子が一線を越えるのを抑えようともせず言った。

「彼女は弁護士でした、バーナード。子供ではありません。充分な能力を持った、とても頭のいい弁護士でした。あなたはそれを忘れている」

「そうかな？　そうは思わないが」彼は舌平目の下半分の身を取るために読書眼鏡をかけた。それが終わると、ナイフとフォークで魚の背骨を持ち上げ、ゴミ用の皿を持ってきてくれる給仕を求めて、無力な病人のようにあたりを見まわした。「彼女が文書を見せたのがサンディ・ウッドロウだけであることを祈ってる。それだけだ。彼女は主要人物をしつこく悩ませた。それはまちがいない」

「主要人物とは誰のことですか。あ、あ、あなたですか？」

「カーティス。ケニー・Kその人だ。ときの人だよ」皿が出てきて、ペレグリンは骨をその上に置いた。「彼女が懸命になってたときに、ケニー・Kのくそ競走馬のまえに身を投げ出さなかったのは驚異だよ。ブリュッセルに言いつける。国連に言いつける。テレビに言いつける。地球を救う使命を帯びたああいう娘は、空想の赴くままにどこへでも首を突っ込んで、結果とともに地獄に堕ちる」

「それはちがう」驚きと激しい怒りに抗しながら、ジャスティンは言った。

「なんだって？」

「テッサは、私を、彼女の国を守るために必死で努力していたのです」

「くそを掻き出すことによって？　まったくバランスを欠いたやり方でそいつを発表することで？　夫の上司をしつこく悩ませて？　ブルームと腕を組んで、働きすぎの会社役員のところに無理やり押しかけて？　そいつは私の考える、夫を守る方法じゃないね。あえて言えば、可哀そうな旦那のチャンスを潰す高速車線だ。もっとも、率直に言って、それまできみのチャンスがすばらしいものばかりだったとは言えないが」炭酸入りの水をぐいと飲む。

「ああ、わかった。真相が読めたぞ」二度微笑む。「きみは本当に裏話を何も知らないんだ。だからそれにこだわっている」

「そうです。まったく当惑しています。警察が訊き、アリスンが訊き、あなたが訊きます――きみは本当に知らないのかと。そうです、知りませんでした。そして今も知りません」

ペレグリンはすでに不信と愉しさの入り混じった顔つきで首を振っていた。

「きみ、だったらこういうのはどうだ？　ちょっと聞いてくれ。これなら納得がいく。アリスンもだ。彼らがきみのところへ来る。テッサとアーノルドのふたりだ。そして手に手を取って言う。〝助けてくれ、ジャスティン。動かぬ証拠をつかんだ。歴史あるイギリス企業が、罪のないケニア人に毒を与えて、彼らをモルモットにしている。毒が何かは神のみぞ知るだ。いくつもの村に死体があふれている。こいつがその証拠だ。読んでくれ〞どうだ？」

「彼らはそんなことはしませんでした」

「まだ話し終わってないぞ。誰もきみの責任を追及しようとしているわけじゃないんだ、いいね？　まわりのドアはすべて開いている。われわれは皆友だちだ」

「わかっています」

「きみは彼らの話を聞いてやる。気のいい人間だから。十八ページの世界最終戦争のシナリオを読み、きみたちは気がふれてるとふたりに言う。イギリスとケニアの関係をこのさき二十年間悪化させたければ、彼らは理想的な処方を見つけ出している。きみは利口な男だ。もし私のところへセリーがそんなものを持ってきたら、ケツを思いきり蹴り上げてやる。そしてきみのように、私もそんな会合はなかったふりをする。本当になかったんだから、だろう？　きみが忘れたように、われわれもできるだけ早く忘れる。きみの記録には何も残らないし、アリスンの小さな黒い本にも残らない。これでどうだね？」

「彼らは私のところになど来なかったのです、バーナード。誰も話など持ち込まなかったし、あなたのいう最終戦争のシナリオを見せてもくれなかった。テッサも、ブルームも、誰もです。私にとってはすべて謎なのです」

「ギタ・ピアスンという娘、彼女は何者だ？」

「事務所の若い職員です。イギリス人とインド人のハーフの。聡明な女性で、現地採用です。

母親は医者です。なぜですか？」

「ほかには？」

「テッサの友人です。私の友人でもある」

「彼女が見たということは？」

「文書をですか？　わかりません」

「なぜ？」

「テッサは彼女にも見せなかっただろうから」

「サンディ・ウッドロウには見せたぞ」

「ギタは弱すぎるのです。彼女は外務省でキャリアを積みたいと思っています。テッサは彼女を危うい立場に追い込むことは望まなかったはずです」

ペレグリンには塩が必要だった。左の手のひらに小さな山を作り、右手の親指と人差し指でつまんでは振りかけ、最後に両手を叩いて払った。

「いずれにせよ、きみは解放された」と、それがさも残念賞であるかのように、彼はジャスティンに念を押した。「われわれは刑務所の門のまえに立たない。鉄格子のあいだからきみにバゲットとチーズを差し出したりはしない」

「そう言っていただけると嬉しいです」

「それはいい知らせだ。悪い知らせは――きみの友だちのアーノルドだ。きみとテッサの友だちの」

「見つかったのですか？」

ペレグリンは厳めしい顔で首を振った。「彼らはやつの正体を見抜いた。しかし、まだ見つけてはいない。いずれ見つけたいと願っているが」

「どんな正体です？　なんの話をしてるんですか」

「深海の底だよ、きみ。今のきみの健康状態じゃ、案内するのはむずかしい。きみが自分の立場を把握する数週間さきにこの会話ができればいいが、今はだめだ。不幸なことに、殺人の捜査は人を敬わない。独自の速さで独自の道を進む。ブルームはきみの友人だった。テッサはきみの妻だ。われわれの誰も、友人が妻を殺したときみに告げるのは愉快な仕事じゃない」

ジャスティンは心底驚いてペレグリンを見つめたが、ペレグリンは魚に気を取られて、それに気がつかなかった。「でも法廷証拠はどうなるんです？」ジャスティンはどこか極寒の惑星から尋ねる自分の声を聞いた。「緑のサファリ・トラックは？　ビール瓶や煙草の吸い殻は？　マルサビットで目撃されたふたりの男は？　よくわかりませんが、スリー・ビーズや、その他、イギリスの警察が私に訊いてきたあらゆることはどうなるんです？」

ペレグリンは、ジャスティンが言い終えるまえに、二度続く笑みの最初のほうを浮かべていた。「新しい証拠が出てね、きみ。決定的な証拠と言っていいだろう」またロールパンをちぎった。「警察が彼の服を見つけたのだ。ブルームの服だ。湖のそばに埋められていた。サファリ・ジャケットじゃない。それは目くらましでジープの中に置いてあった。シャツ、ズボン、下着、靴下、スニーカーだ。ズボンのポケットに何が入っていたと思う？　車のキーだ。ジープの。それでジープのドアをロックしたのだ。アメリカの連中が〝終結《クロージャー》（事件や体験に心理的折り合いをつけること）〟と呼ぶものに、また新しい意味が加わったな。痴情犯罪にはありがちなことらしい。誰かを殺し、ドアに鍵をかけ、心にも鍵をかける。事件は起こらなかった。記憶は消去される。古典的なパターンだ」

ジャスティンの訝しげな面持ちに気をそらされて、ペレグリンは一度黙り、有無を言わさぬ口調で言った。

「私はオズワルド型の男だ、ジャスティン。リー・ハーヴェイ・オズワルドはジョン・F・ケネディを撃った。誰も彼に手を貸した者はいない。アーノルド・ブルームはかっとなってテッサを殺した。運転手が歯向かったので、ブルームは彼にも斬りつけた。そしてその首を藪に放り込んで、ジャッカルの餌にした。以上《バスタ》。さんざん夢想と自慰を繰り返したあとで、結局あまりにも自明のことを受け容れなければならないときが来る。べとつくキャラメル・プディングか、リンゴのクランブル（果物を煮て、小麦粉や砂糖の練り合わせを載せたもの）でもどうだ？」彼は給仕にコーヒーの合図をした。「旧友同士の穏やかな警告のことばを、ひとつきみに発してもいいか」

「どうぞ」

「きみは病気休暇だ。きみは地獄にいる。しかし昔ながらの外交官だ。ルールはわかっているし、まだアフリカの人間だ。そしてまだ私に監視されている」――そしてジャスティンがこのことばを現状のロマンティックな定義と受け取らないように――「分別のある人間にはいいことがいくらでもある。私なら絶対に行かない場所もたくさんある。そしてもしきみが、持つべきでないいわゆる極秘情報を——頭の中でも、ほかのどこでも——持っているなら、それはわれわれのものであって、きみのものではない。世の中はこのところ、われわれが育った頃よりずっと乱暴になっている。卑劣な連中がごろごろしていて、なんにでも飛びかかり、多くのものを握って、失うまいとしている。どんどん粗野なほうへ向かっているのだ」

われわれがみずから犠牲を払って学んだように、とジャスティンはガラスのカプセルの奥のほうで考えた。彼は体重がないかのように食卓から立ち上がり、自分の姿が数多の鏡に同時に映っているのを見て驚いた。人生のあらゆる年齢の自分を、あらゆる角度から眺めていた。大邸宅で途方に暮れていて、料理人と庭師が友だちのジャスティン。学校のラグビーチームの花形選手ジャスティン。プロの独身者ジャスティン。外務省で将来を嘱望される、将来のない人間、友だちのドラセナの葉と一緒に写真に写ったジャスティン。ひとり息子を失った父親、男やもめになったばかりのジャスティン。

「いろいろ親切にしてくれてありがとう、バーナード」

詭弁の上級セミナーをありがとう、という意味だった——もし意味があるとすれば。妻が殺される映画を提案し、最後に残っていた私の感受性を踏みにじってくれてありがとう。十八ページの最終戦争のシナリオと、彼女が密かにウッドロウと会っていたことと、その他、眼覚めつつある記憶にいても立ってもいられない出来事を追加してくれてありがとう。そして眼に鋼の光をたたえながら、穏やかな警告を与えてくれてありがとう。今よく見てみると、私の眼にも同じ光がある。

「顔色が悪いな」とペレグリンは非難するように言った。「どこか調子が悪いのかね、きみ」

「大丈夫です。あなたに会えてますますよくなりました、バーナード」

「睡眠をとることだ。ガソリンなしで走っているようなものだろう。それと週末は必ず来てくれ。友だちを連れてこい。テニスのできるやつを」

「アーノルド・ブルームはどんな人間も傷つけたことがありません」とジャスティンは、ペレグリンが彼にレインコートを着せ、バッグを手渡しているときに、注意深く、はっきりと言った。しかし声に出して言ったのか、頭の中で叫び続けている千もの声に向かって言ったのかは、まるでわからなかった。

第十章

それは、離れているときにいつも記憶の中で疎ましく思う家だった。大きく、むさくるしく、いまだに親の威圧感の漂う、緑なすチェルシー（ロンドンの高級住宅街）のはずれの四番の家。正面の庭は、ジャスティンがたまの帰省休暇でどんなに手入れしようと、荒れ放題に荒れている。テッサがけっして伐らせようとしなかった枯れたオークの木の上には、彼女の作った樹上の家の残骸が、腐りかかった救命筏のように引っかかっている。枯れ木の針金のような枝には、大昔の割れた風船や、ぼろぼろになった凧の破片がぶら下がっている。腐葉の山を押しながら錆びた鉄の門を開けると、驚いた隣家の雄猫が下生えの中にさっと潜り込んだ。機嫌を損ねたような桜の木が二本対になって生えているが、葉のさきが丸くなる病気に罹っているので、注意してやらなければならない。

それは彼がずっと怖れていた家だった。先週、ウッドロウ家の地下で刑期を務めていたときにも、ロンドンの寂しく薄暗い冬の午後、心を怪物の棲む迷路にさまよわせ、脚にグラッドストン・バッグを当てながら勇ましく西に歩いてきたときにも、怖れていた家だった。彼の知らない——そしてもはや永遠に知ることのない——彼女の一部が残っている家だった。

身を切るような風が道向かいの八百屋の幌をばたばた言わせ、落ち葉を舗道に巻き上げて、遅めの買い物客を走らせた。しかしジャスティンは、薄手のスーツ姿だったにもかかわらず、身の内にあまりに多くのことを抱えすぎていて寒さに気づかなかった。玄関まで続くタイル敷きの階段が、踏み出す足の下でこつこつと鳴った。最上段に着くと、彼はうしろを振り返って、長いこと見まわした。どうしてそんなことをするのか、自分でもわからなかった。ナットウェスト銀行の現金支払機の下に、浮浪者がひとり身を縮こめている。違法駐車の車の中で、男と女が言い争っている。フェルト帽にレインコート姿の痩せた男が、背を丸めて携帯電話に話しかけている。文明国では、あらゆるものが疑わしい。玄関ドアの上の扇形の窓から明かりが漏れていた。誰も驚かせたくなかったので、ベルを押し、一階の踊り場に響く、船の汽笛にも似た懐かしい鈍い音を聞いた。誰がいるのだろうと思い、足音が聞こえるのを待った。モロッコ人で画家のアジズと彼のボーイフレンドのラウル。神を求めるナイジェリアの娘、ペトロニッラと、彼女の司祭である五十歳のグアテマラ人。背が高く、いつも煙草を吸っている痩せこけたフランス人のガゾン医師は、アルジェリアでアーノルドと一緒に働いたことがある。アーノルドと同じ、後悔に苛まれているような笑みを浮かべ、アーノルドと同じように文を途中で切り、つらい記憶に眼を半ば閉じ、天のみぞ知る悪夢が頭から消えるのを待って、また話し始める男だ。

声も足音もしなかったので、鍵を開け、玄関に入って、アフリカ料理の匂いや、ラジオから流れるうるさいレゲエ音楽や、台所でコーヒーを飲みながらわいわいしゃべる声を期待した。

「こんにちは、誰かいるかい？」と声をかけた。「ジャスティンだ。私だよ」

返事はなかった。高まる音楽も、台所からの匂いや声も。外の通りを走る車の音と、階段を上りながら反響する彼自身の声以外、何の音もしなかった。代わりに、眼のまえに、テッサの頭部が現れた。首から上を新聞から切り取ったもので、うしろに段ボールが貼られ、花が詰められたジャムの瓶の列から彼を見つめていた。そして列の中ほどに、画用紙が折りたたまれて置かれていた。おそらくアジズのスケッチブックから破り取ったもので、消えたテッサの借家人たちからの悲しみと、愛と、別れのメッセージが手で書かれていた――〝ジャスティン、ここにはもういられないような気がしたんだ〟日付は先週の月曜日。

彼はまた紙をたたみ、瓶のあいだに置いた。気をつけの姿勢でまっすぐまえを向き、何度もまばたきをして涙をこらえた。玄関の床にグラッドストン・バッグを置き、壁に手を当てて体を支えながら、台所へ向かった。冷蔵庫を開ける。忘れられた瓶入りの処方薬のほかは空だった。瓶のラベルにはジャスティンの知らない女の名前が書かれていた。アニー誰それ。ガゾンのガールフレンドのひとりにちがいない。手探りで廊下を進み、ダイニングに入って明かりを点けた。

彼女の父親の、趣味の悪い似非チューダー様式のダイニング。仲間の誇大妄想者のために、笠木に渦巻き彫刻を施した椅子が六脚。テーブルの上座と下座には、王と女王のための刺繍入りの肘掛け椅子。パパも、ひどく醜悪なのはわかっていたけれど、この椅子が大好きだったの。だからわたしも好きよ、とテッサが話しかけてきた。私は好きじゃない、と彼は考えた。だが、そう口にすることを神が禁じたのだ。同棲を始めた最初の数カ月、テッサは父親と母親のことしか話さなかった。が、ジャスティンの巧みな誘導で、彼女はふたりの亡霊を追い払い、同年代の友人で家をいっぱいにする仕事に取りかかった。それも奇人であればあるほど愉しかった。イートン校出身のトロツキスト。酔っ払ったポーランドの聖職者に、東洋の神秘主義者。加えて、認知された世界の居候の半分。しかし、ひとたびアフリカを発見すると、彼女の狙いは定まり、やがて四番の家は、内向的な援助隊員と、いかにも胡散臭い影を漂わせる活動家の安息の場所になった。部屋の中をざっと見まわして、ジャスティンは、大理石の暖炉のまわりに三日月型にたまった煤に非難がましく眼を止めた。薪載せ台や炉格子も煤に覆われている。カラスどもめ、と思った。見るともなく、もう一度、部屋の中を見まわし、また煤に眼を戻した。今度は心も向けた。そして、じっと見ながら、頭の中で自分自身と議論した。あるいはテッサと——ほとんど同じことだったが。

どんなカラスだ？

いつのことだ？

玄関にあったメッセージは月曜のものだった。

マ・ゲイツは毎週水曜に来る。マ・ゲイツはテッサの乳母だったミセス・ドラ・ゲイツで、単に〝マ（ママの意）〟と呼ばれている。

もしマ・ゲイツの具合が悪ければ、娘のポーリーンが来る。もしポーリーンもだめなら、やたらと派手な妹のデビーがいる。三人のうちの誰であれ、これほど目立つ煤汚れを放っておくことは考えられなかった。だとすると、カラスどもは、水曜から今晩までのあいだに襲来してきたことになる。もし月曜に家が空き——メッセージにはそうある——マ・ゲイツが水曜に掃除したなら、どうして煤に、真新しい男性サイズの足跡がついているのか。くっきりと形の残った——おそらくはランニング・シューズだ——足跡が。

サイドボードの上に電話が載っていて、横にアドレス帳があった。マ・ゲイツの電話番号は、表紙の裏にテッサが赤いクレヨンでぞんざいに書き留めていた。彼はそれをダイヤルした。ポーリーンが出て、わっと泣き出し、母親に電話を取り次いだ。

「本当に、本当に悲しいことです」とマ・ゲイツはゆっくりと、明解なことばで言った。「あなたやわたしがことばで表せるよりずっと悲しいです、ジャスティン様。これからさきにもこんなに悲しいことはないかもしれません」

彼女に対する取り調べが始まった。当然ながらゆっくりと、優しく。質問するよりもっと話に耳を傾けて。はい、いつものように水曜日にうかがいました。九時から十二時のあいだに。いつもその時間がいいとおっしゃられたので。そうして……テッサ様とふたりきりになりたかったのです……いつものように隅から隅まで、どこも忘れずに掃除をしました……それから泣いて、祈りました……もしよろしければ、これからも今までどおりうかがいたいのですが。お願いします。テッサ様が生きてらっしゃったときと同じように、毎週水曜日に。お金ではありません。思い出のために……

煤？　絶対にありません！　水曜日にダイニングの床には煤などついていませんでした。もしあればまちがいなく気がついて、染みになってしまうまえに拭き取っているはずです。ロンドンの煤はとても油っぽいんです。あれほど大きな暖炉ですから、煤にはいつも気をつけていますとも！　いいえ、ジャスティン様、煙突掃除夫は鍵など持っていません、絶対に。

ところでジャスティン様、ドクター・アーノルドが見つかったかどうかご存じですか？　あの家にお泊まりになられた紳士の中で、ドクター・アーノルドがわたしのいちばんのお気に入りでしたので。新聞になんと書かれようと、あれはみんな作り話ですわ……

「親切にありがとう、ミセス・ゲイツ」

応接間のシャンデリアを灯し、永遠にテッサの面影を残すものに思いきって眼をやった――少女時代の乗馬のバラ飾り（中・上流階級の少女たちの乗馬の競技会で、いろいろな花飾りが賞品となる）、初聖体のあとのテッサ、エルバ島の小さな聖アントニオ教会の階段で撮ったふたりの結婚式のポートレイト。しかし、いちばん考え込んだのは、暖炉だった。炉床は石盤で、火格子の低いヴィクトリア朝様式だった。囲いには真鍮と鋼が使われていて、真鍮の爪に炉辺用具を引っかける。炉床も火格子も煤に覆われていた。同じ煤が、火箸とポーカーの鉄製の柄にも黒い線になってついていた。

自然の摩訶不思議というやつだな、と彼はテッサに言った。互いに関係のないふた組のカラスの群れが、同時に思い立って、繋がっていないふたつの煙突から煤を落とした。これをどう考える？　きみは弁護士、私は絶滅危惧種だ。

しかし応接間に足跡はなかった。ダイニングの暖炉を捜索した人間は、誰にしろ、ご丁寧に足跡を残していた。応接間の暖炉を捜索した人間は――同一人物であれ、別人であれ――足跡を残していない。

だが、そもそもなぜ暖炉など探す必要があるのか、それもふたつも。確かに大昔の暖炉は、恋文や、遺言や、恥ずかしい日記や、ソヴリン金貨の隠し場所となった。また伝説によれば、煙突には精霊が住むという。確かに、風は古い煙突を使って物語を――その多くは秘密の物語を――語る。そして今夜は寒風が吹きすさび、鎧戸を打ち、鍵をがたがた鳴らしている。それにしてもなぜここの暖炉を探すのか。われわれの暖炉を。なぜ四番の家を。もちろん、煙突が家全体の捜索の一部であったとすれば話は別だ。核心に入るまえの余興だったとすれば。

階段の踊り場で立ち止まって、テッサの薬棚の中を確かめた。古いイタリアの香料戸棚で、階段の壁に埋め込む理由など何もなかった代物だ。テッサ自身の手で緑の十字が描かれている。彼女も意味なく医者の娘に生まれたわけではない。戸棚の扉は半ば開いていた。彼はそれを突いて最後まで開いた。

荒らされた跡。絆創膏の缶が開いて倒れ、リント布とホウ素パウダーが乱暴にばらまかれている。扉を閉めようとしたときに、踊り場にある電話が、耳元で甲高く鳴った。それとも私きみあてだ、と彼はテッサに言った。きみは死んだと言わなければならない。

あてか。またお悔やみのことばを聞かなければならない。マデイラ・ケーキか。心的外傷を負ったまま心安らかに過ごせるものは全部そろっているかと訊くつもりかもしれない。あるいは、私とマ・ゲイツの五マイルに及ぶ会話が終わって、回線が空くのを待っていた誰かか。

受話器を取ると、忙《せわ》しげな女の声が聞こえた。彼女のうしろで金属的な声がして、足音が響いた。床が石でできた慌ただしい場所にいる、忙しげな女。面白おかしく言えば、屋台商人のような声をしたロンドン訛りの忙しげな女。

「ああ、いたわ！ ジャスティン・クエイルさんとお話しできますか？ もしご在宅でしたら」これからトランプの手品を披露するとでも言いたげな、もったいぶった口調。「いるわ、ダーリン。音が聞こえる」——ひそひそ話。

「クエイルだ」

「あなたが直接話す？ ダーリン」ダーリンは話したくない。「こちらは花屋の〈ジェフリーズ〉です、クエイルさん、キング通りの店です。ある匿名の人物から、とても素敵な花束をお預かりしてます。もしいらっしゃるなら、今晩できるだけ早いうちに、まちがいなくご本人にお渡しするようにと言われてるんです。誰からかは申し上げられません——そうなんでしょう、ダーリン？」明らかにそのようだ。「ですので、今すぐ使いをそちらに送ってもよろしいでしょうか、クエイルさん。二分で行きます——そうでしょ、ケヴィン？ 一分で行くそうです、もし何かおいしいものを飲ませてくれるなら」

では寄越してくれ、とジャスティンは上の空で言った。

＊

彼はアーノルドの部屋のドアを見つめていた。この部屋がそう呼ばれるのは、アーノルドが滞在したときにいつも、永遠の占有を主張するどこかもの悲しい品々を置いていくからだった――靴一足、電気カミソリ、眼覚まし時計、第三世界への医療援助の底知れぬ失敗を物語る書類の山。それでも、アーノルドのラクダの毛のカーディガンが椅子の背に掛けられているのを見て、ジャスティンは思わず立ち止まり、机に向かいながらアーノルドの名を呼びそうになった。

ここも荒らされている。

抽出はこじ開けられ、紙や文房具が一度引き出されて、また乱暴に放り込まれていた。クラクションが鳴っていた。彼は階段を駆け降り、玄関のドアのまえで気を落ち着けた。ケヴィンは、ディケンズの小説に出てきそうな花屋の小柄な少年で、冬の寒さに頬を赤らめ、輝いていた。腕に抱えたアヤメとユリの花束は、彼自身ほど嵩があった。茎を束ねた針金に、白い封筒が挟まれている。つかみ出したケニアのシリング硬貨の中から、ジャスティンはイギリスの二ポンドを見つけ出し、少年に渡して、ドアを閉めた。封筒を開け、白いカードを取り出す。封筒の外から内容が読めないように、厚い紙で包んであった。メッセージはプリンターで印刷してあった。

ジャスティン。今晩七時半に家を出よ。新聞紙を詰め込んだブリーフケースを持ってくること。キング通りの〈シネフレックス〉映画館まで歩き、第二映写室のチケットを買い、映画を九時まで観よ。ブリーフケースを持って横（西側）の出口から出て、出口近くに駐車した青い小型バスを探せ。運転手は見ればわかる。これは焼却すること。

署名なし。

彼は封筒を仔細に眺め、匂いを嗅いだ。カードの匂いも嗅いだが、何も匂わなかった。どんな匂いを期待していたのかもわからなかった。カードと封筒を台所に持っていき、マッチで火をつけ、外務省の保安の講義のよき伝統に従って、流しに置いて燃やした。燃え尽きると灰をほぐし、破片をディスポーザーに入れて、必要以上の時間をかけて粉砕した。階段を一段飛ばしで上がって、家のいちばん上の部屋まで来た。彼を動かしているのは焦りではなく、決意だった——考えるな、行動せよ。鍵のかかった屋上の部屋のドアのまえに立った。鍵を手に取る。表情は毅然としているが、不安も抑えかねていた。彼は飛ぶ覚悟を決めた無我夢中の男だった。ばたんとドアを開け、小さな廊下に足を踏み入れた。そのさきに屋上の部屋がある。カラスに侵された煙出しと、鉢植え植物を育て、愛を交わすことのできる平らな屋根の奥まった場所のあいだに建っている。彼はまばゆい思い出に逆らうために眼を細めて、前方に飛び込んだ。思い出が宿るのは、物でも、写真でも、椅子でも、部屋の隅でもなく、テッサだった。彼女がその中に住み、そこから話しかけてきた。部屋のいつもの奥には、結婚する日に彼女の父親から譲られた堂々たる書き物机が置かれている。天板を開ける。ほら、言っただろう？　荒らされている。彼女の衣装入れを引き開けると、冬のコートとドレスがハンガーから落とされ、ポケットを引き出されて死んでいた。正直言って、ダーリン、ハンガーに掛けておくべきだったよ。わたしがきちんと掛けていたことぐらいわかってるでしょう。誰かが落としたのよ。服の下を探って、テッサの古い楽譜カバンを掘り出した。それがブリーフケースにいちばん近いものだった。

「一緒にやろう」と、今度は声に出して彼女に言った。

部屋を出るまえに、開いた寝室のドアから彼女の姿を覗き見た。テッサはバスルームから出て、裸で鏡のまえに立ち、首を片方に傾げて濡れた髪を梳かしていた。素足の片足をバレエのポーズのように彼のほうに向けている。裸のときにはいつもそうしている気がした。片手を挙げて頭に置いている。その姿を見つめながら、彼女が生きていたときの、ことばで言い表しようのない疎外感をまた覚えた。きみは完璧すぎる、若すぎる、と彼女に言った。きみをそのまま野に放っておくべきだった。馬鹿なこと言わないで、と彼女は優しく答えた。それで気分がずっとよくなった。

一階の台所に降り、《ケニアン・スタンダード》《アフリカ・コンフィデンシャル》《ザ・スペクテイター》《プライヴェート・アイ》の古新聞の山を見つけた。それらを楽譜カバンに詰め、廊下にまた戻って、テッサの一時しのぎの聖堂と、グラッドストン・バッグに最後の一瞥を与えた。見つけやすいところに置いておくよ、彼らが今朝の外務省での仕事に満足できなかったときのために、と彼女に説明し、凍えそうな暗闇の中に足を踏み出した。映画館までは歩いて十分だった。第二映写室は四分の三が空席だった。映画にはなんの注意も払わなかった。楽譜カバンを持って二度、男子トイレに入り、誰もいないところで腕時計の時間を確かめた。九時五分前に、西側の出口から身を切るような寒さの路地へ出た。停められた青い小型バスが彼を見ていた。一瞬、それがマルサビットから来た緑のサファリ・トラックだという馬鹿げた幻想を抱いた。ヘッドライトが点いて消えた。船員帽をかぶったひょろ長い人影が運転席で体を伸ばしていた。

「うしろのドアだ」とロブが命じた。

ジャスティンはバスのうしろにまわった。ドアはすでに開いていた。レズリーの手が伸び、楽譜カバンを受け取った。真っ暗闇の中で木製の椅子に坐り、彼はまたムサイガにいた。フォルクスワーゲンのヴァンの細長いベンチシートに坐り、運転席にはリヴィングストン、向かいにはウッドロウが坐ってあれこれ命令している。

「あなたを尾《つ》けてたの、ジャスティン」とレズリーが説明した。暗闇で聞こえる彼女の声は切羽詰まっていたが、なぜか意気消沈していた。彼女自身も何か大きなものを失ったかのように。「監視チームが映画館まであなたを尾行したの。わたしたちもその中にいた。そしてあなたがここから出たときのために、脇の出口を監視していた。対象者が飽きて早く立ち去る可能性は常にあるから。あなたもそうした。あと五分で、わたしたちは作戦本部にそう報告するわ。どっちの方向へ行くの？」

「東だ」

「だったら、タクシーを拾って東へ向かって。わたしたちはあなたの乗ったタクシーの番号を報告する。あなたに顔を知られているから、わたしたち自身は尾行しない。映画館の正面で別の監視車があなたを待っていて、緊急用にもう一台、キング通りに待機している。もしあなたが歩くか、地下鉄に乗ったら、うしろに歩行者を何人か送り込むの。あなたがバスを拾ったら彼らは喜ぶわ。ロンドンのバスのうしろでのろのろ走ることほど簡単なことはないから。あなたが電話ボックスに入って電話をかければ、彼らはそれを盗聴する。内務省の許可を得ているから、あなたがどこから電話しようと聞くことができるの」

「なぜ？」とジャスティンは訊いた。

眼が暗闇に慣れてきた。ロブは長い体を運転席にだらりと伸ばし、身振りで会話に参加していた。レズリー同様、惨めな雰囲気を漂わせていたが、より敵意に満ちていた。「あんたがおれたちをコケにしたからだ」と彼は言った。

レズリーはテッサの楽譜カバンから新聞紙を抜き出し、ビニールの手提げ袋に移し替えていた。大きな封筒の束が、一ダースほど彼女の足元にあった。彼女はそれを楽譜カバンに詰め始めた。

「意味がわからない」とジャスティンは言った。

「考えてみろよ」とロブは促した。「いいか？　われわれは秘密指令で動いている。そしてミスター・グリッドリーにあんたの行動を報告する。上層部の誰かが、どうしてあんたはそんなことをするのかと訊く、だが、われわれに対してじゃない。われわれはただの雇い人だ」

「私の家を捜索したのは誰だ」

「ナイロビで？　それともチェルシーで？」とロブは小馬鹿にして訊いた。

「チェルシーだ」

「われわれに訊かないでくれ。誰であれ、そいつらが家捜ししている四時間のあいだ、チームは活動休止を命じられたんだ。わかるのはそこまでだ。グリッドリーは、制服警官をひとり玄関口に立たせて、通りから人が迷い込まないようにしていた。もし誰かが家に入ろうとしたら、敷地内で窃盗があって警察が捜査しているので、立ち去れと言うことになっていた。ま、そいつが警官だったかどうかは怪しいがね」とロブは付け加えて、口を閉じた。

「ロブとわたしは事件からはずされたの」とレズリーが言った。「グリッドリーは、もしできるなら、わたしたちをオークニー島の交通巡査にしていたわ。あえてそこまでしなかったけれど」

「おれたちはすべてからはずされたんだ」とロブが口を挟んだ。「もう完全に存在を無視されてる。あんたのおかげで」

「グリッドリーは眼の届くところにわたしたちを置いておきたいのよ」とレズリーが言った。

「テントの中にいて、外に小便をしてるのさ」とロブ。

「彼は地元の警察がブルームを見つけ出すのに手を貸し、助言するために、ふたりの新人をナイロビに送った。ただそれだけだったの」とレズリーは言った。「石の下を覗く必要はなし、脱線もなし、以上」

「マルサビットのふたりもいなかったし、死にかけの黒人女のことを嘆くのも、いもしない医者たちの話も、すべて終了だ」とロブは言った。「グリッドリー自身のお上品なことばだがね。そしておれたちの後任者は、病気がうつるといけないから、われわれと話すことも許されない。このさき一年はその能なしのふたりが担当だ。能なしってとこは、グリッドリーも同じだけど」

「これは最高機密にあたる状況で、あなたはその一部なの」レズリーは楽譜カバンを閉じ、まだ膝の上に抱えたままで言った。「でも、どんな役柄かは誰にもわからない。グリッドリーはあなたの生活のすべてを知りたがってる。あなたが誰と、どこで会い、誰があなたの家を訪れ、あなたが誰に電話し、何を、誰と一緒に食べるのか。それを毎日よ。あなたは最高機密活動の重要なプレーヤーよ。わたしたちに知らされてるのはそこまで。わたしたちは言われたことだけをして、ほかのことには干渉しない」

「警視庁に戻ってきて十分もしないうちに、グリッドリーが、ノート、テープ、証拠のすべてをすぐ机に持ってこいと怒鳴り始めたのさ」とロブは言った。「だから全部提出したよ。手に入れたものすべてを、カットせず、完全なかたちで。もちろん、コピーを作ったあとでね」

「輝かしい〈ハウス・オヴ・スリー・ビーズ〉のことは、二度と口にしてはならないという命令なの」とレズリーは言った。「製品のことも、運営や職員のことも。ボートを揺らすな。アーメン」

「なんのボート？」

「何艘もある」とロブが割り込んだ。「好きなのを選べよ。カーティスにはどうにも手がつけられない。彼はイギリスからソマリアへの大規模な武器輸出を仲介している。禁輸措置はかなり厄介だが、抜け道をいくつか見つけているようだ。さらに、イギリスの高度技術を使った最先端の通信システムを東アフリカに供給するレースでも、先頭を走ってる」

「で、私がそういったことすべての邪魔になっていると？」

「邪魔だ、以上」とロブは悪意に満ちて答えた。「われわれも、もしあんたを乗り越えられてたら、今頃やつらを思いのままにしていた。だが今や宿なし、勤務初日に逆戻りだ」

「彼らは、テッサの知ってたことがなんであれ、それらをすべてあなたも知ってると思ってるの」とレズリーは説明した。「健康にはよくない話ね」

「彼らとは？」

しかし、ロブの怒りは容易なことで収まらなかった。「初日から仕組まれてた。そしてあんたはその一部だった。ナイロビ警察《ブルー・ボーイズ》はおれたちを嘲笑い、スリー・ビーズのくそ野郎どもも笑った。あんたの友人にして同僚のミスター・ウッドロウは、最初から最後まで嘘をつきまくってた。あんたも同じだ。あんたはおれたちの唯一のチャンスだったのに、おれたちの歯に蹴りを入れたのさ」

「あなたにひとつだけ質問があるの、ジャスティン」レズリーが、ロブに負けないほどの苦々しさを込めて割り込んだ。「あなたにはわたしたちに正直に答える義務があるわ。どこか行く場所がある？　坐ってものが読めるような、どこか安全な場所よ。海外がいちばんだけど」

　ジャスティンは即答しなかった。「チェルシーの家に帰って、寝室の電気を消したらどうだい？　やはりきみたちは家の外にいるのか？」

「チームはあなたの家を監視しているわ。あなたが寝るまで見ている。監視者は数時間の睡眠を取り、盗聴者はあなたの電話に耳をそばだてている。監視者は翌朝早くに戻ってきて、あなたが起きるのを待つ。あなたがいちばん安全なのは午前一時から四時までね」

「だったら行く場所はある」とジャスティンはしばらく考えたあとで言った。

「すばらしい」とロブが言った。「われわれにはない」

「もしそれが外国なら、陸と海を使って」とレズリーが言った。「目的地に着いたら、繋がりを断《た》って。地元のバスと列車を使うの。目立たない服装をして、毎日髭を剃って、まわりの人を見ないで。車を雇ったりしないで。移動に飛行機は使わないこと、国内便もだめよ。あなたはお金持ちという話ね」

「そうだ」

「だったら現金をたっぷり持っていって。クレジットカードやトラヴェラーズ・チェックは使わないで。携帯電話は持たないこと。コレクトコールをかけたり、普通の回線で名前を言ったりしないで。した途端に、コンピューターが作動するから。ここにいるロブが、あなたのパスポートと《テレグラフ》紙の英国記者証を用意したわ。写真が手に入らなかったから、彼が外務省に電話して、記録のために一枚必要だと言ったの。彼は本来友人を持つべきでないところに友人がいるのよ、そうよね、ロブ？」返答はない。「完璧なものじゃないわ。ロブの友人たちにはそんなに時間がなかったから、そうよね、ロブ？　だからイギリスの出入国には使わないで。わかった？」

「わかった」とジャスティンは言った。

「あなたはピーター・ポール・アトキンスン、新聞記者。それから、どんなことがあっても、絶対に、二通のパスポートを同時に持ち運ばないで」

「どうしてこんなことをしてくれるんだ？」とジャスティンは訊いた。

「訊いてどうする」とロブが怒りを込めて暗闇から応じた。「おれたちにはやるべき仕事があった、それだけだ。それを失いたくなかったが、失った。だからあんたに続きをやらせようってことだ。これで馘になったら、あんたのロールスロイスでもときどき磨かせてもらおうか」

「たぶんテッサのためだと思う」とレズリーが、彼の腕に楽譜カバンを放り投げて言った。「さあ、行って、ジャスティン。あなたはわたしたちを信用しなかった。きっとそれで正しかったんでしょう。でも、もし信用してくれたら、わたしたちは目的地へ着いてたかもしれない。それがどこかはわからないにしろ」彼女はドアの取っ手に手を伸ばした。「気をつけて。彼らは人殺しよ。もう気づいてるでしょうけど」
彼は路地に出ながら、ロブがマイクロフォンにしゃべるのを聞いた——キャンディが映画館から出てきた。繰り返す。キャンディがハンドバッグを持って出てきた。小型バスのドアが、背後でばたんと閉まった。終結《クロージャー》だ、と思った。かなり離れた場所まで歩いた。キャンディがタクシーを呼び止めている。そして彼女は男だ。

*

ジャスティンは、ハムの事務所の広いサッシの窓のまえに立ち、夜の街の喧噪の上を流れてくる十時の鐘の音を聞いた。通りを見下ろしていたが、自分は窓から少し離れていた。それでこちらからは充分外が見え、外からは見られにくい。ハムの机に読書灯が蒼白く灯っていた。ハムは、希望を満たされない依頼人が何世代もかけてすり減らした安楽椅子にゆったりと腰掛けていた。外では、氷のように冷たい霧が川面から立ち昇り、聖エセルドレダ教会の小さな礼拝堂のまわりの柵を凍てつかせていた。テッサが何度となく、創造主と解決のつかない議論をした場所だ。明かりで照らされた緑の掲示板には、礼拝堂はロスミニアの神父たちが古代信仰のために復旧したと書かれていた。告解、祝福、結婚は要予約。遅めの参拝者の細い流れが、神秘の階段を上ったり降りたりしていた。その中にテッサはいない。事務所の中では、ハムのプラスティックのトレイの上に、グラッドストン・バッグの最初の内容物が山積みになっていた。机の上にはテッサの楽譜カバン。その横には、ハムが過去一年のあいだにテッサとやり取りして、律義に溜め込んでいたプリントアウト、ファックス、コピー、電話のメモ、葉書や手紙が、彼の事務所の名がついたファイルに収められていた。

「ちょっとごちゃごちゃだがね」と彼はきまり悪そうに言った。「彼女の電子メールの最後のほうは見られない」

「見られない？」

「それを言えば、誰のメールも見られないんだけど。仕事中にコンピューターにバグが出たんだ。そいつがメールボックスと、ハードディスクの半分を食っちまった。エンジニアに修理を頼んでる。彼から戻ってきたら、きみにも送るよ」

ふたりはテッサについて、メグについて、そしてこれもまたハムの大きな心を占めているクリケットについて語っていた。ジャスティンは別にクリケットのファンではなかったが、大好きに聞こえるように精いっぱい努力した。ぼろぼろになったフィレンツェの観光ポスターが薄明かりに沈んでいた。

「トリノと毎週やり取りしてた馴染みの宅配便はまだ使ってるかい、ハム」とジャスティンは訊いた。

「もちろん。当然ながら、どこかに乗っ取られたがね。今どき乗っ取られない会社がどこにある？ それでも同じ連中がやってる。てんやわんやの規模が大きくなっただけだ」

「今朝、金庫で見た、会社名の入った立派な革の箱をまだ使ってるのか？」

「何をするにしても、そいつだけは手放さない」

ジャスティンは眼を細めて、薄暗い明かりの灯った通りを見下ろした。彼らはまだそこにいる。かさばる外套を着た大柄の女と、痩せぎすの男。男のほうは馬から降りた騎手のようにがに股で、縁の曲がったフェルト帽をかぶり、スキージャケットの襟を鼻まで上げている。彼らは聖エセルドレダ教会の掲示板を見ていた。何が書かれているにしろ、凍てつく二月の夜に記憶にとどめるなら十秒ですむところを、十分間も。ときに文明社会では、疑いが現実になることがある。

「教えてくれ、ハム」

「なんなりと」

「テッサはイタリアに貯金を持ってたか」

「たんまりと。残高証明を見るかね？」

「いや、いい。それは私のものだろうか」

「昔からそうだった。共同名義の口座だ、忘れたのか。わたしのものは彼のもの。やめたほうがいいと言ったが、うるさいと言われた。彼女らしい」

「すると、トリノのきみの事務所の弁護士は、私にいくらか送金できるわけだ。あちこちの銀行へ。たとえば私が海外にいても」

「まったく問題ない」

「あるいは、実際、私が指定するどんな人物にも。彼らがパスポートを提示すれば」

「きみの金だ。好きにしたまえ。何はともあれ、愉しむことだ」

馬を降りた騎手は掲示板に背を向け、星を見るふりをしていた。かさばる外套は、腕時計を見ていた。ジャスティンはまた退屈な保安の講師を思い出した。監視者は演技者だ。彼らにとっていちばんむずかしいのは、何もしないことだ。

「ある友人がいるんだ、ハム。これまできみに話したことはない。ピーター・ポール・アトキンスンという。彼には絶対の信頼を置いている」

「弁護士か？」

「もちろんちがうよ。私にはきみがいる。彼は《デイリー・テレグラフ》の記者だ。大学時代からの友人でね。私の身のまわりのことに関する全権を委任したいんだ。きみやトリノの弁護士が彼から指示を受けることがあったら、私からの指示とまったく同じように扱ってもらいたいんだ」

ハムは、ううむと口ごもり、鼻のさきをこすった。「それはできないな、きみ。ただ指揮棒《タクト》を振るだけじゃだめだ。彼の署名やら何やらが要る。きみの正式の委任状も。できれば保証人つきで」

ジャスティンは部屋を横切ってハムの坐った場所まで行き、アトキンスンのパスポートを見せた。

「たぶんここから詳細を拾えばいい」とハムは提案した。

ハムはまずうしろの写真のページをめくり、最初は表情ひとつ変えずに、ジャスティンの顔と見比べた。それからもう一度写真をよく見て、詳しい個人情報を読んだ。そして、スタンプがいくつも押されたページをゆっくりとめくっていった。

「きみの友人はずいぶん旅行しているな」と冷静に感想を述べた。

「これからもっとすることになると思う」

「署名が要る。署名がないと動けない」

「少し時間をくれれば、すぐに渡せる」

ハムは立ち上がってパスポートをジャスティンに戻し、考え込みながら机に戻った。抽出を開け、正式に見える書類を何枚かと、白紙を何枚か取り出した。ジャスティンはパスポートを読書灯の下に広げ、ハムが気づかわしげに肩越しに見守る中、何度か練習した。そして〈ハモンド・マンツィーニ法律事務所〉、ロンドンおよびトリノ事務所にあてて、自分の全権をピーター・ポール・アトキンスンに委任した。

「公証手続きをしておくよ」とハムは言った。「私の手で」

「もうひとつあるんだ、もしよければ」

「なんと《クライスト》」

「きみに手紙を書かなきゃならない」

「いつでもどうぞ。連絡を取り合うのは大歓迎だ」

「ここに送るわけじゃない。イギリスの中でもない。そして、できればきみのトリノの事務所あてでもない。イタリア人の伯母さんが大勢いると言ってただろう。そのうちの誰かが、きみあての手紙を受け取って、きみが次に訪れるまで無事に預かっておいてくれないだろうか」

「ミラノにひとり、鬼婆《ドラゴン》がいる」とハムは身を震わせて言った。

「今われわれに必要なのは、まさにミラノの鬼婆だ。彼女の住所を教えてもらえないか」

*

真夜中のチェルシー。ブレザーとグレーのフランネルのズボンに着替え、職務に忠実な事務員のジャスティンは、アーサー王のシャンデリアの下の醜悪な食卓について坐り、また書きものをしていた。四番の家のレターヘッドのついた便箋に、万年筆で書いた。満足がいくまで何度か下書きを破り捨てたが、文体も筆跡もどこか他人のもののような気がするのは同じだった。

親愛なるアリスン

今朝の話し合いでの思いやりある提案の数々に感謝します。外務省は、肝腎なときに必ず人間味のある顔を見せてくれます。今日も例外ではありませんでした。あなたの提案について真剣に考え、テッサの弁護士とも長時間話し合いました。ここ数カ月、彼女の多くの事務手続きが放っておかれ、私はただちにそれに眼を向けなければなりません。住居、税金の問題がまだ残っているほか、当地および海外での財産の処分が必要なことは言うまでもありません。そこでこういった事務手続きをまず最初にかたづけようと決意いたしました。やるべきことがあるのは、むしろ歓迎すべきことかもしれません。
そこで、あなたからの提案に返答するまでに、一週間か二週間の猶予をいただければと思います。病気休暇に関しては、外務省の善意に不必要に頼るべきではないと考えます。今年はまだ休暇を取っておりませんので、通常の有給休暇のほかに五週間の帰国休暇をいただけるものと思います。あなたのご好意に甘えるまえに、正当に使えるものから消化することを希望します。最後に、お心遣いに改めて感謝いたします。

偽善的で不正直な気休めの薬だと思い、満足した。癒しがたい公僕のジャスティンは、殺害された妻の事務手続きをするのにも、病気休暇を取るべきかどうかと思い悩む。また廊下に出て、天板が大理石でできたサイドテーブルの下の床に置かれたグラッドストン・バッグを、もう一度見た。鍵のひとつがこじ開けられ、役に立たなくなっていた。もう一方の鍵はなくなっていた。中身は乱雑に入れ直されている。ひどい手際だ、と軽蔑した。そして思った――私を怖がらせようと思ってるなら話は別だ。そのつもりなら、かなり手際がいい。上着のポケットを調べた。本物のパスポート――これはイギリスの出入国に使う。金。クレジットカードはない。確固たる目的を持った雰囲気で、彼は家の明かりを調節し、眠っていることを外に最大限示すかたちを作り出した。

第十一章

暗くなり始めた空に、山が黒々と聳え立った。空は飛びゆく雲と、ひねくれた島風と、二月の雨にかき乱されていた。蛇行する道には、濡れそぼった丘の斜面から落ちてきた小石や赤土が散らばっている。ときにそれは松の枝に覆われたトンネルとなり、ときに湯気の立つ千フィート下の地中海に落ち込む絶壁になった。角を曲がると、波が眼のまえに壁のように押し寄せ、次の角を曲がるまでにまた底知れぬ深みに落ちていった。しかし、いくら曲がっても、雨は正面から降りかかってきた。雨粒がフロントガラスを激しく打つたびに、彼は、自分の乗ったジープが、いくら鞭打っても走らなくなった老馬のように怯む気がした。そのあいだずっと、丘の上のモンテ・カパンネ砦が彼を見つめていた。はるか高みから見下ろしているかと思えば、右手の思いも寄らなかった山の峰に鎮座して、彼を前方に引き寄せ、偽の案内灯のように欺いていた。

「いったいどこだ？　どこかで左に入ったところだと思ったが」と彼は不平を声にした。彼自身に、そしてテッサに向かって。丘の頂上に出ると、苛立たしげに車を路肩に停め、指のさきを額に当てて、頭の中で方角を思い出した。孤独な人間の大げさな身振りを交えるようになっていた。眼下にはポルトフェライオの街の明かりが見えた。前方の海の向こうには、本土のピオンビーノの光が瞬いていた。左右には林道が切り出され、森の中へと入っていた。きみの殺人者が緑のサファリ・トラックにこもって、きみを殺そうと待ち構えていたのはこの場所だ、と彼は心の中で彼女に説明した。彼らが〈スポーツマン〉を吸い、瓶入りの〈ホワイトキャップ〉を飲み、きみとアーノルドが通りかかるのを待ったのはここだ。ジャスティンは髭を剃り、髪を梳かし、きれいなデニムのシャツを着ていた。顔がほてり、こめかみが脈打った。思いきって左に曲がった。ジープは、溜まる一方の小枝や松の葉の上をゆっくりと進んでいった。木が分かれ、空が明るくなって、また昼間のようになった。その開けた場所のふもとに、古い農家が何軒か集まっていた。絶対に売らないわ。絶対に貸し出しもしない。きみは私を最初にここに連れてきたときに言った。本当に必要な人たちにあげるの、そしてあとでわたしたちもここへ来て死ぬの。

ジープを停め、ジャスティンは濡れた草をかき分けながら、いちばん近い小屋まで歩いていった。小ぎれいで、壁には真新しく水漆喰が塗られ、低い屋根にはピンク色のタイルが張られている。下のほうについた窓から光が漏れていた。彼はドアを叩いた。薪をくべたゆるやかな煙が、まわりの森に守られて、煙突から夕暮れの空にまっすぐ立ち昇り、しまいには風になぶられて消えていた。薄汚い黒い鳥の群れが、彼のほうを向いて、不満げに鳴いた。ドアが開き、派手なスカーフを頭に巻いた農婦が悲痛な叫び声を上げ、頭を垂れて、彼にはとうてい理解できないことばで何かつぶやいた。下を向いたまま体の横を向け、彼の手を両手で包んだ。そしてそれを両頰に順番に押しあてたあとで、親指に信心深くキスをした。

「グイドはどこだい？」ジャスティンは彼女について家の中に入りながら、イタリア語で訊いた。

　彼女は部屋のドアを開けて、息子を見せた。グイドは木の十字架の下の長机について坐っていた。曲がった体で息を潜める十二歳の老人。顔は蒼白く、手足は骨張り、何かに取り憑かれたような眼をしている。瘦せ衰えた両手を机の上に置いているが、何も持っていないので、天井の梁がむき出しの狭く暗い部屋で、ジャスティンが入ってくるまでひとり何をしていたのかはよくわからなかった。本を読んでいたわけでも、遊んでいたわけでも、何かを見ていたわけでもない。面長の顔を片方に倒し、口を開けて、グイドはジャスティンが部屋に入ってくるのをじっと見つめると、立ち上がった。机にもたれながらジャスティンのほうへよろよろと近づき、抱きつくためにカニのように飛び出した。しかし、狙いが近すぎ、両腕が虚しく体の横に戻った。その彼をジャスティンは両手で支え、しっかりと立たせた。

「この子は父親や奥様《シニョーラ》のように死にたがってるんです」と母親がこぼした。「〝いい人はみんな天国にいる〞って言うんですよ。〝悪い人はみんな残されるんだ〞って。わたしは悪い人間でしょうか、シニョール・ジャスティン。あなたも悪い人間ですか？　奥様がわたしたちをアルバニアから連れ出し、この子のミラノでの治療費を支払い、この家を与えてくださったのは、わたしたちを嘆かせて死をもたらすためだったのですか？」グイドは頰のこけた顔を両手にうずめた。「この子はまず気を失い、それからベッドに行って眠ります。食事もとりませんし、薬も飲みません。学校にも行きません。今朝は顔を洗いに出てきたときに、この子の寝室に鍵をかけて、鍵を隠してしまいました」

「よく効く薬なんだよ」とジャスティンはグイドのほうを見て穏やかに言った。

彼女は首を振りながら台所へ歩いていき、フライパンをカタカタ鳴らし、やかんを火にかけた。ジャスティンはグイドをまた机に連れていって、一緒に坐った。

「聞いてるかい、グイド」と彼はイタリア語で言った。

グイドは眼を閉じた。

「何もかも今までどおりだ」とジャスティンははっきりと言った。「学校の授業料も、医者も、病院も、薬も――きみが健康を回復するのに必要なものはすべてそのままだ。家賃、食料、将来進学するなら大学も。われわれは、彼女がきみのために考えていたことをすべてやるつもりだ。彼女の希望以下のことをするわけにはいかないだろう？」

眼を落として、グイドはそのことを考え、しぶしぶ首を振って認めた――そう、彼女の希望以下のことはできない。

「チェスはまだしてる？　やろうか？」

もう一度首を振る。これは頑なな否定――チェスをするのは、シニョーラ・テッサの思い出に対して失礼だ。

ジャスティンはグイドの手を取り、握りしめた。そして優しく振って、微笑みが兆すのを待った。「だったら何をする？　まだ死なないんだろう？」と彼は英語で訊いた。「私たちが送った本は読んだかい？　もうシャーロック・ホームズの大家になってるんじゃないか」

「ミスター・ホームズはすごい探偵だ」グイドは英語で答えたが、まだ笑みはなかった。

「シニョーラがきみにあげたコンピューターはどうした？」とジャスティンはまたイタリア語に戻って訊いた。「きみは期待の星だとテッサは言ってたよ。天才だって。きみたちは夢中で電子メールを送り合ってただろう。うらやましかったよ。コンピューターを捨ててしまったなんて言わないでくれよ」

その質問で、台所にいる母親は感情を爆発させた。「もちろん捨てましたとも！　何から何まで捨ててしまったんですよ。四百万リラですよ、奥様が払ってくださったのは。一日じゅうコンピューターのまえに坐ってパチ、パチ、パチ、パチ、パチ。〝眼が見えなくなるわよ〟って言ったんです。〝あんまり根を詰めると病気になるよ〟って。でも、もう何もなくなりました。コンピューターも死ななきゃならなかったんです」

グイドの手を握りしめたまま、ジャスティンは自分のほうを見ようとしない眼を覗き込んだ。「本当かい？」と彼は訊いた。

本当だった。

「それはよくないよ、グイド。せっかく才能があるのに、実にもったいない」とジャスティンは訴えた。グイドの顔に笑みがのぞいた。「きみのように優秀な頭脳は人類にとって本当に必要なんだ。わかるかい？」

「たぶん」

「シニョーラ・テッサのコンピューターは憶えてる？　彼女がきみに使い方を教えたコンピューターだ」

もちろんグイドは憶えていた——自惚れとは言わないまでも、大きな優越感とともに。

「そう、きみのコンピューターほどよくないんだよな。きみのは数年新しくて、ずっと賢い。そうだったね？」

そう。もちろんそうだ。笑みが広がった。

「私はきみとちがって馬鹿でね、彼女のコンピューターさえ自信を持って使えないんだよ。実は問題があって、シニョーラ・テッサがその中にたくさんメッセージを残してるんだ。そのうちのいくつかは私あてで、読めなくなるかと思うと死ぬほど怖い。彼女は、私がそれをなくさないように、きみに手伝ってもらいたいと思ってるはずだ。助けてくれるかい？　彼女は心からきみのような息子を欲しがってた。私もだ。できれば屋敷まで下りてきて、彼女のラップトップに何が入っているか、読むのを手伝ってもらえないかな」

「プリンターはある？」

「ある」

「ディスク・ドライヴは？」

「ある」

「CDドライヴは？　モデムは？」

「解説書もある。変圧器も。ケーブルとアダプターも。でも私は愚かだから、ちょっとしたことで壊してしまう」

グイドはすでに立ち上がりかけていた。しかし、ジャスティンは彼をまた椅子に坐らせた。

「今晩じゃない。今晩はよく寝て、明日の朝早くでどうかな、もしよければ。屋敷のジープで来て、きみを拾うから。でもそのあと、午後は学校に行くんだよ。いいね？」

「いいよ」

「とても疲れてらっしゃいますよ、シニョール・ジャスティン」とグイドの母親が彼のまえにコーヒーを置きながらつぶやいた。「あまりお嘆きになると、心によくありません」

*

彼は二日と二晩前に島に到着したのだった。しかし一週間前だと誰かが証明しても、驚かなかっただろう。フェリーに乗ってブローニュに渡り、現金で汽車の切符を買い、途中、一枚目の切符の目的地のはるか手前で二枚目の切符を買った。記憶にあるかぎり、一度だけぞんざいにパスポートを見せ、切り立った絶景の峡谷を経て、スイスからイタリアに入った。見せたのは自分のパスポートだった。そのこともはっきり憶えていた。レズリーの指示に忠実に従って、ふたつ持っているところを発見されないように、アトキンスン氏のパスポートはすでにハム経由で送っていた。しかし、どの峡谷を通ったのか、どの汽車に乗ったのかは、地図を見て、乗車した町を推測するしかなかった。

旅の多くの時間、テッサが一緒について来た。ときおり彼らは愉快にジョークを交わした。たいてい、テッサが落ち込んで脇道にそれたときに、小声《ソット・ヴォーチェ》でふざけ合うのだった。肩を並べ、老夫婦のように眼を閉じて顎を上げ、追憶に耽ることもあった。そうするうちに彼女は忽然と行ってしまい、彼はまた、いつも体の中にあることがわかっていた癌のような悲嘆の痛みに襲われた。そしてジャスティン・クエイルは、グロリアの地下で、ランガタの葬式で、死体保管所への訪問で、あるいは四番の家の最上階で過ごした最悪のときを上まわる激しさで、妻の死を嘆いた。

いつしかトリノ駅のプラットフォームに立っていることに気づき、ホテルに投宿して身繕いをした。そして彼女の遺物と見なすようになった書類や物品を入れるために、中古カバンを扱う店で、ありふれたキャンヴァス地のスーツケースを二個買った。はい、シ《シ》ニョール・ジャスティン——黒いスーツを着た、マンツィーニ側を代表する後継者の若い弁護士が、誠実であるだけにいっそう胸に刺さる同情のことばを連ねながら請け合った。箱は遅れずに、無事到着しています。五番と六番は開けずにあなたに直接お渡しするようにとハムから言われています。もしこのさき何か、法的なこと、専門的なこと、あるいはどんなことでもお役に立てるようでしたら、マンツィーニ家の誠意は、奥様《シニョーラ》の悲劇的なご逝去で途絶えるわけではございませんので、云々。ああ、それからもちろんお金は用意しています、と若者は軽蔑するように付け加え、ジャスティンの署名をもらって、五万ドルの現金を数え上げた。そのあとで、ジャスティンは空いている会議室にひとりで入り、テッサの遺物とアトキンスン氏のパスポートを、キャンヴァス地のスーツケースという新しい安置所に収めた。そしてタクシーでピオンビーノに出て、思いがけないタイミングで、みずからを船と呼ぶ、ごてごてと飾り立てた高層ホテルに乗り込むことができ、一路、エルバ島のポルトフェライオに向かったのだった。

ジャスティンは、六階にある、プラスティックだらけの巨大なセルフサーヴィスの食堂で、たったひとり、巨大なテレビからできるだけ離れて坐った。両脇にスーツケースを置いて、シーフード・サラダとサラミ・バゲットを適当に選んで食べ、ひどくまずい赤ワインのハーフボトルを飲んだ。ポルトフェライオに着くと、体重がなくなったような馴染みの感覚に悩まされながら、明かりのない船腹の駐車場を通り抜けた。粗暴なトラックの運転手たちがエンジンをふかし、あるいは単に直進してきて、ジャスティンとスーツケースを船体の鉄の壁に押しつけ、雇われずに見ていた荷運び人たちを喜ばせた。

真冬の夕暮れの身を刺すような寒気の中、激怒し、震えながら、どうにか波止場に降り立った。数人の通行人が見慣れぬ早さで行きすぎた。人目につくことを怖れ、哀れに思われるのがもっと嫌で、彼は帽子のひさしを額の上まで下げ、スーツケースを引きずって、いちばん近くに停車していたタクシーに乗り込んだ。運転手が見知らぬ顔だったので安心した。二十分の道のりのあいだに、運転手は彼がドイツ人かと訊いてきたが、ジャスティンはスウェーデン人だと答えた。とっさの答が役に立ち、運転手はそれ以上話しかけてこなかった。

マンツィーニの屋敷は島の北岸の海寄りに建っていた。海から風がまともに吹きつけ、ヤシの木をざわつかせ、岸壁を打ち、鎧戸や屋根板を叩き、離れの建物を古いロープのように軋ませていた。おぼろな月の光に包まれて、ジャスティンはタクシーから降りた場所にひとりたたずんだ。大昔の井戸とオリーヴ搾り器がある、石を敷き詰めた中庭の入口だった。眼が暗闇に慣れるのを待った。屋敷が眼のまえにぼんやりと浮かび上がる。テッサの祖父が植えた二列のポプラ並木が、屋敷の玄関から波打ち際まで続いている。ひとつ、またひとつと、使用人の小屋や、石の階段や、門柱や、ローマ時代の石の壁が見えてきた。明かりはどこにもなかった。ハムによれば、敷地の管理人はナポリにいて、婚約者と遊びまわっているということ。掃除はオーストリアから来た移動労働者の女性ふたりに任されていた。ふたりとも自称画家で、敷地の反対側の使われていない教会に泊まっている。伯爵夫人《ドットレッサ》――島では〝コンテッサ〟よりこちらの呼び名が好まれた――だったテッサの母親が改装した二軒の労働者の小屋は、ドイツ人観光客のためにそれぞれロメオとジュリエッタと命名され、フランクフルトの賃貸業者が管理していた。

さあ、お帰り、と彼はテッサに言った。紆余曲折を経た旅のあとで、彼女がまだ理解していないかもしれないので。

屋敷の鍵は、井戸の木枠の内側の出っ張りに隠してあった。まず蓋を取って、ダーリン――そう、そんなふうに――そして腕を中に入れると、運がよければ鍵を取り出せるわ。それから玄関のドアの鍵を開けて、家の中に入り、花嫁を寝室に連れていって、愛を交わすの。そう、そんなふうに。しかし、ジャスティンは彼女を寝室に連れていかなかった。もっといい場所を知っていたからだ。キャンヴァス地のスーツケースをまた持ち上げ、中庭を横切っていった。そこで月が恵み深く雲間から顔を出して足元を照らし、ポプラのあいだから白い光線を投げかけた。中庭のいちばん隅まで来ると、古代ローマの路地裏を思わせる小径をたどり、ナポレオンの栄誉を讃えて紋章のハチが彫られた——そして家族の伝説となった——オリーヴ材のドアのまえに立った。偉大なるナポレオンその人が、頼み少ない追放の日々、愉しい会話と、テッサの高祖母の極上のワインを求めて、頻繁にここを訪れたのだ。

ジャスティンはいちばん大きな鍵を選び、鍵穴に入れてまわした。ドアはギイッと音を立てて開いた。ここでお金を数えたのよ、とテッサがマンツィーニ家の後裔、花嫁、観光ガイドの役割を担って重々しく言う。今ではマンツィーニ家の上等のオリーヴはピオンビーニに船で運ばれて、ほかのオリーヴと同じように搾られるけど、母が伯爵夫人だった時代には、ここはもっとも神聖な場所だったの。ここでオイルをひと瓶ずつ記録して、階下《した》の酒蔵の適切に保たれた温度で保存したの。ここで——あなた、聞いてないわ。

「きみがわたしと愛を交わしているからだ」

あなたはわたしの夫だから、わたしは愛したいときにいつでも愛すの。いい、しっかり聞いて。この小屋で毎週賃金を計算して、農夫一人ひとりに支払ったの。そしてたいてい十字を切って、イングランドの土地調査記録《ドゥームズディ・ブック》（征服王ウィリアム一世の命により、十一世紀後期に編纂された）より大きな台帳に記入したのよ。

「テッサ、だめだ——」

何がだめなの？　もちろん大丈夫よ。あなたはなんでもできる人なんだから。それからここは、終身刑の囚人を受け入れる場所でもあったの。島の反対側の刑務所から鎖に繋がれて送られてきたのよ。ドアに覗き穴があるでしょう。それに壁に鉄の輪がついてるでしょう。囚人たちはときどきあそこに繋がれて、オリーヴ畑に連れていかれるのを待ったのよ。あなた、わたしを誇らしく思わない？　奴隷の主人の末裔なのよ。

「計り知れないほど誇りに思う」

だったらなぜドアに鍵をかけるの？　わたしはあなたの囚人なの？

「永遠に」

オリーヴ小屋は天井が低く、垂木がむき出しだった。窓は詮索好きな人間の眼を避けるために高い位置に設けられている。金を数えるにしろ、囚人が鎖で繋がれるにしろ、海側の壁に律義にぴたりとつけて置かれた革のソファの上で、新婚のふたりがゆったりと愛を交わすにしろ、外からは見えない。会計机は平らで真四角だった。そのうしろのアーチ型の奥の空間には、大工の作業台がふたつ置かれている。ジャスティンは敷石の上で全力を振り絞ってそれらを引き寄せ、机の両側に並べた。ドアの上に、敷地内から拾ってきた大昔の瓶が一列に並んでいた。彼はそれも下ろし、ひとつずつハンカチーフで埃をぬぐって、紙押さえとして使うために机の上に置いた。時が止まっていた。渇きも、空腹も、寝る必要も感じなかった。スーツケースをそれぞれ作業台の上に置き、中からもっとも大切なふたつの束を取り出して、それらが悲嘆か狂気に駆られて机の端から飛び出す気を起こさないように、注意深く机の真ん中に置いた。そして最初の束を慎重に開け始めた。一枚ずつ脱がしていく——彼女の綿のバスローブ。彼女がロキチョギオに発つまえの日に着ていたアンゴラ織りのカーディガン。首のまわりにまだ彼女の匂いが残っているシルクのブラウス。そして、ヴェールを剥がされた戦利品を手にした。蓋に日本のメーカーのロゴが入った、横十二インチ、縦十インチのなめらかなグレーの箱を。それは、いく日も、いく晩も続く地獄のような孤独と旅路を経ても無傷のままだった。二番目の束から付属品を取り出した。それが終わると、装置のひとつひとつを、丁寧に部屋の反対側の古い松材の机の上へと移動させた。

「あとでな」と彼は声に出して約束した。「それまでの辛抱だ、いいね」

少し呼吸が楽になり、彼は荷物からラジオつきの眼覚まし時計を取り出して、つまみをまわし、BBCワールド・サーヴィスの地元の周波数に合わせた。旅のあいだじゅうずっと、アーノルドの手がかりがあればすぐに知りたいと思っていたが、何も見つけられなかった。一時間おきのニュースにアラームを設定し、あちこちに積み上がった手紙、ファイル、新聞の切り抜き、プリントアウトや、公式書類の山に注意を向けた。別の人生では、これらは現実からの逃避場所だった。しかし今夜はちがう。どれほど拡大解釈しようとも、もう何の逃避場所にもならない。たとえそれがレズリーの捜査報告書だろうと、テッサの傲慢な要求を書き留めたハムの記録だろうと、彼女自身が入念に整理した手紙や、論文や、切り抜きや、薬学、医学に関わる記事や、仕事場の自分にあてた掲示板のメモだろうと。あるいは、ロブとレズリーがアーノルド・ブルームのアパートメントの隠し場所から回収した、病院でのテッサの熱を帯びた殴り書きだろうと。ラジオが自動的についた。ジャスティンは顔を上げて聞いた。行方不明のアーノルド・ブルーム、医師、イギリス外交官の妻テッサ・クエイルの殺害容疑者について、アナウンサーはまたも言うべきことがなかった。緊張を解き、ジャスティンはテッサの書類の山を探って、これから調べていくあいだ、絶対に手放すまいと心に決めたものを拾い上げた。それは彼女が病院から持ち帰ったものだった――彼らが忘れていった、たったひとつのワンザの持ちものなの。ワンザがいなくなったベッドの脇の、かたづけられていないゴミ箱から拾ってきたのだ。家に帰ってからいく日も、いく晩も、それは、非難がましい監視員のように彼女の仕事場の机の上に載っていた――小さな厚紙の箱。赤と黒、横五インチ、縦三インチ、中は空。やがて机の上から、真ん中の抽出の中に移った。ジャスティンは、彼女の持ちものを慌てて回収しにいったときにそれを見つけたのだった。忘れられたわけでも、拒まれたわけでもない。ただ、彼女がより緊急を要することに取り組むあいだ、格下げされ、平らにつぶされ、隅に追いやられていたのだ。箱の四つの面に描かれた帯に〈ダイプラクサ〉という商品名が印刷されていた。中の説明書には適応症と禁忌が書かれている。そして蓋には、三匹の愉快な金色のハチが矢じりの形に並んでいる。たたんであった箱を開き、元の形に戻して、ジャスティンは眼のまえの壁の空いた棚の中央に置いた。ケニー・Kは自分のことを、三匹のハチ《スリー・ビーズ》を使うナポレオンだと思ってるの、と彼女は熱のある体で囁いた。そして彼らのひと刺しは命を奪うの、知ってた？　いや、ダーリン、知らなかった。さあ、眠りなさい。

＊

読むこと。

旅すること。

はやる気持ちを抑えること。

しかし理性は加速させること。

突進しても、しっかり立っていること——聖人のように忍耐強く、子供のように脇目も振らず。

これまでの人生で、ジャスティンはこれほど知識に飢えたことはなかった。もう心の準備はいらない。彼女が死んでから、昼も夜も準備してきたのだから。自制してきたが、準備はしていた。グロリアの恐ろしい地下で準備した。警察の取り調べの最中も——あのときには自制できないかと思った——どこか頭の中の眠らない場所で準備していた。イギリスに帰る果てしないフライトの途中でも、アリスン・ランズベリーのオフィスでも、ペレグリンのクラブでも、ハムの事務所でも、四番の家でも、ほかの百ものことが頭の中を駆けめぐる中で、準備していた。今必要なのは、思いきり息を吸い込んで、彼女の秘密の世界の中心へ飛び込むことだった。彼女の旅のすべての道標とマイル標石に眼を止めること、自己を滅し、彼女を再生させること、ジャスティンを殺し、テッサを生き返らせることだった。

どこから始める？

あらゆる場所から！

どの道をたどる？

すべての道を！

彼の中の公僕は鳴りを潜めていた。テッサの焦燥に火をつけられ、ジャスティンは、彼女以外の誰に対する説明義務も放棄した。彼女が手当たり次第に飛ぶ散弾なら、彼もそうなる。彼女が秩序立っていたところは、それに従う。彼女が本能の赴くままに跳んだ場所では、彼女の手を取り、一緒に跳ぶ。腹が減ったか？　テッサが空腹でないなら、彼も空腹ではない。疲れているか？　テッサがバスローブ姿で机について背を丸め、夜の半分を過ごせるなら、ジャスティンもひと晩じゅう、そして次の日の昼も、夜もずっと起きていられる！

一度仕事の手を休め、母屋の台所に侵入して、サラミ、オリーヴ、ライ麦のビスケット、レッジャーノ・チーズと瓶詰めの水を取ってきた。別のときには——夕暮れだったのか、夜明けだったのか、仄暗い光を感じた——ワンザの枕元に立つロービアーと従者の記録を取った、テッサの病院の日記を読んでいたかと思うと、ふと眼覚めて、壁に囲まれた庭をさまよっている自分に気づいた。そこは、テッサの愛情あふれる眼差しを受けながら、彼が結婚記念のルピナスと、バラと、もちろん、愛を捧げるフリージアを植えた場所だった。雑草が膝まで伸びていて、ズボンをじっとりと濡らした。バラが一輪だけ咲いていた。オリーヴ小屋のドアを開けたままにしてきたことを思い出し、敷石の中庭を慌てて引き返したが、見るとドアにはしっかりと鍵がかけられ、鍵は上着のポケットに入っていた。

《フィナンシャル・タイムズ》紙からの切り抜き。

*

スリー・ビーズは大忙し

辣腕の若手実業家、ケネス・K・カーティス氏、〈スリー・ビーズ〉帝国の社長にして第三世界の大商人が、スイス、カナダに拠点を置く製薬業界の巨人〈カ《K》レル・ヴ《V》ィタ・ハ《H》ドスン〉と駆け落ちの政略結婚を企てているという噂がある。KVHは祭壇に現れるか？ スリー・ビーズは持参金を支払うのか？ 答はどちらもイエスだ――ケネス・Kお得意の破天荒な製薬ギャンブルがうまくいくなら。秘密主義で、莫大な利益を生む製薬業界においても前例がないとされる規模の取引で、スリー・ビーズ・ナイロビは、KVHの革新的な結核の特効薬〈ダイプラクサ〉の推定五億ポンドの研究開発費の四分の一を肩代わりし、代償として、同薬のアフリカ全土における流通販売権と、世界的な利益のいくばくかを手にすると言われている。

スリー・ビーズ・ナイロビの広報担当者、ヴィヴィアン・イーバー氏は、わき上がる喜びを控えめに表現する。「まったく見事と言うしかない、いかにもケニー・Kらしい偉業です。とても人道主義的な行為で、会社にとっても、株主にとっても、アフリカにとってもすばらしいことです。〈ダイプラクサ〉は、スマーティーズ（チョコピーナッツ菓子）

のように簡単に服用できます。スリー・ビーズは、今世界じゅうで流行しつつある結核の新たな脅威に、最前線で立ち向かいます」
　これまで六カ月から八カ月かかっていた困難な治療を、たった十二回分の服用に変えてしまいます。われわれは、スリー・ビーズが、アフリカで〈ダイプラクサ〉を販売
　KVH会長のディーター・コルン氏は、昨晩バーゼルで会見し、イーバー氏の明るい見解を繰り返した。「〈ダイプラクサ〉は、拡大するのにもっともふさわしい会社であると信じています」

テッサからブルームにあてた手書きのメモ。おそらくアーノルドの住まいから回収されたもの。

アーノルドへ、心を込めて。
　KVHは悪者だとわたしが言ったとき、あなたは信じなかった。だから調べたの。彼らは悪者よ。二年前に、巨大な〝施設〟を置いていたフロリダの半分を汚染したと告発され、警告を受けて撤退していたわ。原告側が提示した議論の余地のない証拠によれば、KVHは、許容量の九倍の有毒廃水を垂れ流し、自然保護区や、湿地帯や、川や、海岸や、ひょっとすると牛乳も汚染したの。KVHはインドでも似たような公益事業をおこなって、そのせいで、マドラス近郊では二百人の子供が死んだと言われている。あと十

五年ほどしたら、この件に関する裁判が開かれるそうよ。KVHが主要な人物を買収し続ければもっとさきになるかもしれないけど。彼らは製薬業界の人道主義的活動の先駆者としても有名なの。苦痛に苛まれる白人の百万長者の利益となるように、自分たちの特許権を引き延ばす活動よ。おやすみなさい、ダーリン。二度とわたしのことばを疑わないで。わたしはいつも完璧なの。あなたもそうよ。T

ロンドンの《ガーディアン》紙経済面からの切り抜き。

幸せなハチ《ビーズ》たち

スリー・ビーズ・ナイロビの株価が急上昇している（十二週間で四十パーセント）。多剤耐性を持つ結核の安価で革新的な治療薬〈ダイプラクサ〉を、アフリカ全土で販売する権利を同社が取得したことに、市場が自信を深めてきた結果だ。スリー・ビーズの最高経営責任者、ケネス・K・カーティス氏は、モナコの自宅で会見に応じて言った。「スリー・ビーズにとっていいことは、アフリカにとっていいことだ。そしてアフリカにとっていいことは、ヨーロッパにも、アメリカにも、世界の残りの地域にとってもいいことだ」

テッサの手書きで〝ヒッポ〟と記された別のフォルダーには、四十ばかりのやり取りが収められている。最初は手紙、それから電子メールのプリントアウトが続く。テッサと、ビルギットという女性とのやり取りだ。ビルギットは、ドイツ北部のビーレフェルトという小さな町に拠点を持つ、〈ヒッポ〉と呼ばれる独立資本の製薬業界監視組織で働いている。彼女の便箋のいちばん上に印刷されたロゴは、その団体が、紀元前四六〇年生まれのギリシャの医者ヒッポクラテス――すべての医者が彼の誓いを守る医学の父――に名をもらったことを示す。最初のやり取りは形式張ったものだが、メールに代わると、くだけた調子になる。主たる登場人物はすぐにあだ名で呼ばれるようになる。KVHは〝巨人〟、〈ダイプラクサ〉は〝錠剤〟、ロービアーは〝錬金術師〟。〈カレル・ヴィタ・ハドスン〉の活動に関するビルギットの情報提供者は〝友人〟。〝友人〟は常に守ってやらなければならない。〝彼女がわたしたちに話していることは、完全にスイス法に反しているから〟だ。

ビルギットからテッサにあてた電子メールのプリントアウト。

……エムリッチとコヴァクスというふたりの医者のために、〝錬金術師〟はマン島に会社を設立したの――おそらくふたつ。まだ共産主義の時代だったから。〝友人〟の話では、Lは、女たちが当局と揉めないように、彼自身の名前で会社を作ったそうよ。以来、女たちは激しく言い争ってるらしい――医学的なことと、個人的なことで。詳しいことは、〝巨人〟の誰も知らされてないわ。エムリッチは一年前にカナダに移住した。

コヴァクスはまだヨーロッパにいて、ほとんどバーゼルで過ごしてる。あなたが送ってくれた象のモビール飾りのせいで、カールは今、幸せの絶頂よ。毎朝、眼が覚めるたびに、象みたいに鳴いて、起きたことを知らせてくれるの。

ビルギットからテッサにあてた電子メールのプリントアウト。

〝錠剤〟に関する歴史をもう少し。五年前、〝錬金術師〟が女たちの分子の研究に関する財政支援を求めていたときには、すべてがうまくいったわけじゃなかった。ドイツの大きな製薬会社に資金援助を求めたけど、大した利益が見込めないからとはねつけられたの。貧しい人たちに関する問題はいつも同じ。彼らには高い薬を買うお金がないってこと！　〝巨人〟は遅れてやって来た。大規模な市場調査が終わったあとよ。彼らはＢＢＢ《スリー・ビーズ》との取引で非常に賢く振る舞ったと〝友人〟は言ってるわ。貧しいアフリカを売り払って、裕福な世界を自分たちで取った、見事な腕前だとね。計画はシンプルで、タイミングも完璧。〝錠剤〟を二、三年、アフリカで試しているあいだに、結核が西欧で大問題になると踏んでるの。それに、三年も経てば、ＢＢＢは財政的に破綻して、〝巨人〟は二束三文で買い取ることができる。だから〝友人〟によれば、ＢＢＢは馬のお尻のほうにお金を払っていて、鞭を持ってるのは〝巨人〟なの。カールはわたしの横で寝ているわ。親愛なるテッサ、あなたの赤ちゃんもカールみたいにすばらしい子であることを祈ってます。母親に似て、きっと偉大な闘士になるわ。まちがいない！　では。

Ｂ

ビルギット／テッサの通信ファイルの最後の一通。

〝友人〟が、ＢＢＢとアフリカに関する〝巨人〟の極秘活動を報告してきている。ひょっとしてあなた、白人社会の巣を突ついた？　コヴァクスが極秘裡にナイロビに飛んで、そこで待つ〝錬金術師〟に会うことになってるわ。別嬪さん《ディー・シェーネ》のララについては誰もが悪口を言っている。裏切り者だ、雌犬だとね。どうしてあれほど退屈な企業が、突如として情熱的になったのかしら。気をつけて、テッサ。あなたは少し〝ヴァークハルジッヒ〟じゃないかと思うんだけど、夜遅くて、英語が出てこない。親切で優しい旦那さんに訳してもらって！　Ｂ

追伸　近いうちにビーレフェルトに来て、テッサ。とてもきれいで、ひっそりとした小さな町よ。きっと気に入るわ！　Ｂ

＊

夕方。テッサは見た眼にもはっきりと妊娠している。ナイロビの家の応接間を歩きまわり、坐ったかと思えば、また立ち上がる。アーノルドは彼女に、子供を産むまでキベラに行ってはならないと言った。ラップトップのまえに坐ることさえ、今の彼女にとってはうんざりする雑用だ。五分も経つと、またうろつき始めてしまう。ジャスティンは、苦しむ彼女のそばにいようと、家に早く帰ってくる。

「〝ワグホールシック〟って誰？　それとも何？」と彼女は、彼が玄関のドアを開けるなり訊く。

「誰がどうしたって？」

彼女はわざと英語ふうに発音する——犬に尻尾を振らせる《ワグ・ザ・ドッグ》の〝ワグ〟、広間《ホール》の病《シック》いに似てる〝ホールシック〟よ。ジャスティンが理解するまで、あと二回繰り返さなければならない。

「〝向こう見ずな〟」とジャスティンは慎重に答える。「〝命知らずの〟でもなぜ？」

「わたしは向こう見ず《ワグホールシック》？」

「いや。ありえない」

「さっきそう言われたの。まあいいわ。こんな状態じゃ向こう見ずになろうにもなれない」

「なれないわけないだろう！」とジャスティンは心から言う。そしてふたりは同時に笑い出す。

＊

〈オーキー・オーキー＆ファーメルー法律事務所——ロンドン・ナイロビ・ホンコン〉より、ナイロビの私書箱のミズ・T・アボットへ。

親愛なるミズ・アボット

当方は、ナイロビの〈ハウス・オヴ・スリー・ビーズ〉の代理人です。同社は、あなたが同社の最高経営責任者であるケネス・カーティス卿、および取締役会の他の役員にあてた数通の手紙を当方に託しました。

あなたの言う製品は、必須とされるすべての臨床試験に合格していることをここに通知します。その多くは、国内および海外で規定される基準よりはるかに厳しい条件で実施されました。あなたが正しく指摘されるように、同製品は、ドイツ、ポーランド、ロシアで充分に試験され、登録されています。ケニア厚生省からの要請により、同製品の登録は、個別に世界保健機関の審査を受け、合格しています。当該証明書をここに添付します。

従いまして、今後本件に関し、あなた、またはあなたの知人が、直接〈ハウス・オヴ・スリー・ビーズ〉に、または他の方面に対して表明する意見は、栄誉ある同製品、およびその販売元である〈ハウス・オヴ・スリー・ビーズ〉の市場での名声および信用への謂れなき悪意の中傷と解釈します。万一それが起きた場合、当方は、依頼人へのさらなる照会を必要とせず、ただちに、全力をもって法的措置を取るよう、恒久的な指示を受けています。

敬具

＊

「きみ《オールド・チャップ》、ちょっと言っておきたいことがあるんだが、いいかね？」

話し手はティム・ドナヒュー。〝きみ〟は、この場面を回想しているジャスティン本人。モノポリーのゲームは、ウッドロウの息子たちが空手教室に遅れ、急いで出ていったために一時中断となり、グロリアは台所に飲みものを取りにいく。ウッドロウはひどく腹を立て、高等弁務官事務所に出かけていった。だからジャスティンとティムは、ふたりきりで庭のテーブルにつき、何百万ポンドもの偽の金に囲まれて坐っている。

「より大きな利益のために、聖域に立ち入ってもいいだろうか」ドナヒューは、必要な範囲を越えて届かない、低く緊張した声で言う。

「もしどうしても必要なら」

「必要だ。哀悼すべききみの奥さんが、ケニー・Kに吹っかけていた見苦しい喧嘩のことなんだ。彼の農場に押しかけて対決したり――ケニーも気の毒にな――とんでもない時間に電話したり、彼のクラブに失礼な手紙を残したり、といったことだ」

「なんの話をしているのかわからない」

「そうだろうとも。今、廊下で話すのに適した話題じゃない、とりわけ警察が関心を寄せているときにはな。絨毯の下に掃き込んでしまえ――それがわれわれの忠告だ。事務所とは関係ない。今はわれわれ全員にとって慎重を要する時期だ、ケニーも含めて」そこで声が高くなる。「きみは立派に耐えている。限りない賛辞を送るよ、そうだよな、グロリア?」

「もう完全に神のようだわ。ちがう? ジャスティン、ダーリン」グロリアが、ジントニックの載ったトレイを置きながら確認する。

われわれの忠告――ジャスティンは、弁護士の手紙をまだ見つめながら思い出す。彼のではない。彼らの忠告だ。

＊

テッサからハムにあてた電子メールのプリントアウト。

　我がいとこ、天使の心の持ち主へ。ＢＢＢのわたしの情報提供者《ディープ・スロート》によれば、彼らの財務状況はもう悲惨なことになってるらしいわ。社内では、ケニー・Ｋが、製薬以外の部門をすべて抵当に入れるという噂があるようよ。ボゴタに本拠地がある、いかがわしい南米のシンジケートに差し出すんですって。そこで質問。彼は株主に事前に通知せずに会社を売却できるの? わたしはあなた以上に会社法に疎いから。つまり無に等しいの。説明して。ラヴ、ラヴ、テス。

　しかしハムには、たとえ説明できたとしても、そうする時間がなかった。すぐにだろうと、あとからだろうと。ジャスティンも同じだった。おんぼろの車がガタガタと敷地内を進んでくる音がして、雷のようにドアが叩かれた。ジャスティンは飛び上がり、囚人の覗き穴から外を見た。そこには、丸々と太ったエミリオ・デッローロ神父の顔があった。教区の司祭で、悲しみに満ちた不安そうな顔を作っている。ジャスティンはドアを開け、彼と向かい合った。

「何をしているのですか、シニョール・ジャスティン」と司祭は芝居がかった声を轟かせて、彼を抱擁した。「どうしてタクシー運転手のマリオから、奥様《シニョーラ》のご主人が嘆き悲しんでお屋敷に閉じこもっているなどと言われなければならないのです。しかも自分のことをスウェーデン人と言っているなどと。それに、妻にさき立たれた夫、死産の息子の父親についていられないなら、神の名においていったいなんのための司祭ですか」

ジャスティンは、ひとりきりになることが必要だったといったことをつぶやいた。

「でも、あなたは仕事をなさってる！」——ジャスティンの肩越しに、オリーヴ小屋に散らかった書類の山を見て——「嘆き悲しんでいるこんなときにまで、国のために働いている！　イギリスがナポレオンより大きな帝国を築くのも当たり前だ！」

ジャスティンは、外交官の仕事はけっして終わらないといったたわごとを口にした。

「司祭と同じです、わが息子よ、まさに司祭と同じだ！　神に救いを求める魂がひとつあれば、そうしない魂が百はあるからです！」彼は近づいてきた。「しかし奥様《シニョーラ》は信じておられた、シニョール・ジャスティン。母上の伯爵夫人のように。おふたりとも異論を唱えることもありましたが。あれほど同胞を愛していれば、どうして神の声に耳を傾けないでいられましょう」

ジャスティンはどうにか司祭をオリーヴ小屋の入口から引き離し、凍えそうな母屋の客間に坐らせた。剝がれつつある、早熟の天使のフレスコ画の下で、マンツィーニ家のワインを無理に何杯も飲ませ、自分も少しずつ飲んだ。テッサは無事神の手に抱かれていると請け合う善良な神父のことばをともかく受け容れ、彼女の次の聖人の日に追悼ミサをあげてもらうこと、教会の修復費用に多額の寄付をすること、島の丘の上に建つ見事な城の保存にまた別の寄付をすること――中世イタリアの珠玉の遺産のひとつですが、研究者や考古学者の調査によると、神のご意志のもとで壁と基礎が補強されないかぎり、近いうちにまちがいなく崩壊するとのことです――に、苦情ひとつ言わず同意した。善人を車まで送り、ジャスティンは、どうしても彼を引き止めたくなかったので、祝福を素直に受け容れ、急いでテッサのもとに帰った。

彼女は腕を組んで彼を待っていた。

わたしは、無垢な子供たちの苦痛を見過ごす神の存在など信じないわ。

「だったらなぜわれわれは教会で結婚したんだい？」

神の御心をとろけさせるためよ。

＊

この売女め。くそ医者のイチモツを舐めるのはやめな。玉なし夫のところへ戻ってお

となしくしてろ。その腐った鼻をわれわれのビジネスに突っ込むのは今すぐやめろ！
さもなくば、おまえは死肉になる。この約束は必ず守られる。

彼が震える手に持った白いタイプ用紙は、誰の心もとろかそうとするものではなかった。メッセージは、黒々と太く、半インチはある大文字でタイプされていた。署名はなかった。驚くには当たらない。しかし驚くべきことに、綴りは完璧だった。メッセージの衝撃はあまりに激しく、ジャスティンの心を責め苛み、焼き尽くしたので、彼は息をのむ数秒のあいだ、彼女に対する怒りで完全に我を忘れた。

なぜ私に言わなかった。なぜ見せなかった。私はきみの夫だろう。きみの守護者であるべき人間だろう。きみの頼るべき男であり、いやしくもきみの伴侶だろう！

わかったよ。降参するよ。きみは殺しの脅迫を受け取る。私書箱から拾い上げる。読む――まず一度。うっ！　そして、もしきみが私と同じなら、それを顔から遠ざける。あまりに下劣で、吐き気を催すほど不快だから、顔に近づけたくない。だが、きみはもう一度、それを読む。そしてさらにもう一度。一言一句憶えてしまうまで。私と同じように。

それからどうする？　私に電話する――〝ダーリン、ひどいことが起こったの。すぐに戻ってきてくれる？〟そして車に飛び乗る？　高等弁務官事務所までエヒウ（イスラエルの王で、戦車攻撃で勇名を馳せた）のように車を飛ばし、私に手紙を振りかざして、ポーターのところへ行かせる？　きみはそんなことはしない。断じて。いつもながらプライドがさきに立つ。手紙を私に見せず、話にも出さず、燃やしもしない。自分の胸に秘めておく。分類し、ファイルする。〝立入禁止〟の机の抽出の奥底にしまい込む。私がやれば嘲笑うだろうまさにそのことを、自分自身がする——ほかの書類に紛れ込ませ、私がそうしたなら〝貴族的な深慮〟と馬鹿にするであろう態度を保つ。それからきみが自分と——そして私と——どうやって折り合いをつけて生きてきたのかはわからない。脅迫されながらどう生きてきたのか、神のみぞ知るだ。とりあえず礼を言うよ。本当にありがとう。これでいいか？　究極の夫婦間の隔離政策《アパルトヘイト》をありがとう。実にすばらしい《ブラヴォー》。もう一度言おう、ありがとう。

　怒りはジャスティンをわしづかみにしたときと同じように素早く引いていき、冷や汗をかくほどの恥ずかしさと悔恨に取って代わられた。本当は耐えられなかったんだろう？　あの手紙を誰かに見せるという考えに。自分で止めようのない地すべりを起こしてしまうことに。ブルームのこともあり、私のこともある。それはやりすぎだ。きみはわれわれを守っていたんだね。われわれ全員を。もちろんそうだ。きみはアーノルドに話しただろうか。もちろん話していない。もし話していれば、彼はきみを説得して、さきに進むのをやめさせようとしたはずだ。

＊

　ジャスティンは心の中で、穏やかな推論から一歩遠ざかった。
甘すぎる。テッサはもっと強い。そして怒りに駆られているときには、もっと汚い。

弁護士の知性を思い出せ。あの氷のような実用主義を。包囲網を狭めてとどめを刺そうとしている、きわめてタフな若い娘を想定しろ。彼女は目標に近づいていることに気づいたはずだ。殺しの脅迫がそれを証明してくれた。自分を脅かしていない者に死の脅迫など与えたりしない。

この段階で〝ファウル！〟と叫ぶのは、自分を当局の手に引き渡すことだ。イギリス人は役に立たない。彼らは権力も、司法権も持たない。頼みとなるのは、手紙をケニア当局に見せることだけだ。

しかし、テッサはケニア当局を信用していなかった。モイ帝国の触手はケニアの生活のどんな片隅にも伸びている、と確信を持って何度も言っていた。彼女の信頼は、良かれ悪しかれ、イギリス人に置かれていた。ウッドロウとの密かな逢い引きがその証拠だ。

ケニア警察に出頭した途端、敵のリストを、現実的なものも潜在的なものも含めて提出しなければならなくなる。そしてその場で大犯罪の追及は終止符を打たれる。狩りの中止を命じられる。彼女はそんなことはしないはずだ。大犯罪は彼女にとって命より重要なものだったのだから。

今や私にとっても重要になった――私自身の命より。

*

精神の均衡を取り戻そうとしているときに、手書きの住所の封筒に眼が止まった。まえの人生で、テッサの仕事場の机の真ん中の抽出から慌てて取り出してきたものだった。〈ダイプラクサ〉の空き箱を見つけたのと同じ抽出だ。封筒の筆跡にはどこか見憶えがあったが、まだ誰のものかはわからない。手で破って開けてあった。中にはイギリス政府の公用箋が一枚、たたまれてはいっていた。文字は興奮で跳ね躍り、文章は恐ろしい勢いと情熱で書き飛ばされている。

私の愛しいテッサ、誰よりも愛し、これからも永遠に愛し続けるきみへ

私は、絶対的な確信、ひとつの自己認識とともにこれを書いている。きみは今日、私にひどくつらく当たった。が、それも私がきみにつらく当たったほどではない。私たちそれぞれの中にいる、まちがった人格がしゃべっていたのだ。私は耐えがたいほどきみを欲し、崇拝している。私には心の準備ができている。もしきみにもできているなら、お互い馬鹿げた結婚はやめにして、どこでもきみの好きなところへ逃げ出そう。きみがよければどれほど早くてもいい。もしそれが世界の果てまでだったら、なおさらいい。私はきみを愛している。愛して、愛し抜いている。

しかし、今度は署名は略されていない。声高に、くっきりと、殺しの警告に匹敵するほどの大きさで——〝サンディ〟私の名はサンディ、と言っていた。世界じゅうに広めてもかまわない。

日付と時間も書かれていた。大いなる愛の痛苦の最中でも、サンディ・ウッドロウは生真面目な男であり続けた。

第十二章

欺かれた夫、ジャスティンは月の光に打たれ、身じろぎひとつしない。険しい眼差しで銀色の水平線を見つめ、冷え冷えとした夜気を深々と吸い込む。吐き気を催すものを吸った気がして、肺をきれいにしなければならなかった。サンディは最初弱くて、だんだん強くなるの、ときみは言った。サンディはまず自分を騙して、それからわたしたちを騙すの……サンディは臆病者よ。大げさな身振りと大げさなことばで身を守らなければならない。そうしないと安心できないのね……

そこまでわかっているのに、こんなものを呼び込んでしまうとは、いったいきみは何をしたんだ、と彼は訊く――海に、空に、身を切る夜風に。

別に何も、と彼女は落ち着き払って答えた。サンディは、わたしのおふざけを勝手に約束と思い込んだだけ。あなたの礼儀を弱さと思い込むのとまったく同じよ。

しかしほんの一瞬、まるで与えられた贅沢のように、ジャスティンは、自分の勇気がくじけることを許した――心の奥底で、アーノルドに対して何度かそうしたように。そのとき、記憶が呼び覚まされた。昨日、昨晩、あるいはそのまえの晩に読んだもの。だが、なんだろう。プリントアウト――テッサからハムにあてた長い電子メール。最初読んで、ジャスティンの感覚では少し親密すぎるように思えたので、別のフォルダーに移しておいた。あとで立ち向かう気力が回復したときに解くべき謎を、そこに集めておくことにしたのだ。オリーヴ小屋に戻り、プリントアウトを掘り出して、日付を確かめた。

テッサからハムにあてたメールのプリントアウト。ウッドロウが外務省の定める公用箋の使い方に違反し、青い便箋の上で同僚の妻への情熱を高らかに宣言した、ちょうど十一時間後に送られている。

わたしはもう女の子じゃないの、ハム。いかにも女の子らしいものは、もうかたづけてしまわなきゃね。でも女の子が、たとえ妊娠していてもすることって何かしら。今わたし、五つ星級の嫌な男の上に着地しちゃったみたいなの。その男、わたしに夢中なのよ。問題は、アーノルドとわたしがついに金脈を探り当てて――より正確に言うと、最悪の部類の、本物の排泄物よ――まさにその嫌な男に、権力の場でわたしたちの代弁をしてもらわなきゃならないこと。ジャスティンの妻であり、つまるところいつもそうありたいと願っている忠実なイギリス人であるためには、そうするしかない。超弩級の嫌な男でさえ言いくるめて、都合のいいように扱いたがるとは、相変わらず非情なあばずれだ、と言う声が聞こえるようだわ。そんなこと言わないで、ハム。それが本当でも、言っちゃだめ。口を閉ざしていて。だってわたしには守らなきゃならない約束がある。あなたにもあるでしょ、優しい人《スウィートハート》。だから今までどおり、愛しい、優しい友だちとしてわたしを支えて。そしてわたしにいい子だねと言って。本当にそうなんだから。もし言ってくれないなら、水兵服姿のあなたを押してルビコン川を渡らせて以来、いちばん濃厚なキスを送るわ。愛を込めて、ダーリン。チャオ。テス。

追伸　ギタはわたしのことを情け知らずの売女《ホア》だと言うんだけど、うまく発音できないから、〝ファー〟って聞こえるの。途中のVを抜かした電気掃除機《フーヴァー》みたいに。愛を込めて、テス（ファー）。

被告を無罪と認める、とジャスティンは彼女に言った。そしていつものように、謹んでわが身の浅ましさを恥じた。

＊

不思議と落ち着いた気分で、ジャスティンはまた当惑の旅に出た。

ロンドン警視庁、海外犯罪局、フランク・グリッドリー警視監に提出された、ロブとレズリーの共同報告書からの抜粋。ナイロビ英国高等弁務官事務所長、アレクサンダー・ヘンリー・ウッドロウとの三度目の会見。

彼は外務省アフリカ局長、バーナード・ペレグリン卿の意見とみずから主張するものを強硬に繰り返す。すなわち、テッサ・クエイルの文書が強く主張する線に従ってこれ以上捜査を進めることは、イギリスとケニア共和国との関係を不必要に脅かし、イギリスの貿易上の利益を損なうと。……彼は機密上の理由から、当該文書の内容を明かすことを拒否した。……〈ハウス・オヴ・スリー・ビーズ〉が現在販売している画期的な新薬については何も知らないと言う。……テッサ・クエイルの文書の閲覧に関するいかなる要求も、直接バーナード卿におこなうよう、われわれに指示する。もしまだ存在すればという条件つきだが、彼はそれを疑っている。彼の評価では、テッサ・クエイルはごくありふれたヒステリックな女性で、援助活動に関わることで情緒不安定になっていた。それで巧みに彼女の文書の重要度を下げようとしているように見受けられる。現実的な範囲でできるだけ早く、故テッサ・クエイルが彼に渡したすべての文書のコピーを外務省に正式に要求するよう提言する。

警視監F・グリッドリーの署名がある、赤インクで書かれた傍注――B・ペレグリン卿と話した。要求は国家機密上の理由により拒否された。

医学雑誌からの抜粋がいくつかある。難解さの度合いはさまざまだが、いずれも適度に遠まわしなことばで、革新的な新薬〈ダイプラクサ〉のすばらしい効用を讃え、〝突然変異原性がない〟ことや、〝ネズミにおける長い半減期〟に触れている。
《ハイチ保健科学ジャーナル》からの抜粋。〈ダイプラクサ〉に関する危惧を弱々しく表明している。ハイチの研究病院でこの薬の臨床試験をおこなった、パキスタンの医師の署名がある。テッサが赤い線を引いた〝潜在的な有害事象〟の部分には、肝不全、内出血、めまい、視神経障害のおそれが挙げられている。

同じ雑誌の次号からの抜粋。めざましい教授職と肩書きのついた大勢の医学界の重鎮が、三百の症例を引き合いに出して、圧倒的な反論を展開している。気の毒なパキスタン人の〝偏見〟と〝患者に対する無責任な態度〟をなじり、彼の頭上に呪いの雨を降らせている。

(テッサの手書きのメモ——これら偏見のないオピニオンリーダーたちは、ひとり残らずKVHと契約している。将来有望なバイオテクノロジー研究プロジェクトを見つけ出すために、世界じゅうを飛びまわる豪勢な旅行に連れ出されている)

テッサが書き写した、ステュアート・ポコック著『臨床試験』からの引用。記憶にとどめるために、彼女はよく書き写した。いくつかの個所にはくっきりと赤い線が引かれ、著者の冷静な文体と明確な対照をなしている。

学生、および実に多くの臨床医は、医学関連の印刷物に不当なまでの敬意を捧げる傾向がある。《ランセット》や《ニュー・イングランド・ジャーナル・オヴ・メディスン》といった主要な雑誌は、常に議論の余地のない医学的な新事実を提示していると見なされる。これら〝医学界の福音書〟に対する愚直な信仰は、多くの著者の独善的な執筆態度によって深められる。かくして、いかなる研究プロジェクトにも存在する不確実性はしばしば軽視され……

(テッサのメモ——雑誌の記事は常に製薬会社の言いなり。たとえ質が高いと言われている雑誌でさえ)

学会での発表、製薬会社の宣伝については、さらに疑ってかからなければならない……偏っている可能性は無限にある……

(テッサのメモ——アーノルドによれば、大きな製薬会社は何十億と使って科学者や医師を買収し、自社製品の宣伝をさせている。ビルギットの報告によると、KVHは最近、主要な大学病院に五千万ドルを寄付し、業界屈指の三人の医師と六人の研究助手の給料と経費を支払うことにした。大学の付属施設を社交室で売り買いすることはもっと簡単だ——教授の椅子、バイオテクノロジー研究室、研究基金、その他。〝金で買われていない科学的な意見を見つけることは、ますますむずかしくなってきた〟――アーノルド）

ステュアート・ポコックからのさらなる引用。

……著者が、本来正当である基準を越えて、肯定的な発見を強調するよう説得されてしまう危険は常にある。

（テッサのメモ――世界のほかの出版物とちがって、製薬関連雑誌は悪いニュースを発表したがらない）

……たとえ否定的な発見についての治験報告を書くにしても、その多くは主要な一般誌ではなく、無名の専門誌に掲載される……その結果、当初の肯定的な報告に反駁する否定的な見解は、大多数の人々の眼に触れないものとなりうる。

……多くの臨床試験は、偏りのない治療法を確立するために不可欠の諸要件を欠いている。

（テッサのメモ――何かを疑問視するのでなく、肯定するために調整される。つまり、無益

であるより性質《たち》が悪い)

ときに著者は意図的にデータをかき集めて、肯定的な結果を証明する……

(テッサのメモ――でっち上げ)

ロンドンの《サンデー・タイムズ》紙からの抜粋。見出しは〝製薬会社、臨床試験で患者を危険に晒す〟。テッサが大量に線や印をつけていて、おそらくアーノルド・ブルームにコピーを渡すか、ファックスされたもの。なぜなら、宛名がついている――〝アーニー、これ見た⁉〟

世界最大の製薬会社のひとつが、何百人という患者を致命的な感染症の危険に晒していたことがわかった。国じゅうでおこなわれた治験の開始にあたって、きわめて重要な安全情報を開示しなかったためだ。

ある治験のために、イギリス国内で約六百五十人の患者が手術を受けた。それはドイツ製薬業界の巨人、〈バイエル〉社が計画したものだった。同社は以前おこなった研究で、ある薬が他の薬と悪性の反応を起こして、バクテリアをほとんど殺すことができなかったのを確認していたにもかかわらず、今回同じ薬を治験に使用した。《サンデー・タイムズ》が入手した前回の研究結果は、治験に参加した病院には最初から明かされなかった。

欠陥があることが患者や家族に対して伏せられていたこの治験の結果、サウサンプトンの試験センターで手術を受けた患者の半数近くが、生命に関わるさまざまな感染症に罹ることになった。

〈バイエル〉は、データが機密事項であるという理由から、術後の感染者数と死亡者数の開示を拒否した。

「治験は、開始前に管轄の行政当局と地元の倫理委員会の許可を得たうえでおこなわれました」と広報担当者は述べた。

人気の高いアフリカの雑誌から破り取られた、フルカラーの全面広告。コピーは〃わたしは奇跡を信じます！〃中央で、襟ぐりの深い白のブラウスに長めのスカートという恰好の、若く美しいアフリカ人の母親が、満面の笑みを浮かべている。幸せそうな赤ん坊が彼女の膝に抱かれ、片手を彼女の胸に置いている。幸せそうな兄弟姉妹がそのまわりに集まり、ハンサムな父親が皆を見下ろすように立っている。母親も含めた全員が、膝に抱かれた健康な赤ん坊に、露骨に賞賛の眼差しを向けている。ページのいちばん下に書かれたことばは〃スリー・ビーズも奇跡を信じます！〃若く美しい母親の口から吹き出しが出ている――〃赤ちゃんが結核だと言われたとき、わたしは祈りました。そして薬学部を卒業した友人に〈ダイプラクサ〉の話を聞いたとき、祈りが天に届いたことを知ったのです！〃

ジャスティンは警察のファイルに戻る。

ナイロビ英国高等弁務官事務所の現地雇用者、ギタ・ジャネット・ピアスンの取り調べに関する警官たちの報告書。


彼女とは三回話した。おのおの九分、五十四分、九十分。本人の希望により、会見は目立たず、中立的な場所（彼女の友人宅）でおこなわれた。年齢二十四歳、英印混血、教育はイギリスの修道院付属学校（ローマ・カトリック）、両親は専門職（弁護士と医師）、ふたりとも敬虔なカトリック教徒。彼女はエクセター大学を優等で卒業し（イギリス、アメリカ、英連邦に関する一般教養）、非常に聡明で、極度に緊張していた。嘆き悲しんでいると同時に、ひどく怯えているような印象を受けた。たとえば、いくつかの陳述をあとで撤回した。例、〝テッサは口封じのために殺されたのよ〟例、〝製薬業界に楯突く人間はみんな咽喉をかき切られてしまう〟例、〝いくつかの製薬会社は、立派な服を着た武器商人なの〟それらについて問いつめると、立証しようとせず、記録から消すよう要求した。また、トゥルカナの殺人事件の犯人はブルームかもしれないと示唆すると、それを否定し、ブルームとクエイルは〝愛人同士〟ではなく、〝地上でもっともすばらしいふたり〟であり、彼らのまわりの人間こそ〝汚い心を持っている〟と言った。

これ以上の質問に答えるには、まず国家機密保護法に従い、故人に対する秘密の誓いに従わなければならないと彼女は主張した。三度目の最後の会見で、われわれはより強硬な態度を取り、情報を明かさないでいることは、テッサの殺人者をかばい、ブルームの捜索を妨げることになると指摘した。別添Aおよび別添Bに、編集した会見記録を添付する。彼女は本記録を読んだが、署名は拒んだ。

別添A

Q　これまで現地調査で、テッサ・クエイルの手伝いをしたり、彼女に同行したことはありますか？

A　週末や、時間があるときには、何度かアーノルドとテッサについて、キベラの貧民街や奥地に行ったことがあります。現地での治療を手伝ったり、施薬の状況を確認したりしました。それがアーノルドのNGOの任務のひとつでした。アーノルドが調べたいくつかの薬は、投与期限をはるかに過ぎていて、効き目がゼロではないものの、不安定になっていた。使うべきでない症状に使われているものもあった。アフリカのほかの地域でも見られる一般的な現象も確認しました。つまり、いくつかの包装で、適応症と禁忌が第三世界市場向けに書き換えられていたのです。先進国で許可された適用範囲より広く適用するために。たとえば、ヨーロッパやアメリカでは癌の重い症状に使われる鎮痛薬が、ここでは生理痛や、軽い複合痛に使われていた。禁忌は表示されていなかった。アフリカ人の医者が正しく診断しても、薬の充分な使用説明がないために、日常的にまちがえて処方していることも発見しました。

Q　スリー・ビーズもそういう状況下にある販売元でしたか？

A　アフリカが世界じゅうの医薬品のゴミ溜めであることは誰でも知っています。そしてスリー・ビーズはアフリカにおける医薬品の主要な販売元です。

Q　つまり、スリー・ビーズも影響を受けていたと？

A　いくつかの例では、スリー・ビーズが販売元でした。

Q　罪深い販売元ですね。

A　そういうことです。

Q　件数にしてどのくらい？　どれほどの割合ですか？

A　(何度も言い逃れようとしたあとで) すべてです。

Q　繰り返していただけますか。製品に問題を発見したすべてのケースで、スリー・ビーズが販売元だったとおっしゃるのですね？

A　アーノルドが生きているかもしれないのに、こんなことを話している場合じゃないわ。

別添B

Q　アーノルドとテッサがとくに関心を寄せていた製品がありますか？　憶えてらっしゃいませんか。

A　こんな話をするべきじゃないわ。本当にだめです。

Q　ギタ。わたしたちはなぜテッサが殺されたのかを理解しようとしているんです。そのために話し合うことが、なぜアーノルドをさらに大きな危険に追いやることになると思うのですか？

A　あらゆる場所にあったわ。

Q　何がです？　なぜ泣いているのです、ギタ。

A　あれは人を殺していた──あらゆる村や、貧民街で。アーノルドは確信していたわ。でもあれはいい薬だ、と彼は言った。あと五年開発すれば、おそらくいい薬になっていただろうと。考え方については誰も反対できない。投与期間が短く、安価で、患者に無理をさせない。でも効き目が速すぎたの。治験はいい結果だけが出るように調整された。すべての副作用を網羅しなかったの。妊娠したネズミと猿とウサギと犬で実験して、問題なかった。人で実験したときには確かに問題が生じたけれど、どんな薬にも多少の問題はある。そのグレーな部分を製薬会社は利用するの。あとは統計に頼るしかなくて、統計は、証明してほしいと願うものをなんでも証明してくれる。アーノルドの意見では、彼らは競争相手より早く製品を市場に出そうと焦りすぎたということだった。法律や規則がいくつもあるから、そんなこと不可能だと思うでしょうけど、アーノルドは、しょっちゅうある話だと言ってたわ。ジュネーヴの国連の豪華なオフィスに坐っているときの物事の見え方と、現場にいるときの見え方はまったく異なるの。

Q　その薬の製造者は誰ですか？
A　こんな話を続けたくない。
Q　薬の名前は？
A　どうしてもっと試験しなかったのか？　ケニアが悪いわけじゃないわ。第三世界の国にそれを求めるのは酷よ。与えられたものを受け取るしかないんだから。
Q　〈ダイプラクサ〉でしたか？
A　（理解できず）
Q　ギタ、少し気を落ち着けて、われわれに教えてくれるだけでいいのです。薬の名前は何でした？　何の薬で、製造者は誰ですか？
A　アフリカは世界のエイズの症例の八十五パーセントを占めてるの。知ってた？　そのうちのどれだけが薬を与えられていると思う？　一パーセントよ！　これは人の問題じゃないわ。経済の問題よ。男は働けない。女も働けない。しかも異性間の病気だから、これほどの数の孤児ができるの。彼らは家族を養えないのよ。何もなされないまま、ただ死んでいくの！
Q　すると、われわれが話しているのはエイズの治療薬ですか？
A　アーノルドが生きているうちはだめ！……関係があるの。結核があるところ、エイズのおそれもある……いつもじゃないけど、たいていの場合……アーノルドはそう言ってたわ。

Q　ワンザはこの薬のせいで苦しんでいたのですか？
A　（理解できず）
Q　ワンザはこの薬で死んだのですか？
A　アーノルドが生きているうちはだめ！　そう、〈ダイプラクサ〉よ。さあ、出ていって。
Q　どうして彼らはリーキーの現場に向かっていたのですか？
A　知らないわ！　出ていって！
Q　彼らがロキチョギオに行った理由は何ですか？　女性の自覚に関する集まりは別として。
A　そんなもの何もない！　もうやめて！
Q　ロービアーとは誰ですか？
A　（理解できず）

提案

高等弁務官事務所に対し、完全な陳述を求める代わりに証人に保護を与える旨の要求を出すべきである。ブルームと故人に関して彼女が提供する情報は、いかなる場合でも、ブルームを——まだ生きていると仮定して——危険に晒すことはないと彼女に保証すべきである。

提案は機密上の理由から拒否された。

F・グリッドリー（警視監）

顎に手を当て、ジャスティンは壁を見つめた。ギタの記憶。ナイロビで二番目に美しい女性。テッサみずから指名する弟子で、邪悪な世界に常識的な品位を持ち込むことだけを夢見ている。わたしから悪いところを取り除いたらギタになるの、とテッサはよく言う。最後の無垢なる人間、ギタが、妊娠後期のテッサと顔を寄せ合って緑茶を飲みながら、ナイロビの庭で世界の問題を解決している。途方もなく幸せな懐疑主義者で、まもなく父親となる男、ジャスティンは、麦わら帽子をかぶって花壇の中を進みながら、雑草を取り、余分な葉を摘み、茎を縛ったり、水をやったりして、中年の愚かなイギリス人を見事に演じている。

「足元に気をつけてね、ジャスティン」とふたりは心配そうに声をかけた。雨のあとに列を成して地面から出てくるサファリ・アリに注意しろと言っているのだ。圧倒的な数と統率力で、犬や、小さな子供さえ殺してしまう。臨月間近のテッサは、アリたちが彼の水やりを季節はずれのにわか雨とまちがえるのを怖れていた。

ギタは永遠に、どんなものや人からもショックを受ける。第三世界の産児制限に反対し、ンヤヨ・スタジアムで示威的にコンドームを焼き払ったローマ・カトリック教徒たちにも、子供の中毒者を作るために煙草に刺激物を入れたアメリカの煙草会社にも、クラスター爆弾（多数の子爆弾や地雷を含む爆弾）を無防備の村に投下するソマリアの将軍たちや、そもそもクラスター爆弾を製造する兵器製造会社にも。

「彼らはいったいどういう人たちなの、テッサ」と彼女は熱心に囁く。「彼らの精神構造はどうなってるの、教えて、お願い。これが原罪ということなの？　もしわたしが訊かれれば、それよりはるかにひどいと答えるわ。わたしの考えでは、原罪にはどこか無垢な概念が入り込んでる。でも今日、いったいどこに無垢があるというの、テッサ？」

そしてもしアーノルドが立ち寄れば――彼は週末に頻繁にやって来た――会話はより特定の話題に絞られ、三人は顔を寄せ、緊張した表情を浮かべて話し合った。ジャスティンが水をやりながら、いたずら半分に彼らが快適に思う距離より近づくと、三人はこれ見よがしに声を低め、彼がより遠い花壇に行くのを待つのだった。

*

ナイロビの〈ハウス・オヴ・スリー・ビーズ〉の代表者との会見に関する、警官たちの報告。

われわれは当初、ケネス・カーティス卿との会見を求め、彼に会えるものと思っていた。だが、〈ハウス・オヴ・スリー・ビーズ〉本社に到着すると、ケネス卿は、モイ大統領との会合に呼び出されて不在であり、その後〈カレル・ヴィタ・ハドスン（KVH）〉との経営方針打ち合わせのため、バーゼルに直接向かわなければならないとのことだった。〈ハウス・オヴ・スリー・ビーズ〉に関する質問はすべて、製薬市場開拓マネジャーのミズ・Y・ランプリにするよう言われた。しかし結局、ミズ・ランプリは家庭の事情で現れず、質問できなかった。われわれはケネス卿あるいはミズ・ランプリに後日面会を求めよと助言された。時間の余裕がないことを説明し、最終的に〝幹部職員〟との会見を手配してもらい、一時間待たされたのち、顧客担当のミズ・V・イーバーおよびミスター・D・K・クリックと話すことができた。ミスター・P・R・オーキーなる人物も同席し、〝ロンドンにおける法律顧問で、たまたまほかの用事でナイロビを訪問していた〟と自己紹介した。

ミズ・ヴィヴィアン・イーバーは長身で魅力的なアフリカ人女性で、二十代後半、アメリカの大学で商務の学位を取っている。

クリック氏はベルファスト出身で、彼女とほぼ同じ年齢、立派な体格をしており、わずかに北アイルランド訛りがある。

その後の調査で、ロンドンの弁護士だというオーキー氏は、パーシー・ラニラ・オーキー、ロンドンの〈オーキー・オーキー&ファーメルー法律事務所〉の勅選弁護士《QC》（上級法廷弁護士の総称）であることがわかった。オーキー氏は、最近、数件の集団代表訴訟で、大製薬会社数社――うち一社はKVH――を弁護して、勝訴している。会見時にはこういった情報は与えられなかった。

D・K・クリックに関する情報は別添資料を参照のこと。

会見の概要

一、ケネス・K・カーティス卿およびミズ・Y・ランプリの不在に関して、謝罪があった。

二、BBB（クリック）から、テッサ・クエイルの死に対する弔意と、アーノルド・ブルーム医師の運命に対する懸念が表明された。

BBB（クリック）この国は日増しに恐ろしいことになってきたね。ミセス・クエイルの事件は、ただもうひどいと言うしかない。彼女は町でも評判のすばらしい女性だった。われわれにどんなお手伝いができるかな。なんでも言ってください。社長から、警察の方々によろしく伝えてほしいとのことだ。支援できることはなんでもするようにと指示されている。彼はイギリス警察を大いに尊敬しているのでね。

警官　アーノルド・ブルームとテッサ・クエイルが、〈ダイプラクサ〉と呼ばれる結核の新薬に関して、スリー・ビーズに何度も陳情に上がったと聞いています。

BBB（クリック）本当に？　調べてみなきゃならないね。ここにいるミズ・イーバーは、どちらかと言えば広報寄りの仕事をしていて、私のほうは、会社の大規模な組織改正が終わるまで、ほかの業務から一時的にこちらに配属されているような状態だから。うちの社長は、社員を黙って坐らせているのは経費の無駄遣いという考えの持ち主なんだ。

警官　陳情の結果、クエイル、ブルームと、こちらの従業員が打ち合わせを持ちました。その打ち合わせの記録、ないしそれに関連する文書がなんらかのかたちで残っていたら、見せていただきたいのですが。

BBB（クリック）　いいよ、ロブ。問題ない。われわれがここにいるのは、あなた方を手伝うためだからね。ただ、彼女が陳情に来たのはスリー・ビーズのどの部門だったか、ひょっとしてわからないかな。この会社にはミツバチがやたら多いもので。

警官　ミセス・クエイルは、ケネス卿本人、ミズ・ランプリ、それからナイロビにいるほとんどすべての役員に手紙や電子メールを送り、電話をかけました。手紙のいくつかはこちらにファックスして、原紙を郵送しています。直接こちらに持参したものもあります。

BBB（クリック）　ほう、すばらしい。それでこちらも調べやすくなる。ひょっとするとそのやり取りのコピーもある？

警官　今はありません。

BBB（クリック）　なんと。すると何を持っているのかな？

警官　そのようなものを彼らが提出したという証人の文書ないし口頭での証言です。ミセス・クエイルは、ケネス卿が最後にナイロビにいたときに、農場まで訪問したのです。

BBB（クリック）本当に？　正直なところ、それは知らなかった。会う約束をしてから行ったのかな？

警官　いいえ。

BBB（クリック）すると誰が彼女を招待したんだろう。

警官　誰も。ただ行ったのです。

BBB（クリック）なんと。勇ましい女性だ。どこまで近づけた？

警官　明らかにうまくいかなかったのでしょう。そのあとで、こちらのオフィスにいるケネス卿に会おうとしたわけですから。しかしそれも成功しませんでした。

BBB（クリック）まったく驚いた。社長はとりわけ忙しいミツバチだからね。多くの人が彼の好意を求めてくるんだが、その大部分は幸運に恵まれない。

警官　彼女が求めていたのは好意ではなかったのです。

BBB（クリック）だったらなんだい？

警官　答です。われわれの理解では、ミセス・クエイルはケネス卿に何件かの症例も提出しているはずです。その薬が身元のはっきりした患者にもたらした副作用の実例を。

BBB（クリック）本当に？　なんてこった。驚いた。副作用があるとは知らなかったな。彼女は科学者か医者？　きっとそうなんだろうね。

警官　彼女は関心のある一市民であり、弁護士、権利の擁護者でした。そして援助活動にきわめて熱心に取り組んでいた。

BBB（クリック）〝提出した〟というのは、どういうことかな。

警官　この建物に持参したということです、ケネス卿個人にあてて。

BBB（クリック）　受取証はある？

警官（見せる）

BBB（クリック）　なるほど。小包一個。すると中に何が入っていたのかが問題だ。まちがいなくコピーを持ってるんだろうね。数件の症例。きっと持ってるはずだ。

警官　まもなく手に入ります。

BBB（クリック）　そう？　だったらぜひ見てみたい、そうだな、ヴィヴ？〈ダイプラクサ〉は今、うちのいちばんの売れ筋だから。社長も主力商品だとはっきり言っている。大勢の母親や父親や子供たちが喜んでいて、彼らは〈ダイプラクサ〉にずっと好意的だ。もしテッサが不満を持っていたのなら、ぜひそれを知って、対処法を考えなければならない。社長がここにいたら、まずそう言うと思うよ。ただ、彼は〈ガルフストリーム〉の中で生活してるから。それにしても、彼女に会わなかったというのには驚くね。まったく彼らしくない。ただ、あなたがたも彼と同じように忙しいなら――

BBB（イーバー）　薬についてのお客様からの不満には、決まった処理手順があるの。わかるでしょう、ロブ。わたしたちはここで唯一の販売主だから。輸入して、販売する。ある薬にケニア政府が青信号を出して、病院が気持ちよく使ってくれる以上、わたしたちは単なる仲介者よ。そこでわたしたちの責任は、ほぼ終わると言っていいわ。当然ながら、保管方法についての指示は受けて、適正な温度とか湿度を保つようにするけれど、基本的に薬に関する責任は製造元とケニア政府にあるの。

警官　臨床試験はどうなんです？　あなたがたは試験しなくていいのですか？

ＢＢＢ（クリック）　試験はしない。そこについては宿題をやって来なかったようだね、ロブ。体系化された本格的な治験は――二重盲検法（先入観を防ぐために、結果が出るまで、医師、患者の双方に治療条件、患者分類を伏せておく試験法）と言えばいいかな――やらない。

警官　どういうことですか？

ＢＢＢ（クリック）　ケニアのような場合は、一度出まわり始めれば治験はしない方針なんだ。ある国で販売を開始して、その国の保健機関が百パーセント承認しているなら、われわれにとっては終わった仕事だ。

警官　では、どんな試験や、試用や、実験をするのですか？　もし何かするとすれば。

ＢＢＢ（クリック）　私相手にことば遊びはやめてもらえるか。いいね？　薬の実績記録を取るかどうかという話なら、このように本当にいい薬は、もしほかの非常に大きな市場で――アフリカの外の、たとえばアメリカのような国で――販売する準備を整えている場合、間接的な意味で、ここで試験していると言えるだろうね。その場合のみだ。準備的な意味で。将来、スリー・ビーズとＫＶＨがともにわくわくするような新しい市場に進出する状況に備えてということだ。わかるかな？

警官　まだわかりません。〃実験材料〃ということばが出るのを待っているのですが。

ＢＢＢ（クリック）私が言っているのは、あらゆる人にとっての最善という意味で、すべての患者は、いくぶんなりとも、より大きな利益のためのテストケースであるということだ。誰も〃実験材料〃などとは言っていない。極論はやめてくれ。

警官　より大きな利益とは、アメリカ市場のことですか？

ＢＢＢ（クリック）やめろと言っただろう。ある症状、ある患者の記録を取ったときには、必ずそのすべての結果が、将来の参考のためにシアトル、ヴァンクーヴァー、バーゼルに注意深く保管され、監視されると言ってるだけだ。将来、ほかの地域で登録するときに検証資料として使うためだ。常にまちがいがないように万全を期する。それにこの国では常に保健機関のうしろ楯がある。

警官　どんなことに？　死体をかたづけることですか？

Ｐ・Ｒ・オーキー、勅選弁護士《QC》　それは言わなかったことにしようじゃないか、ロブ。確かにきみは言わなかった。われわれも聞かなかった。ダグはここまで非常に率直に、多くの情報を与えてきた。気前がよすぎるほどだ。そうだろう、レズリー？

警官　では苦情はどうするのですか？　ゴミ箱に捨てる？

ＢＢＢ（クリック）多くは、レズ、製造者の〈カレル・ヴィタ・ハドスン〉に直接送りつける。そうしたうえで、ＫＶＨの指示に従って苦情を言ってきた人に回答するか、あるいはKVHが直接回答したいという場合もある。馬にはそれぞれ得手不得手のコースがあるからね。ただ、これは体の形と大きさの問題だよ、ロブ。ほかに何かお役に立てることがあるかな？　おそらくもう一度打ち合わせをしたほうがいいだろうね、あなたたちが文書を手に入れたときに。

警官　もう少しおつき合いいただけますか？　われわれの得た情報では、テッサ・クエイルとアーノルド・ブルーム医師は、去年の十一月に、あなたがたの招待を受けてここへ来ました。スリー・ビーズの招待ですよ。そしてあなたがたの商品〈ダイプラクサ〉の肯定的、あるいは否定的な効果を話し合った。彼らはあなたがたの社員に、ケネス・カーティス卿個人にあてた症例のコピーも手渡しました。その打ち合わせの記録がまったくないと言うのですか？　スリー・ビーズから誰が出席したかさえもわからないと？

BBB　（クリック）　日付はわかるかい、ロブ？

警官　われわれの手元には、スリー・ビーズ側からの提案で、打ち合わせは十一月十八日の午前十一時に設定されたと記入した手帳があります。面会の約束は、市場開拓マネジャーのミズ・ランプリのオフィスを通してなされました。彼女は今いないそうですが。

BBB　（クリック）　初めて聞くな。きみはどう、ヴィヴ？

BBB　（イーバー）　わたしもよ、ダグ。

BBB（クリック）どうです、イヴォンヌの手帳を見てみるというのは？

警官　いい考えです。われわれも手伝いましょう。

BBB（クリック）ちょっと待って。当然ながら、まず彼女の了解をもらわなければ。イヴォンヌはいかにも女らしいことをいろいろしてるから、彼女の了解なしで手帳を見るわけにはいかない。あなたの手帳を見てはならないのと同じだよ、レズリー。

警官　電話してください。われわれが払います。

BBB（クリック）だめだ、ロブ。

警官　なぜ？

BBB（クリック）ロブ、イヴォンヌはボーイフレンドとモンバサで派手な結婚式を挙げに行ってるんだ。〝家庭の事情〟というのは、そういうことでね。ものすごく熱いやつだ。信じてもらっていい。だから彼女に連絡が取れるのは、いちばん早くても月曜日だ。モンバサの結婚式に出席したことがあるかどうかは知らないけど、とにかくね――

警官　手帳はもうかまいません。彼らが彼女に渡した文書はどうです？

BBB（クリック）あなたがたの言う症例のこと？

警官　それも含みます。

BBB（クリック）もしそれが本当に症例――つまり、ロブ――症状や、投薬上の指示や、服用量に関することなら――副作用もだね、ロブ――言ったように、それは常に製造者に送られる。バーゼルか、シアトルか、ヴァンクーヴァーだ。要するにだ、くそっ《ファック》、すぐに専門家に渡して評価してもらわなかったら、犯罪に等しい無責任ってことになるじゃないか、なあ、ヴィック。それは会社の方針じゃない。その手続きはスリー・ビーズでは聖書と同じだ。だよな？

ＢＢＢ（イーバー）　そのとおりよ。疑問の余地はないわ、ダグ。社長が断固として言うわ。問題があれば、ただちにＫＶＨに相談せよってね。

警官　いったい何が言いたいんです。馬鹿げているじゃありませんか。この会社では書類の扱いはどうなってるんですか、いったい？

ＢＢＢ（クリック）　あなたがたの言うことはわかる、調べて何が出てくるか見てみようってことだよ。ここは公共サーヴィスじゃないぞ、ロブ。ロンドン警視庁でもない。ここはアフリカだ。くそファイルに向かってみんなで行進していくことはない。だろう？　そんなことにくそみたいな時間を割くより、もっと――

Ｐ・Ｒ・オーキー、ＱＣ　ポイントがふたつあると思う。ひょっとすると三つ。まず、そちらの話に出てきたミセス・クエイルと、ブルーム医師と、スリー・ビーズの代表者による打ち合わせは本当におこなわれたのか、どのくらい確証があるかな？

警官　すでに言ったように、証拠としてブルームの自筆の記録があります。彼の手帳には、打ち合わせはミズ・ランプリのオフィスを通して、十一月十八日に設定されたと書かれていました。

P・R・オーキー、QC　設定することと、実際に会うことはまったく別の話だよね、レズリー。ミズ・ランプリの記憶力がいいことを祈ろうじゃないか。想像できるだろうが、彼女はあきれるほど多くの打ち合わせに出ているからね。第二のポイントは、論調だ。あなたがたが知るかぎり、その告発文書は敵対的な論調だったかな？　たとえば、訴訟を起こそうという雰囲気が漂っていた？　デ・モルトゥイス……なんとか（〝死者には善きことしか語られない〟という格言の出だし）ではないが、ミセス・クエイルについていろいろ聞いたことから判断すると、彼女は手加減するタイプではないようだ。ちがうかな？　あなたがたの話では、彼女自身も弁護士のようだし。そしてブルーム医師は製薬分野の専門的な監視人として知られていたようだ。われわれは素人集団を扱っているわけではないということだ。

警官　敵対的だったらどうだと言うんです。もし誰かが薬で死んだなら、人には敵対的になる権利があるでしょう。

P・R・オーキー、QC　つまり、明らかに、ロブ、もしミズ・ランプリが訴訟の臭いを嗅ぎつけたら、あるいは社長が嗅ぎつけたとしたら――もし本当に文書を受け取っていると仮定しての話で、受け取っていること自体にもちろん疑問はあるが――彼らはまず本能的にそれを会社の法務部門に送るだろう。だからそこも探したほうがいいかもしれない。ちがうかな、ダグ？

警官　あなたが法務部門かと思ってました。

P・R・オーキー、QC（笑いながら）私は最後の砦なんだ、ロブ、最初ではない。最初から頼るには料金が高すぎるから。

BBB（クリック）また連絡するよ、ロブ。会えてよかった。次回は昼食をとりながらにしよう。ただ私の助言は、無理なものは期待しないようにということだ。言ったとおり、ここでは一日じゅう書類を整理してるわけじゃない。スリー・ビーズはあまりに多くの事業に手を出していて、社長がよく言うように、銃を腰のベルトからはずさずに撃つような商売をしてきたからね。そうやってこの会社は今日の規模になったんだから。

警官　あと少しだけ時間をいただけませんか？　お願いです、ミスター・クリック。ロービアアーという名前の紳士とぜひ話したいのです。おそらくは医者で、ドイツかスイス、ひょっとするとオランダ出身です。残念ながらファーストネームはわからないのですが、〈ダイプラクサ〉がここアフリカで使われるようになった経緯に深く関わっていると考えられます。

BBB（クリック）どちらの側で関わっていたのかな、レズリー？

警官　それが重要ですか？

BBB（クリック）うむ、どちらかと言えば。もしロービアアーが医者なら――あなたはそう思っているようだが――われわれというより、製造者の側にいるような気がする。スリー・ビーズは医者とは関わらないからね。その市場では素人だ。われわれは販売員だ。だからこれもおそらく、KVHに訊けということになると思うよ、レズ。

警官　とにかく、ロービアーという名前を知ってるんですか、知らないんですか？　われわれはヴァンクーヴァーやバーゼルやシアトルにいるわけじゃない。アフリカにいるんだ。あなたがたの薬、あなたがたの販売地域でしょう。輸入して、宣伝して、流通させて、販売するんでしょう。われわれは、ロービアーがここアフリカのあなたの薬に関わっていたと言ってるんです。ロービアーという名前を聞いたことがあるんですか、ないんですか。

P・R・オーキー、QC　答はもう聞いたと思うがね、ちがうかな、ロブ？　製造者に訊いてくれと。

警官　コヴァクスという女性はどうです？　ハンガリー人かもしれません。

BBB（イーバー）　彼女も医者？

警官　名前を聞いたことがあるんですか？　職業はどうでもいい。あんたたちの誰でもいい、コヴァクスという女性の名を聞いたことがありますか？　この薬の市場を開拓するどこかの過程で。

BBB（クリック）　電話帳に当たるしかないね、ロブ。

警官　エムリッチ医師という人についても話したいのですが——

P・R・オーキー、QC　空くじを引いたようだね。本当に申し訳ないが、これ以上お役に立てそうにない。おふたりのためにわれわれも精いっぱい努力したが、今日は努力が報われる日じゃないようだ。

この会見の一週間後にメモが書き加えられている。

スリー・ビーズは調査続行中と請け合っているが、今のところ、テッサ・アボットまたはクエイル、あるいはアーノルド・ブルームが作成したどんな書類も、手紙も、症例も、電子メールも、ファックスも見つかっていない。KVHは彼らのことはまったく知らないと言い、ナイロビのスリー・ビーズの法務部門も同様である。イーバーとクリックに再度連絡を取ろうとしたが、それも失敗に終わった。クリックは〝南アフリカで再教育のコースに参加しており〟、イーバーは〝別の部門に移された〟。彼らに代わる連絡先はまだ指定されていない。ミズ・ランプリは相変わらず〝会社の組織改正が終わるまで〟話ができない。

提案

ロンドン警視庁は、ケネス・K・カーティス卿に直接事情を説明し、彼の会社が、故人およびブルーム医師とおこなったやり取りについての完全な陳述を求めるべきである。さらに、ミズ・ランプリの手帳および紛失した文書を従業員に探させ、ミズ・ランプリ本人の取り調べをただちに可能とするよう、彼に要求すべきである。

（グリッドリー警視監が頭文字で署名し、承認しているが、どんな任務も命じられず、記録されてもいない）

（国防省犯罪記録保管所および法務総監部の記録より）

別添

クリック、ダグラス（ダグ）・ジェイムズ。

一九七〇年十月十日、ジブラルタル生まれ。英国海軍所属（不名誉除隊）のクリック、デイヴィッド・アンガスの非嫡出子。親のクリックは、二件の殺人を含む複数の犯罪行為により、イギリスの刑務所で十一年の刑期を務め、現在はスペインのマルベラで贅沢に暮らしている。

クリック、ダグラス・ジェイムズ（本人）は、九歳のときに父親（前段参照）に連れられてジブラルタルからイギリスに渡ってくるが、父親は入国と同時に逮捕された。彼は施設に保護され、そこにいるあいだに、麻薬売買、暴行傷害、売春斡旋、乱闘といった多様な犯罪で、少年裁判所にたびたび召喚されるようになった。ノッティンガムで起こった、ふたりの黒人の若者のリンチ殺人事件（一九八四年）でも共犯の容疑者となるが、有罪は免れた。

一九八九年、みずから改心したと主張し、警察への情報提供を申し出る。警察側には拒否されるが、ときに臨時の情報屋として働いていたようだ。

一九九〇年、英国陸軍に志願して入隊を認められ、特殊部隊の訓練を受けて、英国陸軍情報部に配属される。軍曹の階級と資格で、北アイルランドで平服の任務に就いた。三年間アイルランドで働いたのち、兵卒に降格され、不名誉除隊となった。彼の軍役に関するその他の記録はない。

D・J・クリックは、〈ハウス・オヴ・スリー・ビーズ〉の渉外担当の幹部としてわれわれのまえに現れたが、ごく最近まで、会社の防犯警備部門の中心人物として知られていた。ケネス・K・カーティス卿の信頼も篤いと言われ、何度も卿個人のボディガードとして働いている。過去一年のあいだだけでも、湾岸諸国、南アメリカ、ナイジェリア、アンゴラを訪問するカーティスに同行した。

＊

彼の農場に押しかけて対決したり――ケニーも気の毒にな、とティム・ドナヒューが、グロリアの庭でモノポリーのボード越しに言っている。非常識な時間に電話をかけてきたり。彼のクラブに失礼な手紙を残したり。絨毯の下に掃き込んでしまえ――それがわれわれの忠告だ。

彼らは人殺しよ、とレズリーがチェルシーに停めたヴァンの暗闇の中で言っている。もう気づいてるでしょうけど。

それらの記憶がまだ頭の中でこだまするうちに、ジャスティンは机で寝入ってしまったにちがいない。眼が覚めると、陸の鳥とカモメが明け方の空中戦をしているのが聞こえた。が、よく見ると、明け方ではなく、夕暮れだった。ほどなく、彼はすべての希望を奪われた気がした。読むべきものは全部読んだ。しかし——疑っていなかったわけではないが——彼女のラップトップがなくては、キャンヴァスのひと隅しか見ていないことがわかったからだ。

この作品は文庫オリジナルです。

THE CONSTANT GARDENER by John le Carré

集英社文庫

ナイロビの蜂《はち》　上

2003年12月21日　第1刷

定価はカバーに表示してあります。

訳　者　加《か》賀《が》山《やま》卓《たく》朗《ろう》

編　集　株式会社　綜　合　社
〒101-0051　東京都千代田区神田神保町2―23―1
電話　東京　(3239)　3811

発行者　谷　山　尚　義

発行所　株式会社　集　英　社
〒101-8050　東京都千代田区一ツ橋2―5―10
電話　東京　(3230)　6094（編集）
(3230)　6393（販売）
(3230)　6080（制作）

印刷　製本　凸版印刷株式会社

Printed in Japan

ISBN4-08-760450-0 C0197